ABTRÜNNIGER PRINZ

KYLIE GILMORE

Übersetzt von
ANNA DRAGO

Abtrünniger Prinz: © 2019 by Kylie Gilmore

Cover Design von: Michele Catalano Creative

Übersetzung von: Anna Drago

Herausgegeben von: Extra Fancy Books

ISBN-13: 978-1-64658-009-5

1

———————

Ein paar Tage nach Weihnachten … Villroy Island

Dylan

Wie zum Teufel bin ich hierhergekommen? Ich stehe in einem gemieteten Smoking in einem verdammten Ballsaal im Palast auf Villroy Island zur Hochzeit von Prinz Adrian. Ich, Dylan Rourke – ein Bauarbeiter aus Brooklyn, New York – in einem königlichen Ballsaal.

Dieser gesamte Palast ist ein Monument für Reichtum und Status. Und die Leute darin sehen genauso vergoldet aus und tragen von Kopf bis Fuß Designeroutfits. Die Juwelen, angefangen bei Diademen und Halsketten bis hin zu Armbändern und Ringen glitzern im Licht der Kronleuchter.

„Hätten auch unser Bling-Bling mitbringen sollen für diese Klientel", murmelt Sean leise. Er ist zwei Jahre jünger als ich, und wir stehen uns nah.

Ich unterdrücke ein Lächeln und sage leise: „Halsketten mit Gold-Dollar-Zeichen passen 1-A hier rein."

Wir kichern, ernten ein paar schiefe Blicke und werden wieder ernst. Ich bin mir ziemlich sicher, dass unsere Großeltern sich gerade in ihren Gräbern umgedreht haben. Technisch gesehen sind wir Prinzen, und Adrian ist unser Cousin.

Ich habe Adrian erst kürzlich kennengelernt, weil sein Zweig der Familie meinen Zweig aufgrund von Umständen verbannt hat, die vor unserer Geburt passiert sind. Das ist eine Art Friedensmission, die so verläuft, wie zu erwarten war.

Meine fünf jüngeren Brüder und ich haben es geschafft, einen ganzen Ballsaal von Menschen in fassungsloses Schweigen zu versetzen. Wir sind der Elefant im Raum – ehemalige Verbannte, die aus einer skandalösen Verbindung hervorgegangen sind.

Wir stehen auf der einen Seite des Raumes, während alle Angehörigen meiner entfremdeten Familie auf der anderen Seite sind und uns anstarren. Wir warten alle darauf, dass Braut und Bräutigam von ihrem Fototermin kommen. Die fassungslose Stille ist wahrscheinlich darauf zurückzuführen, dass meine Brüder und ich nicht auf die Einladung zur Hochzeit geantwortet haben. Wir sind also nicht ungeladen hier. Es war jedoch eine Last-Minute-Entscheidung, darum sind wir gerade pünktlich zum Empfang angekommen. Es gab eine kurze Diskussion, als wir versucht haben, in den Palast zu kommen, doch dann habe ich verlangt, dass man meine Cousine Silvia in die Eingangshalle ruft, damit sie uns durchwinkt.

Ich habe Silvia kennengelernt, als sie in die USA gezogen ist, um dort zu studieren. Man müsste ein Herz aus Stein haben, um sie nicht zu mögen. Sie hatte sich zur Mission gemacht, uns zu dieser Hochzeit zu bringen, und darauf bestanden, dass es an uns, der jüngeren Generation, liegt, die harte Arbeit zu leisten, die Familie wieder zusammenzubringen. Zwischen unseren Familien gibt es viel böses Blut. Mein Vater musste in Brooklyn bei Null anfangen, nachdem er zum Thronfolger erzogen und dann ins Exil geschickt worden war. Es war schwer für ihn, wirklich schwer. Er ist immer noch verbittert deswegen.

Sean ist derjenige, der mich schließlich überzeugt hat, dass wir herkommen sollten. Seine Argumentation war vernünftig. Wenn wir zu einer Hochzeit auf Villroy eingeladen werden, ist das Exil aufgehoben. Und wenn das Exil aufgehoben ist, könnten unsere Geschäftsinteressen vielleicht mit den Geschäftsinteressen unserer wohlhabenden königlichen Cousins auf einer Wellenlänge liegen. Alle ihre Geschäfte sind ausgesprochen erfolgreich, von der Kosmetikproduktion über ein Day Spa bis zum Casino. Ich bin nicht wegen Almosen hier, doch wenn – und das ist ein großes Wenn – es eine Versöhnung gibt, würde König Gabriel uns vielleicht einen Kredit geben, damit wir an den Wochenenden anfangen können, Häuser zu renovieren und zu verkaufen. Immobilienentwicklung ist die Boombranche in Brooklyn, und Sean und ich wollen über den reinen Bau hinausgehen. Wir würden ihm natürlich alles mit Zinsen zurückzahlen. Es wäre wie eine Diversifikation der Investments für meine königlichen Cousins, sowohl auf Villroy als auch in Brooklyn eine Hand im Spiel zu haben. Mein Vater hat sehr auf diesen Kredit gedrängt und meinte, es sei an der Zeit, dass unsere Familie einen Teil des Vermögens erhält, das uns verweigert wurde.

Jetzt, da wir hier sind, habe ich ernsthafte Zweifel. Einige der älteren Gäste sehen uns ziemlich herablassend an. Sie kannten wahrscheinlich meinen Vater, der sich unter den gegebenen Umständen geweigert hat, Villroy zu betreten. Einige Leute tuscheln empört. Alle starren uns an wie Tiere im Zoo.

Ich zupfe am Kragen meines weißen Hemdes, eine Schweißperle läuft mir über den Rücken. Meine Brüder wirken ähnlich unbehaglich neben mir. Niemand im Raum hat uns gefragt, ob wir eingeladen sind, doch überall steht Sicherheitspersonal herum. Hart aussehende Typen mit Knöpfen im Ohr, ganz in Schwarz gekleidet. Unter ihren Jacketts tragen sie wahrscheinlich verdeckte Waffen. Werden sie uns rausschmeißen, falls die Angehörigen der älteren Generation protestieren? Ich denke, nicht jedem gefällt es, dass wir hier sind. Vielleicht werden wir in den Kerker geworfen. Dad hat erwähnt, dass sie einen haben.

Ich blicke zu meinen Brüdern hinüber, die grimmig aussehen. Vom Ältesten zum Jüngsten sind das ich, Sean, Jack, Connor, Brendan und Garrett. Die meisten von uns haben dunkelbraune Haare und blaue Augen, außer der Jüngste, Garrett, der wie unser Vater aquamarinblaue Augen hat. Angeblich sind die aquamarinblauen Augen ein Zeichen der wahren Herrscher von Villroy, nur, dass das bei meinem Vater nicht so gut geklappt hat.

Die Braut und der Bräutigam betreten schließlich den Ballsaal, lösen die Spannung und alle jubeln, klatschen und gratulieren ihnen.

Adrian, der mit seinem dichten dunkelbraunen Haar, den scharfen Wangenknochen und dem kantigen Kinn als einer meiner Brüder durchgehen könnte, hebt eine Hand. „Danke, dass Sie alle mit uns feiern!" Sein Blick landet auf mir. „Und ein besonderes Dankeschön an meine Cousins, die den ganzen Weg von New York hierhergekommen sind. "

Ich nicke ihm zu. Und dann überrascht mich Adrian und kommt mit seiner Braut Sara direkt auf uns zu.

„Dylan, schön dich hier zu sehen", sagt er und bietet mir seine Hand an. Wir haben uns vor ein paar Monaten kurz in Brooklyn getroffen. Er ist Silvias Zwilling, der einzige Grund, aus dem ich überhaupt zugestimmt habe, ihn zu treffen.

Ich schüttle Adrian die Hand und bin mir sehr bewusst, dass der Raum wieder still geworden ist. „Klar doch. Danke für die Einladung." Ich kann nicht sagen, dass ich froh bin, hier zu sein, weil es höllisch unangenehm ist, der Friedensstifter einer verstoßenen Familie zu sein.

Er stellt mich Sara vor, drehe mich um und stelle meine Brüder vor.

Silvia tritt neben mich. „Ich bin so froh, dass du hier bist!" Sie wirft ihre Arme um mich und drückt mich – das zweite Mal heute, dass sie mich umarmt. Das erste Mal war in der Eingangshalle, wo sie uns an der Security vorbeibringen musste. Es ist unmöglich, dieses Mädchen nicht zu mögen, wenn sie mich so sehr liebt.

Ich umarme sie zurück. „Ich wusste, dass du mir nie vergeben würdest, wenn ich die Hochzeit verpassen würde."

„Und damit hattest du recht." Sie strahlt und dreht sich zu meinen Brüdern um und umarmt sie nacheinander. Doppelte Umarmungen ringsum. Mir fällt plötzlich ein, dass sie uns hier umarmt, um allen zu zeigen, dass die königliche Familie uns akzeptiert. Clever. „Kommt, lass mich euch dem Rest der Familie vorstellen."

Sie stellt uns zuerst unserer Großtante und unserem Großonkel vor, die sich weigern, mir die Hand zu schütteln.

„Pöbel", sagt der nicht so große Onkel und schürzt die Lippen.

Mein Temperament lodert auf, und ich beiße die Zähne zusammen. So hat diese Seite der Familie unsere Seite seit dem Exil genannt – Pöbel. Dad hat es uns erzählt, doch es ist anders, es direkt ins Gesicht gesagt zu bekommen. Sie halten sich für was Besseres.

„Ich bin stolz, sie Familie zu nennen", kontert Silvia scharf. „Ich werde König Gabriel und Königin Anna sicher über den Empfang informieren, den ihr unseren geschätzten Gästen gegeben habt."

Sie wenden uns den Rücken zu, genauso wie einige andere Paare, die in der Nähe stehen. Meiden der alten Schule. Verdammte Arschlöcher. Kein Wunder, dass unser alter Mann verbittert ist.

Silvia ist wütend, ihre Wangen sind gerötet. „Kommt. Ich werde euch dem besseren Teil der Familie vorstellen."

Sie geht durch den Ballsaal zum Ehrentisch. Meine Brüder und ich folgen langsam. Hierher zu kommen war ein Fehler. Ich weiß nicht, warum Silvia dachte, dass wir jemals akzeptiert werden würden. Und da ist König Gabriel, der am Kopf der Tafel sitzt und steif und äußerst würdevoll aussieht. Das hätte ich sein können. Ich bin der Kronprinz, der erstgeborene Sohn des Mannes, der König sein sollte. Ich bin ein Jahr älter als Gabriel. Der Thron gehört mir. Ich weiß, dass es nicht Gabriels Schuld ist. Diese Scheiße ist passiert, bevor wir geboren wurden, und ich kann mir ehrlich gesagt nicht vorstellen, mich Tag für Tag mit all diesem pompösen höfischen Mist rumzuschlagen. Ich bin ein entspannter, praktischer Typ.

„Dieser Ballsaal ist verrückt", sagt Sean leise. „Ich fühle mich wie bei einem Filmset. Weißt du, einer dieser Frauenfilme. Tanzen die hier tatsächlich Gesellschaftstänze? Denn die gehören nicht zu meinem Repertoire."

„Mach dir keine Sorgen. Niemand will mit dir tanzen. "

Er grinst und sieht sich im Raum um. „Ich habe *den Blick* von einer Menge Frauen hier gesehen."

„Du hast den Blick des ganzen Raumes bekommen, weil du ein Ausgestoßener bist."

Seine Brust bläht sich. „Ausgestoßen zu sein macht mich nur attraktiver. Ich bin die verbotene Frucht. Ich muss nur meinen typischen Charme anwenden, und sie werden mir aus der Hand fressen."

„Lass den Reißverschluss zu."

„Mund oder Hose?", witzelt er.

„Beides."

Er antwortet leise. „Könnte klug sein. Ich bin mir nicht sicher, mit wem ich hier verwandt bin."

Ich unterdrücke ein Stöhnen. Der Ballsaal sieht aus wie ein Filmset oder vielleicht ein Museum. Es ist ein riesiger Raum mit Parkettboden mit Einlegearbeiten, Blattgoldtapete, Kronleuchtern aus Kristall und Gold und Deckenfresken.

Wir kommen an den Ehrentisch, um den eine Reihe roter Samtstühle mit hoher Rückenlehne steht. Die mittleren Stühle sind für Braut und Bräutigam. Die anderen Plätze sind für den König und die Königin und die Hochzeitsgesellschaft – meine Cousins und Cousine und eine Frau, die der Braut ähnelt, wahrscheinlich ihre Schwester.

Silvia lächelt mich süß an, und ich kann nicht anders, als mich ein wenig zu entspannen, wenn ich ihre Wärme sehe. Sie legt ihre Hand auf meine Schulter und geht auf Zehenspitzen, um zu flüstern: „Sprich den König und die Königin mit Majestät an."

Im Ernst? Ich grunze bestätigend.

Ich sehe zu, wie sie einen Knicks macht und ihren Kopf vor dem König und der Königin neigt. Wie seltsam, dass sie das für ihren eigenen Bruder tun muss. „König Gabriel, Königin Anna, darf ich unsere Cousins vorstellen? Das ist Dylan Rourke. Er ist mir während meines Studiums in den USA ein guter Freund geworden, und wir kennen uns seit meinen Tagen in Yale." Sie dreht sich mit einem strahlenden Lächeln zu mir um. „Sieben Jahre jetzt, nicht wahr?"

Ich lächle zurück. „Ja." Ich wende mich Gabriel zu und warte ab, welche Art von Empfang ich bekomme. Er erhebt sich langsam von seinem Platz, und wir sind auf Augenhöhe, ähnlich groß und gebaut. Seine Miene ist hart. Vielleicht wird ihm bewusst, dass ich mit dem aufgehobenen Exil einen legitimen Anspruch auf den Thron habe. Ich bin eine Bedrohung für ihn.

Ich erwidere seinen Blick, ohne zu blinzeln.

Seine Frau Anna steht auf und deutet auf meinen Kiefer. „Du erinnerst mich so sehr an Gabriel mit diesem angespannten Kiefer." Sie sieht ihren Mann an. „Genauso siehst du aus, wenn du gestresst oder gereizt bist."

Ich bemühe mich, meinen Kiefer zu lockern, weil ich gerade weder gestresst noch gereizt bin.

Anna stößt ihm den Ellbogen in die Seite. Er wirft ihr einen harten Blick zu, bevor er mir seine Hand anbietet. „Willkommen auf Villroy, Cousin."

Ich erwidere seinen festen Händedruck. „Danke." *Majestät* bringe ich einfach nicht über die Lippen. Es ist schlicht zu hochwohlgeboren für mich. Er steht nicht über mir. Wir sind gleich. Familie.

Anna schüttelt mir auch die Hand. Sie ist jung mit langen, dunkelbraunen lockigen Haaren und funkelnden braunen Augen. „Diese Wiedervereinigung hat so lange auf sich warten lassen. Die Rourkes sind zusammen stärker, und es war höchste Zeit, die Kluft zwischen den Familien zu beseitigen." Sie lächelt erst mich an und dann Gabriel. Er erwidert ihr Lächeln gutmütig.

Ich lächle nicht, weil wir alle wissen, wer für die Kluft verantwortlich ist – ihre Seite der Familie. Dann erinnere ich mich an meine Aufgabe hier – Friedensstifter – und nicke kurz.

Jetzt, da ich diesen Ort gesehen habe, kann ich mir den Kulturschock vorstellen, den mein Vater durchgemacht haben muss. Keine Diener, die sich um alle seine Bedürfnisse kümmern, kein Gold und kein Glitzer. Der Lebensstil der

Arbeiterklasse, mit dem er für seine wachsende Familie gesorgt hat. Mein Onkel hat ihn eingestellt, um die Bücher für seine Baufirma zu führen, und mein Vater hat sich den Arsch abgearbeitet, um alles über die Baubranche zu lernen. Kein Wunder, dass er so verbittert ist. Sie hätten ihm zumindest eine Apanage geben können. Irgendeine Art finanzielles Polster.

„Wir müssen später mit dir reden", sagt Anna. „Nachdem der Kuchen angeschnitten wurde, komm bitte einfach wieder her."

Ich versteife mich sofort argwöhnisch. Worüber reden? Ich bin derjenige, der eine Agenda hat. Was könnten sie möglicherweise von mir wollen? Sicher, Anna lächelt, doch Gabriel wirkt nicht gerade herzlich. Sie wollen mich allein erwischen und die Bedrohung beseitigen. Eine klassische Guter-Cop/böser Cop-Nummer. Vielleicht bin ich paranoid, aber das sind extreme Umstände.

Ich nicke Anna zu und wende mich den anderen zu, um mich dem Rest meiner Cousins vorzustellen. Ich kann Silvia hören, wie sie meine Brüder dem König und der Königin vorstellt. Meine Cousins und Cousine – vier Prinzen und eine Prinzessin – sind höflich, wirken aber angespannt. Ich bin mir sicher, dass das normal ist, sie gehören nun mal zum Hochadel. Dad sagt, es gibt ein umfangreiches höfisches Protokoll, dem er früher folgen musste. Silvia ist die Ausnahme, wahrscheinlich weil sie die Jüngste ist und so viel Zeit in den USA verbracht hat.

Zuletzt komme ich zur ehemaligen Königin, Gabriels Mutter, der Frau, die den Platz meiner Mutter eingenommen hat, um das Königreich als Königin zu regieren. Sie steht majestätisch da, als würde sie noch eine Krone tragen, obwohl sie als Königin abgedankt hat, als ihr Mann starb. Sie ist wahrscheinlich in den Fünfzigern, wie meine eigene Mutter, ihr dunkelbraunes Haar zu einem Knoten gebunden, ihr Gesichtsausdruck freundlich. „Hallo, ich bin Alexandra, und ich möchte Ihnen dafür danken, dass Sie gekommen sind. Mein verstorbener Mann hat sehr auf eine Versöhnung gehofft."

Ich weiß nicht, was ich sagen soll. Ihr Mann, der Onkel, den ich nie kennengelernt habe, ist im Alter von nur vierundfünfzig Jahren gestorben. Mein Vater hat sich schrecklich gefühlt, weil er die wiederholten Einladungen ignoriert hatte, die sein Bruder offensichtlich ausgesprochen hatte, als er nicht mehr lange zu leben hatte. Ich dachte, sein Bruder hätte erwähnen können, dass er sterbenskrank war, dann wäre es wahrscheinlich anders gelaufen, doch anscheinend musste seine Krankheit unter Verschluss gehalten werden. Was weiß ich schon über den strengen Kodex eines Königs?

Schließlich sage ich: „Tut mir leid, dass wir erst jetzt hier sind."

„Es muss Ihnen nicht leidtun. Es war eine schwierige Situation für alle." Ihre Augen glänzen von unvergossenen Tränen, und sie schluckt. „Ich war Teil einer arrangierten Ehe mit dem damals zukünftigen König von Villroy. Als Ihr Vater auf den Thron verzichtete, heiratete ich seinen Bruder an seiner statt. Bitte übermitteln Sie Ihrem Vater meinen Dank, dass er mir meinen Ehemann geschenkt hat." Sie blinzelt Tränen weg. „Wir waren uns sehr nahe."

Ich wippe auf den Fersen meiner unbequemen Lackschuhe. Ich fühle mich unbehaglich wegen ihrer Tränen und bin überrascht, dass sie sich bei meinem Vater bedankt. Er musste auf den Thron verzichten, weil er meine Mutter, eine Bürgerliche, heiraten wollte. Es war damals ein großer Skandal. Etwas, das in der Geschichte des Königreichs noch nie vorgekommen war. Ich dachte, dass alle hier wütend sind, dass mein Vater auf den Thron verzichtet hat. Warum sonst wären sie bei seiner Bestrafung so hart gewesen? Sie haben ihn mit nicht mehr als das, was er am Leib trug, ins Exil gejagt.

„Sicher, ich werde die Nachricht weitergeben", sage ich.

Sie lächelt. „Danke. Es sieht so aus, als ob Sie aus einer großen Familie wie unserer stammen. Stehen Sie einander nahe?"

„Ja." Ich lasse den Blick über die Reihe von Armleuchtern schweifen, die meine Brüder nun einmal sind, aufgetakelt in Smokings, bemüht, ihre besten Manieren an den Tag zu legen, und lächle. „Sie sind alle ganz gut geraten." Wir arbeiten alle in der Firma meines Onkels, Byrne Construction, also hängen wir uns dauernd auf der Pelle.

Nach den Vorstellungen begleitet uns ein Diener zu unserem Tisch, wo das Abendessen auf edlem Porzellan mit dem königlichen Wappen – einem Löwen, der eine Krone trägt, dem Meer und einem Fisch darunter – serviert wird. Ich erkenne es aus meinen Online-Recherchen. Als ich ein Kind war, hat es mir über viele beschissene Tage hinweggeholfen, zu wissen, dass ich ein heimlicher Adliger bin. Doch versuch deinem Kumpel in Brooklyn nur zu erzählen, dass du ein echter Prinz bist, wenn du die Fresse poliert haben willst. Meine Brüder und ich haben es für uns behalten, doch es zu wissen, hat uns ein bisschen stolzer dastehen lassen.

Eine ununterbrochene Parade von Dienern schlängelt sich durch den Ballsaal mit abgedeckten silbernen Tellern. Das Essen ist alles schickes Gourmet-Zeug, wie es in Feinschmecker-Restaurants serviert wird – Kaviar, gebratener Thunfisch mit Algensalat, Hummer, Kartoffelpüree mit Trüffeln. Ich weiß nur, was es ist, weil der Diener jedes Gericht ankündigt, bevor er den Deckel mit großer Geste vom Teller nimmt. Ich kann mir die exorbitanten Kosten für diesen Empfang bei all den Leuten hier nur vorstellen. Es müssen mindestens hundert Leute sein, die sich hier mit Delikatessen vollstopfen.

Als wir mit dem Essen fertig sind, spielt die Band einen Walzer für Braut und Bräutigam. Sie sehen aus wie etwas aus einem Film, so wie sie tanzen und einander in die Augen sehen. Sean zieht eine Augenbraue hoch. *Ja, ja, Gesellschaftstanz in einem Ballsaal.* Ich denke, man wird zum Tanzunterricht gezwungen, wenn man zum Hochadel gehört. Ich bin froh, dass ich stattdessen Sport treiben durfte. Weitere Walzer folgen, und langsam gesellen sich andere Paare hinzu. Wir lehnen uns einfach zurück und sehen zu. Ich denke darüber nach, draußen spazieren zu gehen, aber es ist kalt und stockdunkel. Es ist, als hätten sie hier etwas gegen Straßenlaternen. Da sich der Palast oben auf dem Hügel in der Mitte der Insel befindet, könnte ich versehentlich von einer Klippe stürzen, und das würde ich gerne vermeiden.

Nach einer Weile kehren die Leute zu ihren Plätzen zurück, um Kuchen zu essen. Ich sehe zu, wie das glückliche Paar sich gegenseitig mit Kuchen füttert, und spüre einen Stich in meiner Brust. Ich kenne sie nicht gut, aber die Liebe zwischen ihnen ist mehr als offensichtlich. Es würde mir sicher auch gefallen, wenn eine Frau mich ansehen würde, als wäre ich ihr Held. Die meisten Frauen sehen mich mit einem koketten Lächeln an, was nichts anderes bedeutet, als dass sie sich ein bisschen Spaß erhoffen. Ich will mehr als das, weshalb ich wahrscheinlich seit einiger Zeit keine Frau mehr abgeschleppt habe. Ich habe es einfach satt, nur ein oder zwei Nächte zu haben. Als wäre ich ein heißes Stück Fleisch – was ich natürlich bin, aber trotzdem. Ich will etwas *Echtes*. Ich bin in einer großen, glücklichen Familie aufgewachsen. Meine Eltern sind ein gutes Beispiel dafür, wenn es zwischen zwei Menschen passt. Das Problem ist nur, ich habe nie die richtige Frau getroffen.

Königin Anna kommt an meinem Tisch vorbei. „Dylan, würdest du bitte mit mir kommen?"

Ich stehe auf und spüre die Blicke meiner Brüder auf mir. Ich habe ihnen von diesem königlichen Treffen erzählt, nur für den Fall, dass ich nicht zurückkomme. Ich habe es gesagt, als würde ich scherzen, doch das angespannte Gefühl in meinem Bauch sagt gerade, dass es vielleicht gut ist, dass sie wissen, wo ich bin. „Sicher."

Sie bedeutet mir, ihr zum Ausgang zu folgen, einem offenen Torbogen, wo Gabriel mit einem Wachmann mit steinerner Miene wartet. Es ist nichts Besorgniserregendes daran, dass eine bewaffnete Wache mit uns kommt, oder? Wer ist jetzt paranoid?

„Ich werde dir auf dem Weg zum Audienzsaal eine Tour geben", sagt Anna fröhlich.

Audienzsaal. Ich bin mir nicht sicher, was das ist, aber der Saal klingt bedrohlich. Wird es ein Publikum geben, das meine Hinrichtung verfolgt? Nein, so weit würden sie nicht gehen. Wahrscheinlich nur eine Drohung, nicht einmal daran zu *denken*, den Thron beanspruchen zu wollen.

Ich sehe Gabriel an, dessen strenge Miene nichts verrät.

Annas fröhliches Auftreten ist ein solcher Kontrast zu Gabriels Haltung, dass ich nicht anders kann, als zu denken, dass sie wirklich die Guter-Cop/schlechter Cop-Nummer abziehen wollen.

„Die große Eingangshalle hast du ja schon gesehen", sagt Anna und deutet in die grobe Richtung. „Ich erinnere mich, als ich sie das erste Mal gesehen habe, hat sie mich umgehauen. Einfach so majestätisch, oder?" Sie ist überhaupt keine steife Königin. Sie ist jung und amerikanisch. Ironisch, weil meine Mutter einst die junge Amerikanerin war, die in den Kronprinzen verliebt gewesen war. Wenn die königliche Familie damals aufgeschlossener gewesen wäre, könnte meine Mutter jetzt dort sein, wo Anna gerade ist. Doch dann hätte ich hier aufwachsen müssen, und das hätte sicher keinen Spaß gemacht. Als Kind bin ich mit meinen Brüdern wild durch unser Viertel getollt. Ich bin sicher, Gabriel durfte nie einen Tag in seinem Leben wild oder auch nur frei sein.

Ich nicke. „Zwei Stockwerke aus weißem Marmor sind beeindruckend."

Sie grinst. „Ich liebe deinen Brooklyn-Akzent. So bodenständig."

Ich blicke zu Gabriel hinüber, um zu sehen, wie er ihre Beobachtung nimmt. Ich bin mir nicht sicher, ob „bodenständig" ein Kompliment ist. Seine Lippen krümmen sich ein bisschen.

Ich wende mich an Anna. „Ihr redet hier Hochenglisch, darum ja, fällt mein Dialekt als ... bodenständig auf."

„Das ist eine gute Sache", sagt sie und legt eine Hand auf meinen Arm. „Ich mag bodenständige Menschen."

Wir gehen einen langen Flur mit hohen Milchglasfenstern und weißer Holzvertäfelung entlang. Weitere Fresken an der Decke mit aufwendigem Stuck über mir ziehen meinen Blick an. Der Bau dieses Palasts muss Jahrzehnte gedauert haben, wenn man bedenkt, welche Werkzeuge sie damals hatten. Ich würde vermuten, dass der Palast ein paar hundert Jahre alt ist.

Anna informiert mich über das Königreich, das, wie sie sagt, aufgrund der Fischereiindustrie, die unter einer geringen Fischpopulation litt, im Sterben lag. Sie und Gabriel haben das Erbe der Rourkes bewahrt, indem sie die Fischereiindustrie auf die Produktion von Kosmetika umgestellt haben, die sie im neuen Day Spa und auch online verkaufen. Adrian hat ein Casino eröffnet, um ihr Geschäftsportfolio zu diversifizieren. Ich wusste über ihre Geschäfte Bescheid, aber ich wusste nicht, wie schlecht es um ihre Wirtschaft bestellt gewesen war. Gabriel mischt sich ein und spricht mit großem Stolz darüber, wie gut jetzt alles läuft. Ich kann nicht anders, als zu bewundern, was sie erreicht haben. Man stelle sich vor, ein ganzes Land vom Rande des Zusammenbruchs zur wirtschaftlichen Blüte zu führen. Es muss viel harte Arbeit kosten.

Anna öffnet eine Tür, um auf ein Esszimmer hinzuweisen. Ich bekomme einen Blick auf einen langen, glänzenden dunklen Holztisch mit einem riesigen Gesteck in der Mitte und einem Kronleuchter aus Gold und Kristall darüber. Der Palast ist elegant und hochwertig ausgestattet und offensichtlich gut in Schuss. Wenn sie mich nicht umbringen, ist ein Kredit eine echte Möglichkeit.

„Wir gehen jetzt in den Westflügel", sagt sie. „Der West- und Ostflügel bilden den Innenhof, an den sich die Gärten anschließen, von wo aus man zum Meer kommt. Fast alle Wege führen hier zum Meer."

„Es ist eine Insel", sagen Gabriel und ich gleichzeitig. Seltsam.

Anna erschauert. „Unheimlich. Ihr könntet Zwillinge sein, nur dass Gabriel ein Jahr jünger ist. Ich denke, ihr hättet euch als Kinder nah gestanden. Ich hoffe, ihr könnt euch auch als Erwachsene kennenlernen."

„Das würde mir sehr gefallen", sagt Gabriel und lächelt sie an. Offensichtlich sagt er das wegen Anna. Er sieht mich nicht einmal an dabei.

„Sicher, wir bleiben in Kontakt", sage ich, auch für Anna. Tatsache ist, Gabriel ist hier und macht seine Königssache, und ich arbeite zu Hause. Glaubt sie wirklich, wir werden beste Freunde werden? *Hey, Gabe, hast du die neue Diamant-Turboklinge zum Schneiden von Marmor ausprobiert?* Er hat hier eine Menge Marmor. Ich unterdrücke ein Lachen bei dem Gedanken.

Anna weist auf dem Weg auf ein paar weitere Räume und einige historische Wikingerrelikte an der Wand, hauptsächlich Schilde und Schwerter, hin – alle von unseren Vorfahren –, bevor wir den Audienzsaal erreichen. Er ist nicht schrecklich, obwohl der antik aussehende, hölzerne Doppelthron ganz am Ende des riesigen Raums mich innehalten lässt. Ich schwöre, wenn Gabriel und Anna auf diesem Thron Platz nehmen und erwarten, dass ich mich verbeuge oder so was, bevor sie eine Erklärung abgeben, die mich an meinen Platz verweist, bin ich nicht für meine Handlungen verantwortlich. Wir sind ebenbürtig, auch wenn wir in verschiedenen Welten leben.

Anna winkt mich weiter. „Setz dich neben Gabriel auf den Thron. Ich bin gleich wieder da."

Ich auf dem Thron?

Ich starre darauf und bewege mich langsam weiter, fast wie in Trance. Wenn ich als Kind wegen irgendwas wütend war, habe ich mir immer vorgestellt, meinen Platz als König einzunehmen und zu tun, was immer ich will, mit unbegrenzten Ressourcen. Ich hätte nie gedacht, dass es im wirklichen Leben passieren würde.

„Wie ist dein Leben in Brooklyn?", fragt Gabriel und reißt mich aus meiner Trance.

„Kann mich nicht beschweren."

„Silvia sagte mir, dass ihr alle in der Baubranche arbeitet. Das Geschäft läuft gut?"

„Ja, es läuft gut. Jetzt im Winter ist es natürlich ruhiger. Im Frühling werden wir wieder ziemlich beschäftigt sein." Ich sehe ihn von der Seite an. „Wie ist dein Leben hier in Villroy?"

Er lächelt, wodurch sein gesamter Ausdruck augenblicklich von starr zu entspannt wechselt. „Fantastisch! Ich habe jetzt eine Tochter, Mila. Sie ist 16 Monate alt, läuft und fängt gerade an zu sprechen. Sie ist das Licht meines Lebens." Seine Stimme überschlägt sich vor Emotionen, und er räuspert sich. „Wirklich, ich war noch nie glücklicher."

Ein Stich der Eifersucht überrascht mich. Es ist nur so,

dass ich mich – nachdem ich mein ganzes Leben lang auf meine fünf jüngeren Brüder aufgepasst habe – immer irgendwann in der Zukunft als Vater gesehen habe. Ich dachte, mit dreiunddreißig wäre ich es schon. Offensichtlich ist er glücklich, Vater zu sein. „Herzlichen Glückwunsch zu deinem kleinen Mädchen. Also, wie gefällt es dir, König zu sein?"

Er wird ernst. „Ich tue meine Pflicht. Ich habe das Glück, Anna an meiner Seite zu haben. Sie ist diejenige, die das Königreich vom Rande des Zusammenbruchs ins nächste Jahrhundert gebracht hat. Es war ihre geniale Idee, unsere Fischereiindustrie in der Kosmetikproduktion einzusetzen. Es hat unsere traditionelle Lebensweise bewahrt und gleichzeitig modernisiert."

Er nimmt auf dem Thron Platz und lädt mich ein, dasselbe auf dem Thron neben ihm zu tun. Ich steige auf das Podest und setze mich. *Nett.* Der Thron aus hartem Holz könnte bequemer sein, aber wow. Ich fühle mich wie ein verdammter König hier oben, der einen Raum voller imaginärer Leute überblickt, die nach Führung suchen.

„Wie fühlt es sich an?", fragt er.

„Es fühlt sich richtig an." Komisch, aber wahr.

„Nimmst du es mir übel, weil ich deinen Platz eingenommen habe?"

Ich zögere. Ich kann es ihm nicht wirklich übelnehmen, doch es ist schwer, ihn auf dem Thron zu sehen, wissend, dass mein Vater ungerecht behandelt wurde.

„Du musst nicht antworten", sagt er. „Eine geistlose Frage. Natürlich ärgerst du dich über das, was dir ohne dein Verschulden verweigert wurde. Mir würde es nicht anders gehen."

„Es ist nur mein Vater, wenn du verstehst, was ich meine? Es war nicht richtig, wie sie ihn behandelt haben."

„Ganz deiner Meinung."

Anna nähert sich mit einem Diener, der eine große Holzkiste hält. „Wir möchten, dass du das deinem Vater gibst. Ein Geschenk, von dem wir hoffen, dass er es als Friedensgeste betrachtet."

Meine Augen weiten sich. *Ein Geschenk für meinen Vater?*

Der Diener stellt die Kiste vor mir ab. Ich öffne die Metall-riegel, hebe den Deckel und keuche. Es sind eine mit Juwelen besetzte goldene Krone und ein Zepter auf dunkelblauem Samt. Es müssen mehr als hundert Diamanten an der Krone sein, dazu Saphire, Rubine und Perlen. Das Zepter ist mit einem Kreuz mit einem Smaragd gekrönt und mit Diamanten und Rubinen besetzt. Das muss ein Vermögen wert sein!

Ich kann Gabriel definitiv nicht um einen Kredit bitten, nachdem er mir dieses unglaubliche Geschenk gegeben hat. Ich werde Sean sagen, dass wir einen anderen Weg finden müssen. Nicht, dass wir mit den Banken Glück gehabt hätten. Noch nicht. Wir können noch ein paar andere probieren.

„Du solltest wahrscheinlich mit unserem Jet zurückflie-gen", sagt Anna zu mir. „Es dürfte schwierig sein, das hier auf einem kommerziellen Flug sicher nach Hause zu bringen. Stell dir vor, du müsstest das der Flughafensicherheit erklären!"

„Ja, sicher." Ich kann nicht aufhören, es anzustarren. Ich habe noch nie so viele Edelsteine auf einem Haufen gesehen. „Hat das meinem Vater gehört?"

„Ja", sagt Gabriel. „Es wurde für ihn gemacht. Mein Vater hat es nur getragen, bis ein neues Set für ihn angefertigt wurde. Nachdem unser Großvater gestorben war und dein Vater auf den Thron verzichtet hatte, ist alles ganz schnell gegangen. Mir wurde gesagt, dein Vater hat seine Beziehung zu deiner Mutter geheim gehalten, bis unser Großvater auf dem Sterbebett lag. Vielleicht war der Schock dieser Offenba-rung schuld an der anschließenden Härte seines Exils."

Ich reiße meinen Blick von der Krone los und starre ihn an. „Ich wusste nicht, dass die Beziehung geheim war."

„Dein Vater war mit meiner Mutter verlobt", sagt Gabriel. „Es war arrangiert worden, als sie noch Kinder waren. Meine Mutter hat einmal auf der anderen Seite der Welt gelebt. Sie sollten sich an ihrem Hochzeitstag kennenlernen."

Ich verziehe das Gesicht. Ich kann mir nicht vorstellen, jemanden zu heiraten, den man noch nie getroffen hat. Die Geschichte, die ich kannte, war, dass meine Mutter, Tara Byrne, ein Mädchen aus Brooklyn war, das an einem

Auslandsstudienprogramm in Frankreich teilnahm, wo sie meinen Vater kennenlernte, der aus dem nahe gelegenen Villroy zu Besuch war. Ich schätze, mein Großvater war nicht sehr nachsichtiger Stimmung, als er im Sterben lag und ihm sein Sohn die großen Neuigkeiten mitteilte. Wäre es anders gewesen, wenn er seinen Eltern von seiner Liebe zu meiner Mutter erzählt hätte, anstatt sie bis zur letzten Minute geheim zu halten? Oder wusste er immer, dass sie niemals eine Bürgerliche akzeptieren würden, und hat mit seiner Entscheidung gerungen – Königreich oder Liebe?

Anna beugt sich zu mir vor. „Möchtest du es anprobieren?"

Ich zucke zusammen. „Nein. Das war nie für mich gedacht." Ich begreife die Wahrheit dieser Worte. Nur königliche Linien auf beiden Seiten hätten dazu geführt, dass ich König hätte werden können. Doch jetzt, mit dem Führungswechsel auf Villroy, spielt das keine Rolle mehr. Gabriels und Annas Tochter Mila wird eines Tages Königin sein, obwohl sie eine Mutter ohne königliche Blutlinie hat. Timing, Mann.

Gabriel und Anna schulden mir eigentlich nichts, doch sie haben mir dieses erstaunliche Geschenk gegeben. Ich hebe das Zepter auf und bewundere die Handwerkskunst. Mein Vater wird sich freuen, es zu bekommen, wenn auch nicht in Verbindung mit der Rolle, auf die er einst vorbereitet worden ist. Diese Krone und dieses Zepter gehören rechtmäßig ihm. Er hatte sie wahrscheinlich mehr als einmal in der Hand und vielleicht sogar getragen.

Meine Stimme kommt rau heraus. „Danke. Ich bin mir sicher, dass ihm das viel bedeuten wird."

Als ich nach Hause komme und es meinem Vater gebe, runzelt er die Stirn, und sein Kiefer ist angespannt. Ich ähnele ihm, doch er ist jetzt grau an den Schläfen und hat Falten um seine blaugrünen Augen. Er sagt, sie stammen vom vielen Lachen.

„Es ist als Friedensgeste gedacht", sage ich.

Er legt die Kiste zurück in meine Hände. „Ich will, dass du das behältst. Du warst als nächster an der Reihe, den Thron zu besteigen. Ich habe dir das genommen. Es ist das Mindeste, was ich tun kann."

„Du hast mir nichts genommen. Ich wäre niemals König geworden, weil Mom eine Bürgerliche war. Es ist nicht so, als würde ich ohne sie existieren."

„Wie haben sie dich und deine Brüder behandelt?"

„Weißt du, nachdem wir einige Zeit mit unseren Cousins verbracht haben, waren sie gar nicht so angespannt, wie ich zuerst dachte. Es war okay." Wir haben uns tatsächlich amüsiert, haben getrunken und Poker gespielt. Ich erwähne die alten Säcke nicht, die uns ignoriert haben. Mein Vater hat genug gelitten.

„Gut. Hat Gabriel einem Darlehen zugestimmt?"

„Ich fand es nicht richtig, ihn zu bitten, nachdem er uns dieses wertvolle Geschenk gegeben hat", sage ich und hebe die Kiste hoch.

Er stößt mit dem Finger auf die Schachtel. „Das hat immer mir gehört. Mir – dir wurde die Kompensation verweigert, die du für deinen Platz im Königreich verdient hast. Du hättest mehr bekommen sollen als die Rückgabe von etwas, das mir gehört."

„Dad, es ist in Ordnung. Wir werden einen anderen Weg finden." Ich löse die Riegel an der Kiste und öffne den Deckel, damit er den Inhalt ansehen kann.

Mein Vater nimmt die Krone heraus und bewundert sie von allen Seiten. Er ist für einen Moment still, sein Gesichtsausdruck ernst. „Ich erinnere mich daran, als wäre es gestern gewesen."

„Behalte sie. Sie wollten, dass du sie bekommst."

Er setzt sie auf meinen Kopf und überrascht mich damit. Sie ist schwer. „Steht Dir. Mein Sohn, der König." Er zieht sein Handy aus der Tasche seiner Khakihose, macht ein Foto und zeigt es mir.

Ich starre einen Moment auf das Display. Vielleicht ist es meine Ähnlichkeit mit meinem Vater, doch es sieht tatsächlich nicht so seltsam aus, wie ich es mir vorgestellt habe. *Nein*, das bin nicht ich, das ist mein Vater.

Ich nehme die Krone von meinem Kopf und lege sie vorsichtig wieder in die Schachtel. „Ich wäre nie König geworden." Ich biete ihm die Schachtel noch einmal an, und er verschränkt die Arme und verweigert sein Geschenk.

Ich verstehe. Das Geschenk anzunehmen bedeutet, seiner Familie zu vergeben, nachdem sie ihn so grausam vertrieben hat. „Ich werde das im Büro im Safe aufbewahren. So weißt du immer, wo es ist, wenn du es willst."

„Es gehört dir", betont er.

Ich schüttle meinen Kopf. Ich kenne meinen Platz. Ich bin der Schlüssel zur Baufirma meines Onkels. Ich habe die Mannschaft jahrelang geleitet und Stück für Stück eine größere Rolle in der Führung des Geschäfts übernommen und Seite an Seite mit meinem Onkel gearbeitet. Sean und ich werden einen Weg finden, um auch einen Fuß in die Immobilienbranche zu bekommen. *Das* ist mein Leben. Man wird mich niemals bitten, König zu werden. Ich bin halb bürgerlich, ein abtrünniger Prinz.

Und hier in Brooklyn gibt niemand einen müden Heller auf mein königliches Blut.

2

Ariana

Oh, da ist er, Dylan Rourke, der heimliche Prinz. Was für ein Spinner! Ich wette, er hat das erfunden, nur um den Mädchen an die Wäsche zu kommen. Ich kämpfe mit dem Schlüssel an der Tür des Hauses meiner Eltern, balanciere Einkaufstüten und ignoriere geflissentlich seinen Blick von der etwa einen Meter entfernten Treppe. Wir sind in angrenzenden Klinker-Reihenhäusern aufgewachsen. Er steht dort in einer schwarzen Motorradjacke und ausgewaschenen Jeans, hält eine Holzkiste in der Hand und sieht, verdammt noch mal, nach all den Jahren immer noch widerlich gut aus. Es muss die Knochenstruktur mit den hohen Wangenknochen und dem kantigen Kinn sein. Oder vielleicht sind es seine dicken dunkelbraunen Haare, blauen Augen, der Stoppelbart und ein harter Körper, geformt von Jahren auf dem Bau. Groß, muskulös, tougher Typ. Nicht, dass er mich interessieren würde.

Endlich schließe ich die blöde Tür auf und segle hinein, nur durch den Kampf mit dem Schloss überhitzt. „Ma, ich habe die Einkäufe!"

Keine Antwort. Sie muss mit meinem Vater spazieren gegangen sein. Wir haben hier in einem normalerweise kalten New Yorker Winter Temperaturen über dem Gefrierpunkt.

„Praktisch Frühling!", hat Ma vorhin gesagt, dabei ist Neujahr.

Ich gehe durchs Haus in die Küche, stelle die Tüten auf die Theke und hänge meine Daunenjacke über die Stuhllehne. Ich habe Dylan nicht mehr gesehen, seit ich mit achtzehn an die Uni gegangen bin. In unserer Kindheit hat Dylan sich dauernd über mich lustig gemacht, an meinen Zöpfen gezogen und mich „Airy Fairy" genannt, wahrscheinlich, weil ich die ganze Zeit Tutus getragen und getanzt habe. Meine Freunde nennen mich Air, kurz für Ariana. Wie auch immer, ich habe Ballett geliebt und davon geträumt, im New Yorker Ballett im Lincoln Center zu tanzen. Dann, scheinbar über Nacht, habe ich Kurven bekommen – große Brüste, Hüften, Po. Ich hatte nicht mehr die ideale Tänzerfigur und wurde in meiner Tanzkompanie immer übergangen, wenn Hauptrollen besetzt wurden. Ich habe härter gearbeitet, mich über alles, was ich je geschafft habe, hinaus gepusht und mit den Schmerzen, dem Muskelkater und der Erschöpfung gelebt. Schließlich hat mein Ballettlehrer ein offenes Gespräch mit mir über die Abwesenheit von Karrierechancen geführt, und mit fünfzehn habe ich aufgehört. Am Boden zerstört.

Meine Mutter, so praktisch wie sie ist, sagte mir, ich solle mein Gehirn benutzen und mich auf meine Ausbildung konzentrieren, also tat ich das. Ich bin nach Stanford gegangen, habe Kommunikation studiert und als Marketing Managerin für das Familienunternehmen meines Mannes, ein Immobilienentwicklungsunternehmen, in San Francisco gearbeitet. Wir haben uns kürzlich nach acht Jahren Ehe scheiden lassen, aber ich habe weiter dort gearbeitet, da die Scheidung einvernehmlich war. Ich habe ihn wirklich geliebt und war vielleicht nicht bereit, ihn gehen zu lassen. Wir hatten uns zunächst darauf geeinigt, keine Kinder zu bekommen, doch je älter ich wurde, desto klarer wurde mir, dass ich welche haben möchte. Die Scheidung war seine Idee, da er seine Meinung zum Thema Kinder nie ändern würde. Ein harter Schlag, aber ich sagte mir, dass sich die Menschen ändern, und dass das die richtige Wahl für uns beide war. Ich habe nicht einmal die Hälfte seines Vermögens genommen, obwohl ich es nach kalifornischem Recht hätte haben können. Ich habe nur das genommen, was ich zur Ehe beigetragen habe. Das Haus war ein Geschenk seiner Eltern, darum hat er es behalten. Ich verlange auch keinen Unterhalt. Ich bin eine unabhängige Frau. Die Scheidung verlief zivilisiert. Ich dachte wirklich, ich wäre okay mit allem, doch nur sechs Monate nach der Scheidung taucht er bei der Arbeit mit seiner Freundin auf, einer hübschen jungen Blondine, und ...

Sie ist schwanger. Im achten Monat.

Herzlichen Dank für das Messer in meinem Rücken. Willst du es vielleicht noch umdrehen? Der Mann, der geschworen hatte, dass er nie Kinder haben wollte, stand da und stellte mich seiner neuen Liebe und ihrem zukünftigen Baby vor, das er offensichtlich gezeugt hatte, als wir noch verheiratet gewesen waren, und er war so *verdammt glücklich* darüber. Er hatte einfach keine Kinder mit mir haben wollen. Er hat mich nicht so geliebt wie ich ihn. Mein Hals schnürt sich bei der Erinnerung daran immer noch schmerzhaft zu. Ich schlucke und konzentriere mich darauf, die Lebensmittel wegzuräumen. Meine Augen brennen.

Unter den gegebenen Umständen habe ich meinen Job gekündigt, darum lebe ich wieder im Haus meiner Eltern – arbeitslos – und versuche, die neue Phase meines Lebens zu beginnen. Das ist mein zweiter Versuch. Bald habe ich ein neues Leben, einen neuen Job und hoffentlich in nicht allzu ferner Zukunft ein Baby. Das ist einer der Gründe, warum ich zurück nach Brooklyn gezogen bin. Ich möchte in der Nähe meiner Familie sein, um Unterstützung zu haben. Tatsächlich habe ich bereits den perfekten Spender bei einer Samenbank ausgewählt. Er hat fantastische Gene – groß, ein ehemaliger Lacrosse-Spieler, keine Erbkrankheiten und ein Doktortitel in Anthropologie. Wir haben sogar die gleiche Blutgruppe, also alles perfekt. Sobald ich alle Teile meines Lebens in Ordnung gebracht habe, mache ich einen Besamungstermin. Nur daran zu denken bringt mir etwas Frieden. Mein Ex hat mich jahrelang von meinem Traum, Mutter zu werden, abgehalten, doch jetzt kann mich niemand mehr aufhalten. Nicht einmal meine wohlmeinende, aber überbesorgte Mutter.

Sie ist ausgeflippt, als ich ihr von meinem Samenspender erzählt habe. Sie bestand darauf, dass sie ihn und seine Familie kennenlernen müsste. So sei das normal. Ich atme scharf aus. Ich habe die schwierigen Entscheidungen getroffen – fange hier nochmal von vorn an –, weil mir das wichtig ist. Ich bin einunddreißig und mehr als bereit, Mutter zu werden.

Schritt eins, ein guter Job. Vielleicht gründe ich meine eigene Immobilienentwicklungsfirma. Ich habe die Erfahrung, und die Immobilienwerte steigen hier in Brooklyn gerade dramatisch an. In der Gegend meiner Eltern, Windsor Terrace, haben die Immobilienpreise gerade einen echten Sprung gemacht. Immer mehr Menschen wollen sich hier wegen der Schulen und des Kleinstadtgefühls mit den von Bäumen gesäumten Straßen, gepflegten Häusern und dem geringen Verkehrsaufkommen niederlassen. Viele Gegenden in Brooklyn gewinnen an Wert. Das einzige Problem ist, dass ich nicht das Geld habe, um zu investieren. Meine Planung wird durch das Dröhnen eines Harley-Motors vor der Tür unterbrochen. Dylan. Hat er es geschafft, diese Kiste auf sein Bike zu schnallen? Ich werde nicht aus dem Fenster schauen.

Ich höre seine neckende Stimme in meiner Erinnerung. *Wo ist dein Tutu, Airy Fairy?*

Es war Dylans Lieblingsfrage, nachdem ich mit ungefähr zehn Jahren aufgehört hatte, es immer und überall zu tragen. Er konnte die Klappe nicht halten, und als ich mit dem Ballett aufgehört habe, tat die Erinnerung weh. Ich habe ihn immer angestarrt und innerlich geschrien: „Begraben wie meine Träume!" Ich war als Kind schüchtern, sonst hätte ich ihn angeschrien.

Ich räume die letzten Einkäufe weg, nehme mir ein Glas Wasser und lasse mich in einen Küchenstuhl aus Vinyl fallen. Leider habe ich im Laufe der Jahre viel über Dylan nachgedacht, sowohl über das Gute als auch über das Schlechte, weshalb ich ihn meide. Der Mann ist in mein Gehirn eingebrannt. Meine Gedanken wandern zurück zu diesem schicksalhaften Tag. Ich, jung und dumm. Er, jung und reichlich von sich selbst eingenommen.

Es war ein sonniger Samstag im August, ein Tag vor meinem großen Trip an die Uni nach Kalifornien, und ich war entschlossen, meine Jungfräulichkeit zu verlieren, bevor ich ging. Ich dachte, die Uni würde mehr Spaß machen, wenn ich diese Unbeholfenheit überwunden hätte. Gott, ich dachte, ich wäre schlau, so vorauszudenken. Tatsächlich hatte ich es wochenlang geplant. Ich wusste, wann meine Eltern in New Jersey sein würden, um meiner älteren Schwester Rosalie zu helfen, für ihren ersten Job in ihre neue Wohnung zu ziehen. Ich habe absichtlich gewartet, meine Sachen für die Uni zu packen, damit ich nicht mit ihnen gehen musste. Ich hatte das Haus für mich. Jetzt brauchte ich nur noch den Typen dazu. Ich habe lange und intensiv darüber nachgedacht. Ich brauchte jemanden, den ich gerne zurücklassen würde, und er musste zumindest ein bisschen gut darin sein, damit es keine schreckliche Erfahrung wurde. Über den zwanzigjährigen Dylan tuschelten die Mädchen aus der Nachbarschaft, dass er *verfügbar* war. Hinzu kam die Fehde unserer Eltern, was dem Ganzen den köstlichen Beigeschmack von Rebellion gab. (Lange Geschichte, aber die Fehde ist nicht die Schuld meiner Familie. Wenn seine Mutter nicht weiß, wo ihre Servierlöffel hingekommen sind, ist das ihr Problem. Meine Mutter ist keine Diebin.) Mit der bekannten Feindseligkeit unserer Eltern würde niemand jemals glauben, dass ich es mit ihm getan habe. Perfekter Plan? Nicht wirklich.

Er kam auf seiner brüllenden Harley an. Jeder konnte das Ding hören, und mein jungfräuliches Herz pochte.

Ich spähte aus dem vorderen Fenster. Ja, er war es. Ich stürmte aus der Haustür, eilte die Stufen hinunter und stellte mich vor ihn auf den Gehsteig. Er sah aus wie immer, sehr von sich selbst eingenommen, als er mit seinem schwarzen Helm, dem engen blauen T-Shirt und den an seinen muskulösen Oberschenkeln anliegenden Jeans von seinem Bike stieg.

Ich machte meinen Schritt. „Hallo."

Er nahm seinen Helm ab, sein dunkelbraunes Haar sexy zerzaust. Er war groß, mindestens eins achtzig, hatte breite

Schultern und pralle Bizepse, die ich neuerdings schätzte. „Hey, Airy Fairy, w–"

Ich fiel ihm ins Wort, bevor er mich nach meinem verdammten Tutu fragen konnte. „Ich habe gehört, du bist ein Prinz." Um die Konversation anzufangen, war das sehr gut, denn ich hatte die perfekte Fortsetzung geplant: *Ich wollte immer mit einem Prinzen zusammen sein.* Ich wartete, Adrenalin schoss durch mich hindurch.

Er starrte mich an.

„Sean hat es mir gesagt." Sein Bruder Sean und ich waren in der gleichen Klasse.

„Sean lügt."

Ich beugte mich vor und war überrascht, dass er tatsächlich gut roch. Wirklich gut. Wie frische Luft und Mensch. „Ich habe das Haus für mich allein", flüsterte ich.

Er starrte mich wieder an, aber diesmal war ein Funke in seinen blauen Augen. War er interessiert? Es war schwer zu sagen. Seine Augen blieben auf meinem Gesicht, obwohl ich ein gelbes Minikleid mit Blumenmuster, Spaghettiträgern und einem anliegenden Top trug, das mein Dekolleté zur Geltung brachte.

Ich deutete mit einem Daumen in Richtung meines Hauses. „Meine Eltern helfen Rosalie, in ihre neue Wohnung in Jersey zu ziehen. Sollte eine Weile dauern. Willst du reinkommen?" *Oh! Ich habe den ersten Schritt gemacht. Schau mich an, ich bin gut im Flirten!*

Sein Kopf neigte sich langsam zur Seite. „Wofür?"

Vielleicht doch nicht so toll im Flirten.

Ich nahm meinen Mut zusammen und legte eine Hand auf seine Brust. Seine Hitze brannte durch den dünnen Stoff seines T-Shirts, und mein ganzer Körper wurde heiß. Ich riskierte einen Blick. Er starrte auf meine Hand auf seiner Brust. Ich nahm es als gutes Zeichen, dass er meine Hand nicht sofort wegschob. Trotzdem ließ ich sie fallen, nur für den Fall, dass er es nicht cool fand. Ich war mir nicht sicher, ob wir auf derselben Wellenlänge waren.

„Du solltest rüberkommen", sagte ich mit leicht flirtender

Stimme. „Wir könnten ein bisschen Zeit zusammen verbringen, nur wir zwei."

Er starrte mich einen langen Moment an, und meine Hoffnungen stiegen. Es schien, als hätte er meine Nachricht verstanden, und dachte ernsthaft darüber nach. „Ja, äh, nein, danke." Er drehte sich um und ging die Stufen zu seiner Haustür hinauf.

Ich schnaubte und folgte ihm. „Warum nicht?"

Er sah mich an, sein Blick fiel kurz auf mein Dekolleté und glitt dann zurück zu meinen Augen. „Du hasst mich."

„Ich hasse dich nicht." *Ich finde dich nur irritierend und viel zu eingebildet.*

„Du denkst, du bist besser als ich."

Meine Blicke müssen finsterer gewesen sein, als ich gedacht hatte. Trotzdem hatte ich gedacht, dass sich Jungs auf jede Chance, Sex zu haben, stürzen würden.

Mir läuft die Zeit davon!

Verzweiflung lag in meiner Stimme. „Ich muss sie loswerden, bevor ich an die Uni gehe, und ich gehe morgen."

Ein Mundwinkel hob sich. „Was meinst du?"

Meine Wangen brannten, doch ich würgte die Worte aus. „Meine Jungfräulichkeit."

Er grinste. „Ich wollte dich das nur sagen hören. Frag 'nen anderen. "

Ich presste meine Lippen aufeinander. Er hatte gewusst, was ich meinte, und er hatte mich dazu gebracht, das Peinliche laut auszusprechen. Die Tatsache, dass er mich irritierte, war leider keine Abschreckung. Ich hatte das mein ganzes Leben lang gewusst. Ich wusste auch, dass ich das alles nicht noch einmal mit einem anderen Mann durchmachen würde, und er war immer noch ideal, gutaussehend und erfahren.

Ich war auf einer Mission.

Ich machte weiter. „Aber ich frage *dich*."

„Warum?"

Ich hatte nicht erwartet, einen Grund zu brauchen. Nach Jahren seiner Neckereien und Jahren, in denen ich wütend war und unsere Familien nicht miteinander sprachen, suchte ich verzweifelt nach einem guten Grund. „Weil ich dich kenne und –" Oh, ich hasste es, es zuzugeben, aber das war eine dringende Situation. „– und du süß bist."

Er runzelte die Stirn. „Süß? Welpen sind süß. "

„Okay, du bist hübsch!"

Er schenkte mir ein verschlagenes Lächeln, das mein Herz höherschlagen ließ. „Sexy."

Ich verdrehte die Augen, aber mein Herz pochte. „Fein. Das auch."

Er legte die Hand an mein Kinn und hob mein Gesicht zu seinem. „Wo ist der Haken?"

Ich schluckte. „Kein Haken. Keine Hintergedanken. Morgen reise ich ab."

Seine Augen brannten sich in meine, und Funken huschten über meine Haut. Seine Stimme war leise und heiser. „Küss mich, und ich werde es mir überlegen."

Wir waren auf dem Treppenabsatz vor seiner Tür. Die ganze Nachbarschaft konnte uns sehen. Das war eine eng gestrickte Gemeinschaft, die Generationen zurückreichte, was bedeutete, dass ich sicher sein konnte, dass meine Eltern davon erfahren würden. „Können wir wohin gehen, wo wir unter uns sind?"

„Nein."

Ich zögerte.

Er ließ mich los. „Geh nach Hause, Ariana."

Mir blieb der Mund offen stehen. Er sagte tatsächlich meinen Namen. Er hatte nie meinen richtigen Namen gesagt, nicht einmal meinen Spitznamen. Für ihn war ich immer Airy Fairy. Bescheuert.

Er steckte seinen Schlüssel ins Schloss, und mir wurde klar, dass ich ihn verlieren würde. Ich packte seinen Unterarm, um ihn aufzuhalten. Die Hitze seiner Haut weckte eine köstliche Wärme in mir.

Er warf mir einen Seitenblick zu. „Ja?"

„Okay. Ich werde dich hier küssen."

„Vergiss es."

Ich war so irritiert darüber, wie schwierig er es für mich machte, dass ich seinen Kopf packte, ihn zu mir herunterzog und ihn hart küsste. Er berührte mich nicht und erwiderte den Kuss auch nicht, darum küsste ich ihn zärtlicher, in der Hoffnung, dass ihm das besser gefiel. Plötzlich erwiderte er den Kuss. Hitze, ein Seufzer und ich schmolz gegen ihn. Er war so gut.

Dann brach er den Kuss abrupt ab. „Okay, lass uns gehen." Er nahm meine Hand und ging die Stufen seines Hauses hinunter und die Stufen meines hinauf. Ich war so aufgeregt, dass ich vergaß, ihn durch den Hintereingang ins Haus zu schmuggeln.

Ich war nervös, als wir in mein Zimmer kamen, besonders, als sein Blick sofort auf das Kondom fiel, das ich für diese gut geplante Veranstaltung auf den Nachttisch gelegt hatte.

Er legte seinen Motorradhelm neben der Tür auf den Boden, dann stieß er die Tür zu und schloss sie ab. Das Klicken des Schlosses klang laut und bedrohlich. Mein Puls raste. Ich war allein mit Dylan Rourke in meinem Zimmer. Meine Eroberung, die ich jetzt fürchtete, hatte die Oberhand. Er war groß, kraftvoll mit Muskeln von der Arbeit auf dem Bau, und ich hatte ihm eine Einladung ausgesprochen, von der ich nicht sicher war, ob ich sie zurücknehmen konnte.

Vielleicht spürte er meine Nervosität, denn er nahm meine Hand und zog mich langsam und sicher zu sich, bis er mich küsste. Tiefe, heiße, feuchte Küsse, die meine Glieder schwer machten, meinen Körper heiß, meinen Geist selig leer. Als er mich zum Bett führte, war ich bereit, mich auszuziehen. Stattdessen legte er sich angezogen neben mich und küsste mich weiter. Seine Hände waren groß und schwielig, doch er berührte mich sanft, hielt mein Gesicht, streichelte meinen Hals, fuhr über mein Schlüsselbein und über meine nackte Schulter. Meine Haut prickelte überall, wo er sie berührte.

Er küsste mich so lange, bis mein Kinn von seinem Stoppelbart brannte, und ich hätte schwören können, dass meine Lippen geschwollen waren. Da unterbrach ich den Kuss. „Ich bin bereit."

Ich fing an, die kleinen Knöpfe am Oberteil meines Kleides aufzuknöpfen, aber er schob meine Hände weg und tat es selbst. Langsam. Und küsste dabei jeden Zentimeter meiner nackten Haut. Ich war fiebrig heiß, meine Finger strichen durch seine Haare, halb benommen von der intensivsten Erfahrung meines Lebens. Das war so ganz anders als das Knutschen mit anderen Jungs. Sein Ruf war so dermaßen verdient.

Als wir beide nackt waren, war ich mehr als bereit. Er war so wunderschön, gebräunt und muskulös, der sexieste Mann, den ich je gesehen hatte. Ich spreizte meine Beine und zog ihn zu mir.

Er küsste mich wieder, lang und leidenschaftlich, als könnte er nicht genug bekommen. Ich wurde von meinem Verlangen verzehrt. Ich hätte nie gedacht, dass es so sein könnte.

Er hob den Kopf. „Lass mich mal was an dir ausprobieren."

Was ausprobieren?

Mein Hals wurde trocken. „Können wir es nicht einfach so machen?"

„Das werden wir, aber ich will zuerst was ausprobieren."

Ich kniff meine Augen zusammen, und mein Verlangen kühlte schnell ab. „Wo hast du das gelernt, bei einem anderen Mädchen?"

Er legte die Hand an meine Wange und küsste mich, nur ein Streifen seiner Lippen, das mich erhitzte. „Aus einem Buch. Du magst doch Bücher."

„Du hast ein Sexbuch gelesen?"

„Ja. Es soll sich wirklich gut für das Mädchen anfühlen. Hey, wenn es dir nicht gefällt, höre ich auf. Mach dir keine Sorgen, es ist völlig normal."

Ich musterte ihn für einen langen Moment, und er schenkte mir ein sexy Lächeln. Seine blauen Augen funkelten. In diesem Moment vertraute ich ihm. Immerhin hatte er mich nicht besprungen oder mir die Kleider vom Leib gerissen. Er hatte mich so lange geküsst, dass meine Lippen geschwollen waren.

„Okay", sagte ich.

Er grinste. „Danke. Sag mir, ob es dir gefällt."

Und dann ließ er sich auf meinen Körper sinken und

küsste mich. Dort. Wo mich noch nie jemand geküsst hatte. Ich schnappte nach Luft und dann …

Es. War. Wahnsinnig. Gut.

Ich starb und erwachte wieder zum Leben. Ich nannte ihn vielleicht einen Gott.

„Es hat mir gefallen", sagte ich danach, während ich versuchte, wieder zu Atem zu kommen.

Er schmiegte sich an die Innenseite meines Oberschenkels, und ein leises Lachen rumpelte durch seine Brust. „Ja, das habe ich bemerkt." Er streckte sich zum Nachttisch, nahm das Kondom, riss das Päckchen auf, rollte es über und senkte sich auf mich. „Bereit?"

Meine Lippen verzogen sich zu einem trägen Lächeln. Er war so verdammt großartig. „Bereit."

Seine Augen brannten sich erneut in meine, als er in mich eindrang. Ein kurzer Schmerzensblitz ließ meinen Atem stocken, doch dann war da diese unglaubliche Fülle.

Er hielt inne, strich mir über die Haare und legte seine große Hand an meine Wange. Ich schloss die Augen und sagte mir, ich solle mich entspannen, alles würde bald vorbei sein. Und dann küsste er mich wieder auf seine betörende Art, und ich verlor mich im Moment und entspannte mich unter ihm, während ich meine Hände über die kräftigen Muskeln seines Rückens gleiten ließ.

Er begann sich zu bewegen, pumpte in mich hinein und heraus, es gefiel mir.

„Ich bin so froh, dass du mein Erster bist", platzte es aus mir heraus.

Unsere Blicke begegneten sich und kommunizierten etwas Tieferes miteinander, das mit dem Gefühl wuchs, als wären unsere Seelen mit unseren Körpern verschmolzen. Ich konnte kaum atmen, als Lust und ein plötzlicher Liebesrausch mich überwältigten. Die Zeit hörte auf zu existieren. Die Lust wuchs wieder in mir, eine enge Spirale, die mich meine Fingernägel in seine Schultern graben ließ. Sie wuchs und wuchs, und dann klatschte sein Mund auf meinen, und es war um mich geschehen, eine Explosion der Lust zerriss mich.

Er warf seinen Kopf in den Nacken, und die Sehnen in seinem Hals traten hervor, als er mit einem erstickten, gutturalen Laut kam.

Unglaublich!

Ich lächelte und streichelte seine erhitzten Schultern und seinen Rücken. Ich war so glücklich, so entspannt, so überrascht. Eine gute Überraschung. Wer hätte gedacht, dass ich jemals so viel für Dylan Rourke empfinden würde? Der irritierende, selbstgefällige Typ, der auf feindlichem Gebiet lebte.

Plötzlich stand er neben dem Bett, und mir wurde kalt.

Wortlos zog er sich an, wandte mir dabei den Rücken zu.

Ich stützte mich auf meine Ellbogen und glaubte kaum, was ich sah. Ich fand endlich meine Stimme, und sie klang leise. „Du gehst?"

Er war jetzt angezogen, Socken und Schuhe in der Hand, sein Blick irgendwo oberhalb meiner Schulter. „Viel Glück an der Uni", murmelte er, bevor er eilig verschwand.

Ich starrte auf seinen Helm, der immer noch am Boden neben der Tür lag. Er war in solcher Eile gewesen, dass er sogar seinen Helm vergessen hatte. Und er hatte nicht einmal lange genug bleiben können, um seine Socken und Schuhe anzuziehen!

Ich stürmte mit dem Helm hinter ihm her, so wütend, dass es mir egal war, dass ich nackt war. Ich kam oben an der Treppe an, als er aus der Haustür trat. „Hab ein schönes Leben, Arschloch!", schrie ich aus vollem Herzen.

Was für ein Schwein! Das würde ich ihm *niemals* vergeben.

Genug Dylan Rourke! Es ist *Jahre* her. Die Tatsache, dass ich wieder zu Hause bin, bringt die Erinnerungen so lebendig zurück. Ihn nebenan zu sehen.

Ah, zum Teufel. Die Wahrheit? Er hat mich für andere Männer ruiniert. Niemand kommt an ihn heran. Er verfolgt mich in meine Träume – seine blauen Augen, die sich in meine brennen, seine schwieligen Hände so sanft, die Hitze und Herrlichkeit meines ersten Geschmacks von Leidenschaft. Und dann wache ich heiß und unbefriedigt auf und verfluche ihn.

Und würde er nicht noch eitler werden, wenn er das wüsste? All diese enttäuschenden Typen, bis ich meinen Mann traf, den ersten, der sich wie Dylan Zeit für mich genommen hat. Doch man führe sich vor Augen, wie das geendet hat.

Ich stehe vom Küchentisch meiner Eltern auf. Dylan bekommt keinen Platz mehr in meinem Kopf. Er ist ein Schwein. Und ich muss über viel wichtigere Dinge nachdenken. Wie zum Beispiel mein Leben in geordnete Bahnen zu bringen für mein baldiges Baby.

Ich nehme einen Tumbler aus dem Schrank, greife hinter die Nudelpackungen nach dem Whisky meines Vaters und gieße mir ein großzügiges Glas ein. Wasser reicht nicht, wenn es darum geht, Dylan zu vergessen.

3

Dylan

Es ist der Tag nach Neujahr, und ich bin zurück im Haus meiner Eltern, weil sie ein Familientreffen einberufen haben. Es ist später Nachmittag, was bedeutet, dass Mom wahrscheinlich auch das Abendessen bereitstehen hat. Ich bin immer bereit für ein selbstgekochtes Essen, doch dieses Familientreffen macht mich nervös. Ich stelle mein Bike ab, nehme meinen Helm ab, sitze einfach da und starre mit wachsendem Unwohlsein auf die blaue Haustür. Wir hatten schon lange kein Familientreffen mehr, und mein Vater wollte nicht verraten, worum es geht. Das letzte Mal hatten wir eines, weil Onkel Pat gesundheitliche Probleme hatte. Doch dem geht es wieder gut.

Herrgott. Ich hoffe, es ist nichts Schlimmes. Ich weiß nicht, was ich tun soll, wenn er uns sagt, dass der Krebs zurück ist. Onkel Pat, der Besitzer von Byrne Construction, der Firma, für die wir alle arbeiten, ist für mich und meine Brüder wie ein zweiter Vater. Er ist derjenige, der uns all das beigebracht hat, was mein Vater wegen seiner königlichen Erziehung nicht konnte. Wie man Werkzeuge benutzt, wie man einen Fastball wirft oder einen Changeup, wie man grillt. Mein Vater hat uns auch jede Menge beigebracht, vor allem, Risiken einzugehen und mutig zu sein, weil wir in unserem Leben nur einen Versuch haben. Bei Mom dreht sich alles um Nächstenliebe. Die Frau ist eine Heilige. Zumindest scheint es so, wenn sie mit uns sechs wilden Jungen umgeht, die zu Hause, in der Schule und im Grunde immer überall Chaos angerichtet haben.

Was ist, wenn mit einem meiner Eltern etwas nicht stimmt?

Ich schlucke schwer und wende mich ab. Mein Blick fällt auf das Rascheln eines Vorhangs im Wohnzimmerfenster des Nachbarhauses der Bianchis. Wahrscheinlich Mrs. Bianchi, die nach Klatsch über die Rourkes Ausschau hält. Sicherlich würde Ariana mich nicht ausspionieren. Sie hat mir gestern die kalte Schulter gezeigt. Was macht sie überhaupt zu Hause? Sie war nicht zu Hause, seit sie direkt nach dem Uni-Abschluss diesen Typen in Kalifornien geheiratet hat. Ich ignoriere den vertraut dumpfen Schmerz in meiner Brust, wenn ich an sie denke, was öfter passiert, als ich jemals zugeben werde. Die Sache ist, ich habe nie die Chance bekommen zu erfahren, was hätte sein können. Das eine Mal, das wir zusammen waren, war *intensiv*. Ich komme immer noch nicht darüber hinweg, wie gut es war. Sie war Jungfrau, verdammt nochmal. Und es war jenseits dessen, was sonst dabei passiert, so befriedigend, so verdammt emotional, als ihre großen braunen Augen mit einer tiefen Zuneigung in meine blickten, die sich anfühlte wie … Liebe. Lächerlich. Sie hat mich unmöglich lieben können. Ich weiß nicht, was zum Teufel das war, und das war wahrscheinlich der Grund, warum ich es versaut habe.

Ich steige von meinem Bike. Rourkes und Bianchis hatten nichts miteinander. Ich hätte es besser wissen müssen, als damals ihr Angebot anzunehmen. Es hat mir nichts gebracht als einen verdammt unbequemen Standard, dem keine Frau gerecht wird. Ich vermute, sie hat ihren Eltern etwas über diesen Tag erzählt, weil sie mich seitdem immer schief ansehen. Und das nicht nur, weil ich ein Rourke bin.

Genug Zeitgeschinde. Ich gehe die Treppe zur Haustür hinauf. Familientreffen.

„Da ist er, Miss A-me-ri-ca!", trällert eine tiefe Stimme hinter mir.

Ich drehe mich zu meinem Bruder Sean und zeige ihm den Mittelfinger. Er hat mich wegen der Krone, die Anna mir für Dad gegeben hat, verarscht und gesagt, dass das meine Tiara sei. „Arsch."

Er geht die Stufen hinauf. Sein dunkler Stoppelbart ist dickes, fast bärtiges Territorium. „Irgendeine Ahnung, worum es geht? "

„Nein. Wann wirst du dich rasieren? "

„Ich brauche den, um mich warm zu halten." Er verschränkt die Arme in seinem schwarzen Wollmantel und tut, als fröstelte er. Wenn er nicht bei der Arbeit ist, zieht er sich immer gut an, weil er diese Schickimicki-Frau gedatet hat. Sie haben zusammen in einer teuren Gegend gelebt, und sie hat seine Garderobe umgekrempelt und ihn in einen „Gentleman" verwandelt. Ihre Worte. Sie haben sich getrennt, doch er hat ihre Wohnung renoviert, wofür sie ihn dort mietfrei wohnen lässt, während sie ihr neues Leben mit einem Wall Street-Typen in der Stadt beginnt. Alles sehr zivilisiert. Ich? Ich wäre ausgezogen und hätte mir eine eigene Bude gesucht. Mir wäre egal, ob sie sagt, dass es eine Herzensangelegenheit war. Sie hat ihn immerhin betrogen.

Ich tätschele seine Wange wie eine Ohrfeige. „Du bist einfach zu faul, um dich zu rasieren."

Er schlägt meine Hand weg. „Du denkst, es geht um Onkel Pat?"

„Ich hoffe nicht."

Ich klingele, obwohl ich einen Schlüssel habe. Man muss seine Eltern nur einmal nackt im Wohnzimmer erwischen, um diese Lektion auf die harte Tour zu lernen. *Himmel*. Ich wollte meine Augen mit Bleiche auswaschen. Manche Dinge kann man nicht wieder ungesehen machen.

Mom öffnet die Tür. Sie lächelt uns an, und ihre blauen Augen leuchten. Sie hat langes dunkelbraunes Haar, keine Spur von Grau, und ihre helle Haut ist glatt. Leute, die sie nicht kennen, sind überrascht zu hören, dass sie in den Fünfzigern ist. Als Teenager hat sie ein bisschen gemodelt, was ihr eigentlich keinen Spaß gemacht hat, doch sie hat gut verdient und sich damit die Uni finanziert.

„Kommt rein!", ruft sie und tritt von der Tür zurück. „Ihr könnt euch entspannen. Niemand stirbt."

Woher wusste sie das?

Ich beuge mich vor, um ihre Wange zu küssen, und sie umarmt mich. „Ich habe deinen angespannten Kiefer gesehen", flüstert sie.

Ich richte mich auf. „Ich wusste nicht, dass ich so leicht zu durchschauen bin."

Sie umarmt Sean und lächelt mich über seine Schulter an. „Eine Mutter sieht das."

Wir gehen ins Wohnzimmer.

Es ist ein Haus aus der Zeit um die Jahrhundertwende, doch wir haben es renoviert. Es ist eines dieser klassischen Reihenhäuser von sechs mal fünfzehn Metern mit drei Meter hohen Decken, originalen Eichenparkettböden und Stuck. Meine Eltern lassen die Schiebetüren, die das Wohnzimmer von der Küche und dem Esszimmer trennen, dauerhaft offen. Das Wohnzimmer ist vorne, zur Straße hin, eine große Küche in der Mitte mit einer langen Insel und Hockern und hinten ein Esstisch. Die Küche ist das Zentrum aller Aktivitäten, insbesondere in einer achtköpfigen Familie. Du willst Ruhe? Geh woanders hin. Im Obergeschoss sind drei Schlafzimmer und eines ist im Keller. Das ist auch die Männerhöhle mit einer Tischtennisplatte und einem Billardtisch. Sean und ich haben das Schlafzimmer im Keller bekommen, weil wir die ältesten waren.

Mama geht direkt zum Kühlschrank. „Bier, Eistee oder Wasser?"

„Bier, bitte", sage ich.

„Da musst du noch fragen?", lacht Sean mit einem Grinsen.

Mom holt zwei Flaschen Bier aus dem Kühlschrank. „Ich nehme nichts an. Manchmal bist du auf einem Gesundheitstrip und willst nicht, dass du eine Plauze bekommst." Sie öffnet die Flaschen mit einem Flaschenöffner und reicht sie uns.

Ich hebe den Saum meines langärmeligen schwarzen Hemdes zur Inspektion hoch. „Glaubst du, ich kann ein Bier vertragen?" Ich habe Bauchmuskeln aus Stahl.

Sie winkt ab. „Kein Urteil meinerseits. Trink, was du willst." Sie beugt sich zur Tür, die zum Keller führt. „Daniel, deine Lieblingssöhne sind hier!"

Sean und ich tauschen ein Grinsen aus. Ich zeige auf mich. Dad nennt uns alle seine Lieblingssöhne. Eines habe ich immer gewusst – unser Vater ist stolz auf uns. Er hat so etwas nie von seinem eigenen Vater gehört und sich zum Ziel gesetzt, es uns regelmäßig wissen zu lassen.

Dad kommt einige Minuten später hoch. „Du hast nach mir geschrien?"

„Du kannst mich da unten in deiner Männerhöhle sonst nicht hören", sagt Mom. „Unterhalt dich mit deinen Söhnen, aber nicht *darüber*."

Dad legt einen Arm um ihre Schultern, zieht sie an sich und küsst sie auf die Lippen. „Dein Wunsch ist mir Befehl."

Sie blickt ihm mit einem Lächeln in die Augen. „Das ist falschrum, Honey, aber ich mag es trotzdem."

Sie blicken einander lächelnd in die Augen, bis es an der Tür klingelt und Mom sich zurückzieht, um aufzumachen.

Dad reibt sich den rasierten Kiefer. „Wie geht's euch beiden?"

„Uns geht's großartig", sagt Sean. „Wieso gibt es ein Familientreffen?"

Dad schaut zur Tür. „Euer Onkel wird es erklären." Er macht sich auf den Weg zu Mom.

Ich setze mich auf einen weiß gepolsterten Hocker an der Kücheninsel und blicke ins Wohnzimmer. Onkel Pat hält eine Aktentasche in der Hand. Hmm ... vielleicht sind wir wegen der Arbeit hier.

„Nur zwei von euch?", dröhnt er und geht in die Küche. Mit siebenundsechzig ist er neun Jahre älter als Mom, hat kurzes silbernes Haar, einen passenden Bart und scharfe blaue Augen. Er stellt seine Aktentasche ab und lehnt sich an die Insel.

„Die Wichtigsten sind hier", sage ich.

Er lacht und klopft mir auf die Schulter. „Onkelsteuer", sagt er und nimmt einen Schluck von meinem Bier.

„Tante Marian hält dich immer noch auf Diät?", frage ich.

Er tätschelt seinen Bauch. „Nicht sehr erfolgreich, oder?"

„Weil du schummelst", sagt Sean. „Ich habe die Mini-Snickers in deiner Schublade gesehen."

Onkel Pat hebt seine Hände. „Na toll, jetzt weiß es jeder. Und die Schublade ist so gut wie leer."

Meine Brüder kommen herein – Jack, Connor, Brendan und Garrett – und holen sich jeweils ein Bier. Wir alle ähneln meinem Vater, nur dass die meisten von uns die blauen Augen unserer Mutter haben. Jeder in der Nachbarschaft kann einen Rourke-Sohn erkennen. Wir haben alle seinen Körperbau, sind alle um die eins achtzig groß und haben so ziemlich alle breite Schultern, hervorstehende Wangenknochen und ein kantiges Kinn.

Mom holt eine große Schüssel Tortillachips, eine Schüssel Guacamole und einen Teller mit geschnittener Salami, Peperoni, Käse und Crackern heraus. Es ist ein fröhliches Chaos, nur, dass ich immer wieder darüber nachdenke, warum zum Teufel wir hier sind. Onkel Pat hat zu viel Spaß damit, mit allen zu scherzen, als dass es schlechte Nachrichten geben könnte. Was ist es? Hat er einen großen Auftrag für den Frühling an Land gezogen?

Seine Frau, Tante Marian, kommt und gibt uns allen Küsse auf die Wangen, bevor sie zu Mom geht. Okay, vielleicht ist das eine Paarankündigung? Vielleicht werden Onkel Pat und Tante Marian wieder Großeltern. Ihre Tochter lebt in Seattle.

Schließlich kann ich die Spannung nicht mehr ertragen. Ich erhebe meine Stimme über den Lärm. „Onkel Pat, was gibt es Neues? Warum sind wir alle hier?"

Dad klopft ein paarmal mit einer Gabel gegen sein Glas. „Ich bitte alle Anwesenden um Ruhe."

Wir schweigen, alle Augen sind auf Dad gerichtet.

Dad dreht sich zu Mom um. „Sollen wir das Protokoll des vorherigen Treffens durchgehen?"

Mom unterdrückt ein Lächeln. „Das von vor sieben Jahren? Lass mich nachdenken."

Ich hebe meine Hände an meinen Mund. „Buhhh."

„Sie, junger Mann, reißen sich bitte zusammen!", feixt Dad. „In den Kerker!" Er zeigt mit einem Finger in Richtung Kellertreppe.

Ich schüttle meinen Kopf. Manchmal kommt seine königliche Seite zu den seltsamsten Zeiten zum Vorschein. „Onkel Pat, bitte, was ist los?"

Mein Onkel grinst. „Große Neuigkeiten."

Stille.

Niemand zieht eine Geschichte für einen maximalen Unterhaltungswert besser hervor als mein Onkel. Man muss ihn nur in einen Irish Pub bringen, und er kann stundenlang mit einem begeisterten Publikum Hof halten.

Ich tue, als wollte ich ihn erwürgen, und alle lachen.

Mein Onkel steht auf und breitet die Arme aus. „Die große Neuigkeit ist, dass ich in den Ruhestand gehe!"

Meine Eltern und meine Tante klatschen für ihn. Meine Brüder starren ihn geschockt an. Ich denke sofort, wer wird den Laden leiten? Es ist Byrne Construction, und er leitet es seit mehr als vierzig Jahren. Werde ich es leiten, da ich der Erfahrenste und sein Vorarbeiter bin, oder wird er es unter mir und meinen Brüdern aufteilen, oder schlimmer noch, das Geschäft schließen?

„Wann?", frage ich.

„Jetzt", sagt er und grinst wie ein Honigkuchenpferd. Seine blauen Augen funkeln. Er bedient sich an Seans Bier und genehmigt sich einen langen Schluck. Tante Marian zuckt bei dem Anblick kaum.

„Jetzt?", wiederhole ich ungläubig. „Du kannst nicht einfach *jetzt* in Rente gehen."

„Ich kann und ich werde", sagt er mit einem Lachen. „Neues Jahr, neues Ich. Marian und ich haben ein Wohnmobil gemietet. Wir werden nach Florida fahren und nach dem perfekten Ort suchen, um unsere Dämmerjahre zu verbringen."

„Was zum Teufel sind Dämmerjahre?", fragt Garrett und korrigiert sich bei Moms Blick. „Ich meinte, was zum – äh ja."

Alle fangen sofort an, durcheinander zu reden, und stellen

Fragen an meinen Onkel, der vor dieser wichtigen Ankündigung keinen Hinweis darauf gegeben hat, dass er die Absicht hat, in einem Wohnmobil nach Florida zu fahren.

„Alle mal die Klappe halten!", blaffe ich.

„Du hältst die Klappe", sagt einer meiner Brüder. Ich achte nicht darauf, wer es gesagt hat, weil meine Augen auf Onkel Pat gerichtet sind.

„Was passiert mit Byrne Construction?", frage ich.

Seine Augen werden feucht, als er mich ansieht. Ich bin sofort argwöhnisch. Er geht hinter mich und legt beide Hände auf meine Schultern. „Ihr alle, ihr seht hier den neuen CEO von Byrne Construction. Ich übertrage das Geschäft zu gleichen Teilen an euch, denn ich will, dass es meinen Neffen gehört, meinen Jungs, und ich will, dass Dylan es leitet. Er ist der älteste und erfahrenste. Meine rechte Hand."

Ich bin erstarrt. Schock reicht nicht einmal ansatzweise, um zu beschreiben, was ich empfinde. Ich hatte keine Ahnung, dass er in den Ruhestand gehen, geschweige denn das Geschäft an uns übergeben möchte. Ich sehe mich zu meinen Brüdern um, um zu sehen, ob es sie stört, dass ich jetzt ihr Boss bin.

„Ich denke, es lohnt sich, der Erstgeborene zu sein", murmelt Sean.

Ich habe das Königreich geerbt, nur, dass es die Baufirma ist, für die ich seit meinem sechzehnten Lebensjahr arbeite. Ich sollte glücklich sein, aber alles, was ich fühle, ist die erdrückende Verantwortung, eine Firma zu übernehmen, die mein Onkel in den letzten vierzig Jahren erfolgreich aufgebaut hat, *und* sie am Laufen zu halten. Ich darf ihn nicht enttäuschen. Ich muss es schaffen.

All diese Jobs hängen von mir ab.

Das Schicksal meiner Brüder ist an meine Entscheidungen gebunden.

Alle Last auf meinen Schultern.

Warum musste er es mir so aufzwingen?

Onkel Pat ist derjenige mit allen Verbindungen. Ich habe noch nicht annähernd sein Netzwerk. Er ist derjenige, der neue Geschäfte bringt. Ich trete erst auf den Plan, sobald das

Projekt uns gehört. Scheiße. Ich bin nicht bereit dafür. Man braucht ständig neue Projekte, um weiterzumachen. Keine neuen Projekte, niemand wird bezahlt.

Ich starre über die Schulter zu meinem Onkel. „Du kannst noch nicht gehen. Du musst bleiben und mir noch mehr zeigen."

„Sag einfach danke."

„Danke, aber –"

„Dann lasst uns jetzt feiern!", ruft er. „Bring den Kuchen raus, Tara!"

Mom holt einen Blechkuchen aus dem Kühlschrank. „Ich habe den mit der Erdbeerfüllung geholt, die du magst."

„Aus Monas Bäckerei?", fragt Onkel Pat.

Mom stellt den Kuchen in die Mitte der Insel. „Natürlich. Ich weiß, was du magst." Sie bedeutet ihm, sich neben sie zu stellen, und legt einen Arm um seine Taille. „Herzlichen Glückwunsch!" Sie animiert uns mitzumachen.

Alle folgen ihrem Beispiel und gratulieren ihm pflichtbewusst zum Ruhestand, während Onkel Pat und Tante Marian strahlen. Offensichtlich haben sie es eine Weile geplant. Auf dem weißen Kuchen steht in blauem Zuckerguss: *Genieß deinen Ruhestand, Pat!* Wäre schön gewesen, wenn ich mindestens so weit im Voraus informiert worden wäre wie die Bäckerei.

Mir fällt ein, dass wir immer noch Dad haben, der sich um die finanziellen Aufgaben kümmert. „Dad, du bleibst aber noch, oder?"

Er sieht Mom an, die ihm ein strahlendes Lächeln schenkt.

Scheiße. Er auch? Er ist nicht alt genug, um in den Ruhestand zu gehen, oder? Er ist erst achtundfünfzig.

Dad steht aufrecht, die Schultern straff, seine majestätische Haltung. „Da Pat in den Ruhestand geht und die Führung abgibt, werde ich auch weiterziehen."

Mein Kiefer knirscht. „Was bedeutet das?"

Mom geht zu ihm und er legt einen Arm um ihre Schultern. *Bitte sag mir nicht, dass sie ein Wohnmobil mieten, um ihre Dämmerjahre in Florida zu verbringen!*

Alle verstummen, alle Augen sind auf meine Eltern

gerichtet.

Ein Muskel zuckt in meinem Kiefer. Ich würde mich gerne über mein Glück freuen. Wenn es mir nur nicht ohne Netz und doppelten Boden ins Gesicht geworfen worden wäre. Was ist, wenn die Firma unter meiner Leitung bankrottgeht?

„Ich habe beschlossen, eine neue Karriere anzufangen", sagt Dad.

Mit achtundfünfzig? Ich stütze mich auf die Insel und stöhne. Ich bin versucht, den Kopf ein paarmal auf die Arbeitsfläche zu knallen.

„Als König von Brooklyn?", witzelt Sean.

Ich werfe ihm eine Scheibe Salami an den Kopf. Verschiedene Lebensmittel fliegen durch die Luft, alle mit ihm als Ziel.

„Schluss mit der Essensschlacht!", schimpft Mom, während sie die Ruhestandstorte anschneidet.

„Was?", fragt Sean, pflückt Wurst- und Käsestücke aus seinen Haaren und klopft Krümel von seinem Hemd. „Dad könnte König von Brooklyn sein. Er hat jetzt die Krone dazu."

„Ich mache einen Immobilienmaklerkurs", sagt Dad. „Ich mag es, neue Leute kennenzulernen, und es bringt mich vom Schreibtisch weg. Ich dachte, wir könnten zusammenarbeiten – Byrne Construction und Rourke Realty." Er sieht mich an. „Du und Sean wolltet schon immer Immobilien kaufen, renovieren und wieder verkaufen. Wenn du nur um das gebeten hättest, was dir von Villroy verweigert wurde –"

„Ich habe dir gesagt, wir werden einen anderen Weg finden", sage ich.

Sein Kiefer verspannt sich, seine Lippen sind flach aufeinandergepresst. Er nimmt es persönlich, die Tatsache, dass ich nicht das habe, wovon er glaubt, dass ich es verdient habe. Wahrscheinlich, weil es das ist, was *er* verdient, und er bedauert, dass er es nicht an die nächste Generation weitergeben kann. Er ist mit den königlichen Traditionen aufgewachsen, was sein Vermächtnis angeht. Schließlich erholt er sich und sagt: „Wenn ihr alle eine Immobilie baut oder renoviert, kann ich euch auf jeden Fall helfen, Leute zu finden, die sie kaufen oder mieten wollen."

„Danke. Großartige Idee." Meine Gedanken klammern sich an diese neue Information. Dad wusste, dass wir die Firma bald bekommen würden, weshalb er so sehr daran interessiert war, dass wir Geld von unseren königlichen Verwandten bekommen. Er wusste, dass ich es nutzen könnte, um in die Immobilienentwicklung zu expandieren, mehr als in das Renovieren eines Hauses am Wochenende, um es danach zu verkaufen. In Land investieren, neu bauen, eine ganze Wohnanlage bauen. Nur, was weiß ich über Immobilienmarktanalysen? Das ist viel komplizierter als das schlechteste Haus in einer guten Nachbarschaft zu finden, um es zu renovieren. Wie bekommt man den besten Preis oder entscheidet, was man baut? Eigentumswohnung, Büroräume, Apartmentkomplex –

Ich stehe abrupt auf und murmle: „Ich brauche frische Luft."

„Warte, ich komme mit dir", sagt Onkel Pat.

Ich hebe eine Hand. „Ich bin bald zurück." Ich muss meinen Kopf frei bekommen. Ich fühle mich wie auf rauer See ohne Rettungsring.

Ich gehe zur Tür hinaus, und die kalte Luft schlägt mir entgegen. Ich habe meine Jacke drinnen gelassen, doch ich werde auf keinen Fall nochmal reingehen. Ich muss mich bewegen. Ich gehe die Treppe hinunter und den Gehsteig entlang in Richtung Prospect Park. Später werde ich mich mit meinem Onkel und meinem Vater hinsetzen, um alle Informationen aus ihnen herauszuquetschen, die ich aus ihnen herausholen kann. Doch jetzt muss ich einen klaren Kopf bekommen.

Ich gehe in den Park und fange an, den Weg entlang zu joggen. Die Sonne geht langsam unter, der Park leert sich. Ich laufe schneller. Bald laufe ich mit voller Geschwindigkeit die Schleife. Sie ist etwas mehr als drei Meilen lang, und ich schaffe sie einmal, bevor mich unangenehmes Seitenstechen in die Knie zwingt.

„Da wird wohl jemand alt", neckt mich eine weibliche Stimme.

$$4$$

Dylan

Ich gehe in den Park und fange an, den Weg entlang zu joggen. Die Sonne geht langsam unter, und der Park leert sich. Ich laufe schneller. Bald laufe ich mit voller Geschwindigkeit die Schleife. Sie ist etwas mehr als drei Meilen lang, und ich schaffe sie einmal, bevor mich mein Seitenstechen in die Knie zwingt.

„Da wird wohl jemand alt", neckt eine weibliche Stimme.

Ich richte mich auf und halte meine Seite. Na, wenn das nicht meine Erbfeindin ist – Ariana Bianchi. Genau diejenige, die ich mir als Zeugin meines männlichen Zusammenbruchs wünsche. Sie trägt einen grellrosa Kapuzenpullover und eine schwarze Yogahose, die an ihren wohlgeformten Beinen anliegt. Als Kind war sie fast immer von Kopf bis Fuß in Pink oder Glitzer gekleidet. Sie ist mir immer mit ihrem glänzenden dunkelbraunen Haarknoten aufgefallen, wenn sie in Ballerina-Tutus die Straße hinunter tanzte, als wäre sie ihre Bühne. Ihr Spitzname war Air, doch ich habe sie Airy Fairy – Luftfee – genannt, weil sie ein Mädchen der Kategorie war, das nie schmutzig wurde, abgesehen von diesem einen Mal. *Denk jetzt bloß nicht daran.*

Ich suche in meinem unter Sauerstoffentzug leidenden Gehirn nach einer Retorte. „Bist du nicht ein bisschen zu alt für Zöpfchen?", sage ich und deute auf ihre Haare, die sie hoch auf ihrem Kopf zusammengebunden hat.

„Das nennt man Pferdeschwanz und fick dich."

Ich starre überrascht auf ihren Mund. Ich erinnere mich an ein ruhiges Mädchen, das immer tanzte oder später immer die Nase in einem Buch hatte. Sie hat mich einmal beschimpft, auf dem Weg zur Tür, als – nein. Daran denke ich nicht. Ihre Lippen sind genauso pink wie ihr Pullover, und die Unterlippe ist ein bisschen voller als die Oberlippe. Sexy.

Ich schüttle den Kopf. „Das bringen sie dir auf deiner schicken Uni bei? Zu fluchen?"

„Die Rourkes haben mir das Fluchen beigebracht. Das ist alles, was ich nebenan gehört habe – F dies, F das."

„F das." Ich lache und bin selbst überrascht.

Ihre braunen Augen tanzen amüsiert. „Korrekt. F das."

Wir lachen. Ich glaube, ich verliere den Verstand.

Sie zieht ihren Knöchel hinter sich hoch und stretcht ihre Oberschenkelmuskulatur. „Ich habe gesehen, dass du gerannt bist, als wäre ein Wolfsrudel hinter dir her. Wie kommt's?"

Ich lache wieder. „Warst du schon so lustig, als wir Kinder waren?"

Sie stretcht ihr anderes Bein. „Sicher. Nur du warst zu beschäftigt, um jemals mit mir zu reden."

Das Seitenstechen lässt endlich nach. „*Wolltest* du mit mir reden?"

„Nein."

Ich hebe meine Hand, wie um zu sagen: *Na bitte.*

„Naja, war wie immer bizarr. Ich muss weiter." Sie rennt auf der Schleife, die ich gerade beendet habe, weiter, und ihr hoher Pferdeschwanz hüpft.

Ich blicke in Richtung Zuhause und denke an die Leute dort, die etwas feiern, das ich nicht zu feiern bereit bin. Dann wende ich mich der Ablenkung in Pink zu, die mich mitten in meiner Krise zum Lachen gebracht hat.

Ich jogge ihr nach und hole sie ein. „Hey."

Sie starrt mich an. „Du schon wieder? Wie kommt's?"

„Was machst du zu Hause?"

„Kann ich meine Eltern nicht besuchen?"

„Das kannst du, aber fliegen sie nicht sonst immer nach Kalifornien, um dich zu besuchen?"

Einen Moment lang schweigt sie, dann antwortet sie: „Ja, aber ich lebe dort nicht mehr."

„Warum nicht?"

Sie schnaubt und läuft schneller. Ich halte mit ihr Schritt. „Was kümmert dich das?", fragt sie streitlustig.

„Ich weiß nicht. Neugierde?"

Sie scheucht mich weg. „Geh und sei woanders neugierig."

„Bei uns zu Hause haben sie eine Familienfeier, und mir ist nicht nach Feiern zumute."

„Warum? Ist es dein Geburtstag, und du spürst dein Alter?"

Ich ziehe an ihrem hüpfenden Pferdeschwanz. „Genug Klugscheißerei über mein Alter. Du bist nur zwei Jahre jünger als ich."

Sie hält einen Finger hoch. „Betonung auf *jünger*."

Wir laufen eine Weile schweigend nebeneinander her. Ich fühle mich besser, jetzt, da ich mich bewege.

Sie sieht mich von der Seite an. „Okay, sag mir einfach, was passiert ist, sodass du wie von der Tarantel gestochen durch den Prospect Park rennst."

„Wie von der Tarantel gestochen?"

„Spuck's aus."

„Mein Onkel hat gerade angekündigt, dass er sich mit sofortiger Wirkung zur Ruhe setzen wird – eine verdammte Überraschung für mich, und ich bin der, dem er die Firma übergeben hat. Er ist so gut wie in Florida, und Dad geht auch. Sie laden alles auf meinen Schultern ab. All diese Jobs hängen von mir ab, und ich habe große Ideen ohne die geringste Ahnung, wie ich sie verwirklichen kann. Nach vierzig erfolgreichen Jahren im Geschäft könnte meinetwegen alles den Bach runtergehen!"

Sie bleibt stehen und starrt mich an. „So viel hast du noch nie zu mir gesagt."

Ich fahre mir mit der Hand durchs Haar. „Hast du gehört, was ich gesagt habe? Sie haben mir ein Geschäft, das seit mehr als vierzig Jahren erfolgreich läuft, ohne jede Vorwarnung in den Schoß geworfen!"

Sie verdreht die Augen und läuft weiter.

Ich kann es nicht fassen. Ich schütte ihr mein Herz aus, was ich sonst nie vor *irgendjemandem* tue, und sie verdreht die Augen?

„Das ist alles?", blaffe ich. „Hast du dazu nichts zu sagen?"

Sie hebt eine Hand und joggt immer noch zügig weiter. „Du willst nicht hören, was ich dazu zu sagen habe."

Ich antworte mit zusammengebissenen Zähnen und halte mit ihr Schritt. „Doch, das will ich."

„Okay, du bist ganz schön melodramatisch. Du hast einen ganzen Haufen von Brüdern, die dir helfen werden, klarzukommen. Die gehen nirgendwo hin, oder?"

„Nein."

„Dann nutz die Gelegenheit, binde sie in alles ein und mach die Firma erfolgreicher denn je."

„Das ist dein Rat?"

Sie nickt. „Das ist mein Rat."

Ich denke darüber nach, während wir weiterlaufen. „Das ist eigentlich ein guter Rat."

„Siehst du? Ich bin nicht nur atemberaubend schön." Sie zwinkert, und ich lächle.

Ich mag sie. Ich meine, wirklich. Und sie ist zum ersten Mal seit Jahren wieder zu Hause. Allein, soweit ich das beurteilen kann. „Hat dein Mann dir was Schönes zu Weihnachten geschenkt?"

Sie presst ihre rosa Lippen aufeinander. „Ist das deine Art zu fragen, ob ich Single bin?"

„Ja."

„Ich bin geschieden, glücklich?"

„Bist du okay?"

„Es war einvernehmlich. Und jetzt lass mich in Ruhe." Sie gestikuliert wild. „Und komm bloß nicht auf die Idee, mich einzuladen, auf deiner Harley zu fahren oder einen trinken zu gehen oder was auch immer du mit deinen Frauen machst, denn selbst wenn du der letzte Mann auf Erden wärst und nur du und ich übrig wären, um den Fortbestand der Menschheit zu sichern, würde ich eher zum Kannibalen werden, als nochmal mit dir …"

Ich blinzele. Was für eine blutrünstige Frau. Sie hat nichts mit dem Mädchen gemein, das ich Airy Fairy genannt habe. „Bist du immer noch böse auf mich wegen des einen Mals?"

Sie hört auf zu rennen, also höre ich auch auf. Sie stößt mir einen Finger gegen die Brust. „Bring das nie wieder zur Sprache, du Schwein."

„Du hast es angesprochen. Schau, ich war zwanzig. Kannst du nicht ein bisschen nachsichtig sein, weil ich jung war?"

„Nein."

„Warum nicht?"

Sie hebt das Kinn. „Weil ich auch jung war, und *ich* war kein Schwein."

„Ist es, weil ich dich danach nicht mehr gekuschelt habe?"

Sie gestikuliert wild. „Warum rede ich überhaupt mit dir? Ich bin hierhergekommen, um meinen Stress abzubauen, nicht, um mich noch mehr stressen zu lassen!" Sie beschleunigt, doch ich halte mit ihr Schritt.

„Ariana, es tut mir leid. Ich war damals ein Schwein. Zu meiner Verteidigung –"

„Oh nein. Keine Verteidigung."

„Ich habe nicht … was auch immer du denkst, das ich getan habe."

Sie hält abrupt an. „Ich denke nicht. Ich weiß es. Und du weißt es auch, aber du bist ein zu großes Schwein, um es zuzugeben. Und jetzt geh mit deinem Ach-so-großen Problem zu deiner Familie zurück, während ich versuche, mir zu überlegen, was ich mit meinem Leben anfange."

„Was gibt's da zu überlegen?"

Sie kneift die Augen zusammen. „Verschwinde."

„Wenn ich zu meiner Familie zurückkehre, bist du gleich nebenan. Dann muss ich aus Neugier vorbeischauen, um zu sehen, was bei dir los ist."

„Mein Vater würde dich umbringen."

„Weißt du, ich dachte die ganze Zeit, dass er mir böse Blicke zuwirft."

Sie legt eine Hand auf ihre kurvige Hüfte. „Hast du dich jemals gefragt, was mit dem Helm passiert ist, den du in meinem Schlafzimmer vergessen hast?"

„Ich dachte, du hast ihn weggeworfen."

„Das habe ich. Ich habe das Visier eingeschlagen und ihn in den Müll geworfen. Dad hat ihn gefunden und deinen Helm erkannt. Jeder wusste damals, dass du mit dieser Harley rumgefahren bist."

Ich senke meine Stimme. „Also hat er angenommen, dass ich die Jungfräulichkeit seiner Tochter gestohlen habe?"

Sie starrt auf meine Brust. „Ma hat die fehlenden Laken bemerkt. Es gab offensichtliche Beweise, und ich wollte mich nicht damit auseinandersetzen, da ich am nächsten Tag abgereist bin, also habe ich sie in eine andere Mülltonne geworfen." Sie sieht mir in die Augen. „Sie haben über die Laken und den Helm gesprochen und mich konfrontiert. Da habe ich alles gestanden."

„Du hast *gestanden*?", frage ich ungläubig. „Warum hast du das getan?"

Ihr Kinn ragt heraus. „Weil ich ein gutes Mädchen war."

„Das warst du." Ich kann mein Schmunzeln beim Gedanken, wie sie damals war, nicht unterdrücken – wie sie mich gebeten hat, ihr zu helfen, während sie rot wie eine Tomate geworden ist. „Und ein schmutziges Mädchen."

Sie wendet den Blick ab. „Du hast mich ruiniert."

Meine Augen weiten sich. „Ich habe *was*?"

Sie rennt zurück den Weg hinunter, und ich stehe einfach da und starre ihrem Pink nach. Ich habe sie *ruiniert*? Ist sie deshalb nie wieder nach Hause gekommen?

Mein Magen dreht sich. Ich habe die unschuldige Airy Fairy ruiniert? Ich fühle mich furchtbar. Sie war dieses süße kleine Ding und jetzt ist sie eine blutrünstige Frau mit einer Revolverschnauze. Und alles meinetwegen? Ich meine, ich mag sie so, aber vielleicht wäre sie anders, wenn ich nicht gewesen wäre.

Ich kehre langsam zum Eingang des Parks zurück.

Moment. Sie kann mir nicht die ganze Schuld geben. Das war ein Nachmittag. Ich meine, sicher, ich habe sie aufgezogen, als wir Kinder waren, aber genau das machen Kinder, oder?

Ich warte vor dem Parkeingang. Sobald sie nach Hause geht, werde ich mich ihr anschließen und sie auf diese offensichtliche Wahrheit hinweisen – wenn sie eine blutrünstige Frau mit Revolverschnauze ist, ist das nicht meine Schuld.

Ariana

Uff. Warum habe ich das gesagt? Ich dränge mich, schneller zu rennen. Warum habe ich ihm nicht einfach alles aufs Brot geschmiert und die Demütigung vollständig gemacht? *Niemand kommt an dich ran. Du hast mich in meine erotischen Träume verfolgt, lange, nachdem ich dich vergessen haben sollte. Du warst immer, immer in meinem Kopf. Gott nein!*

Ich verlangsame meinen Lauf, mein Atem wird schwerer, und ich konzentriere mich darauf, einen Fuß vor den anderen zu setzen, um beim Laufen wieder in meinen Zen-Zustand zu gelangen. Als ich die Schleife beendet habe, fühle ich mich wieder mehr wie ich selbst.

Ich gehe durch den Parkeingang hinaus und schreie auf, als ein großer Mann neben mich tritt. Dann sehe ich, wer es ist, und versetze ihm einen Schlag auf die Schulter. „Schleich dich nicht so an mich ran! Ich hätte dir fast Pfefferspray ins Gesicht gesprüht!"

Dylan starrt meine leeren Hände an. „Womit?"

Ich fummle an der Reißverschlusstasche meines Kapuzenpullovers herum, taste an meinem Handy vorbei, einem zusammengefalteten 20-Dollar-Schein, einem zerknitterten Taschentuch, fische schließlich das Pfefferspray heraus und halte es hoch. „Siehst du?"

Er reibt sich den Nacken. „Musst ein bisschen schneller werden, das rauszufummeln."

Ich stopfe es wieder in meine Tasche und ziehe sie zu. „Warum verfolgst du mich? Hast du keine Firma zu führen?"

„Beantworte einfach eine Frage, und ich lasse dich in Ruhe."

Ich gestikuliere, *bringen wir es hinter uns*, obwohl ich wirklich keine Fragen beantworten möchte. Ich bin gerade so gestresst, dass ich angefangen habe, morgens und abends zu trainieren. Schlimm genug, dass ich mich von einem harten emotionalen Schlag erholt habe. Ich lebe zum ersten Mal seit meinem achtzehnten Lebensjahr bei meinen Eltern, und es ist eine stressige Stadt. Ich muss schnell einen Job finden und mir eine eigene Wohnung nehmen. Und Dylan ist der Allerletzte, dem ich das jemals würde anvertrauen wollen.

„Wie habe ich dich ruiniert?", fragt er leise.

Verdammt. Ich hätte es nie zugeben sollen.

Ich gehe in Richtung meines Elternhauses, und er hält mit mir Schritt. „Ich möchte nicht darüber reden."

„Ariana, ich fühle mich schrecklich bei dem Gedanken, dass ich dich auf irgendeine Weise ruiniert haben könnte."

Wärme breitet sich bei seinem aufrichtigen Ton in mir aus. Außerdem hat die Art und Weise, wie er meinen Namen sagt, etwas wirklich Schönes. Ich lasse ihn vom Haken.

„Das hätte ich nicht sagen sollen. Offensichtlich hast du mich nicht ruiniert. Ich hatte einen anständigen Lauf mit meiner Ehe, einen guten Job, yadda, yadda, yadda. Ich bin gerade nur schlecht gelaunt. Ich bin es nicht gewohnt, wieder zu Hause zu leben, und mir geht viel im Kopf rum."

„Was zum Beispiel? Spuck's aus."

Ich schließe meinen Mund.

Wir kommen an Mr McLaughlin vorbei, der seine übliche graue Ballonmütze auf seinem schütteren weißen Haar trägt. Er nickt uns zu. „Frohes Neues Jahr euch beiden."

„Frohes Neues Jahr", sagen Dylan und ich fast gleichzeitig.

„Hab gehört, dass du dich scheiden lässt", sagt er zu mir und zieht seine buschigen Augenbrauen hoch. „Muss die Schuld dieses kalifornischen Hippies gewesen sein."

„Danke, aber wir waren uns einig", sage ich ruhig. Ich fürchte, die ganze Nachbarschaft weiß es. Danke, Ma!

Mr McLaughlin schüttelt den Kopf. „Ich habe deinen

Eltern gesagt, dass sie dich nicht an diesen gottverlassenen Ort mit Yoga und all diesem anderen New Age Mist gehen lassen sollen."

„Auf dem Weg zu Dooley?", fragt Dylan und erinnert Mr. McLaughlin an sein Ziel. „Grüßen Sie Pete von mir."

„Mach ich. Tschüss, ihr zwei. Schaut, dass ihr vor Einbruch der Dunkelheit zu Hause seid." Er eilt weiter in Richtung seines Lieblingspubs, ziemlich fit für einen Mann in den Achtzigern.

Dylan lächelt, und seine blauen Augen funkeln. „Er denkt immer noch, wir sind Kinder."

„Ich will Kinder", platzt es aus mir heraus, und ich schlage mir die Hand vor den Mund. Was ist los mit mir? Vielleicht liegt es daran, dass ich zum ersten Mal seit Jahren allein bin. Ich habe meine Freunde in Kalifornien bei der Scheidung verloren, und diejenigen, die ich hier hatte, sind alle mit ihren eigenen Familien in die Vororte gezogen.

Wir gehen schweigend nach Hause.

Ich blicke zu ihm auf. Er sieht aus, als würde er intensiv nachdenken. Ich wünschte, ich könnte meine Worte zurücknehmen. Aber das Thema Baby spukt mir nun einmal im Kopf herum.

„Warum hast du keine Kinder mit deinem Mann?", fragt er.

Ich glaube, ich brauche verzweifelt ein offenes Ohr, denn ich antworte tatsächlich. „Er wollte keine Kinder. Ich war zu Anfang einverstanden damit, doch später habe ich meine Meinung geändert." *Und dann haben wir uns scheiden lassen, und jetzt hat er ein Baby mit Kiersten.* „Ich bin zurück nach Brooklyn gezogen, um in der Nähe meiner Eltern zu sein, damit sie mir helfen können, ein Baby großzuziehen."

Er starrt auf meinen Bauch. „Du bist schwanger?"

„Nein, aber bald. Ich habe einen Samenspender ausgesucht, und sobald ich einen Job habe, werde ich den Besamungstermin vereinbaren. Ma findet das verrückt. Sie versteht es einfach nicht." Ich atme tief durch und denke angespannt an meine Mutter. Sie hat sich vorgenommen, mich schnell zu verheiraten, bevor ich das mit dem Baby durchziehe. Anfangs waren es nur der ein oder andere Wink mit dem Zaunpfahl, den Neffen einer Freundin oder was auch immer anzurufen, doch in der vergangenen Woche hat sie die Angelegenheit selbst in die Hand genommen und mich (zweimal!) mit einem alleinstehenden Mann mittleren Alters überrascht, der in der Küche saß und darauf wartete, mich zu treffen. Sie versteht einfach nicht, dass ich nicht bereit für eine Beziehung bin. Es ist erst zwei Wochen her, seit ich herausgefunden habe, dass mein Ex Vater wird. Er und Kiersten sind so widerlich glücklich, dass ich kotzen will.

„Hm", sagt Dylan schließlich.

„Ja", sage ich und bin froh, dass er keine weiteren Fragen über mein zukünftiges Kind stellt. Ich bin es leid, meine Entscheidung zu verteidigen. Kinder sind mir wichtig, und ich möchte, was mir verweigert wurde, bevor meine biologische Uhr abläuft. „Ich muss einen Job und eine eigene Wohnung finden. Dann ziehe ich das mit dem Baby durch."

„Was für einen Job hast du in Kalifornien gehabt?"

„Vertrieb und Marketing für ein Immobilienentwicklungsunternehmen."

„Hm."

Er sieht aus, als würde er wieder nachdenken. Ich gebe freiwillig nicht mehr preis. Ich habe jetzt keine Lust, über meine Arbeit mit meinem Ex und seiner Familie nachzudenken. Sie haben sich auf die neuesten Mitglieder ihrer Familie konzentriert, und ich muss mein Leben auch weiterleben.

Schließlich sagt er: „Vielleicht könntest du mit meinem Vater darüber reden. Er ist ganz begeistert, weil er seine Maklerlizenz macht."

„Und die Grenze in Feindesland überqueren? Ma würde mich töten."

Er versetzt mir einen Ellbogenstoß. „Du hast mich einmal die Grenze ins Feindesland überqueren lassen."

Ich bleibe stehen und stemme meine Hände in die Hüften. „Ich schwöre bei Gott, Dylan, wenn du das *noch ein einziges Mal* sagst, werde ich dir ernsthaft in den Arsch treten!"

Er lacht. „Du?"

Ich funkele ihn an. „Du tust nicht gerade viel, um dich bei mir einzuschmeicheln."

„Oh, *einschmeicheln*." Er grinst. „Soll ich das?"

„Ja."

Er tritt näher, seine Stimme leise und heiser. „Wie ist das? Du bist jetzt schöner, lustiger und tougher als je zuvor."

Mein Mund öffnet sich, mein Puls rast. „Also war ich damals ein schlichtes, langweiliges Lamm?"

Sein Blick fällt auf meine Lippen, meinen Hals und wandert dann zurück zu meinen Augen. „Du begreifst nicht, was ich gesagt habe. Ich habe dir ein Kompliment gemacht."

Die Luft zwischen uns ist plötzlich aufgeladen.

Ich schlucke. Ich kann das nicht. „Du versuchst nur wieder, in mein Höschen zu kommen."

„Schau, ich weiß, dass ich mich für damals nicht rechtfertigen kann, aber komm schon. Das ist lange verjährt, denkst du nicht?"

Ich konzentriere mich auf die Tatsache, dass er ein Schwein ist. Nicht sexy. Nicht so umwerfend gutaussehend, dass ich kaum klar denken kann, wenn er so nah ist, wenn ich seine dicken Wimpern sehen kann, die durchdringenden blauen Augen und seinen Stoppelbart, Dinge, an die ich mich nur allzu gut erinnere, als er mich geküsst hat, bis ich vor Verlangen geschmolzen bin.

Meine Stimme kommt heiser heraus. „Ich bin immer noch die geschädigte Partei."

Sein Kopf neigt sich zur Seite. „Habe ich mich in dein Zimmer eingeladen oder hast du mich angefleht?"

„Ich will dir diesen selbstgefälligen Ausdruck aus deinem Gesicht ohrfeigen."

Er grinst noch mehr. „Siehst du. Du warst bei all dem nicht ganz unschuldig."

„Ich war unschuldig, bis –"

„Ich habe dir bei deinem kleinen Problem geholfen."

„Wir können jetzt aufhören zu reden", erkläre ich und gehe zügig nach Hause.

„Warum hast du mich dafür ausgewählt?", fragt er.

Ich stöhne.

„Du hast Sean besser gekannt."

Ich winke ab. „Sean ist wie ein Bruder für mich. Ich kenne ihn seit dem Kindergarten."

„Also warum ich?"

„Du kannst auch nur an eines denken."

„Das tue ich, wenn es was Interessantes ist."

Ich starre geradeaus. „Also gut. Wenn du es wissen musst, war es, weil ich dich aufregend fand. Ein älterer erfahrener Mann mit einem Motorrad."

„Okay, ich schätze, zwei Jahre älter waren damals viel."

Ich seufze, damit er weiß, dass ich diesen unangenehmen Spaziergang durch die Vergangenheit alles andere als genieße.

„Warum hast du mich immer so finster angestarrt? Ich dachte immer, dass du dich für was Besseres hältst. Du hast mich wirklich überrascht, als du mich an diesem Tag angesprochen hast."

Ich blicke zum Himmel. „Ich wünschte, dieses Gespräch wäre vorbei."

„Beantworte einfach die Frage, und ich werde die Klappe halten."

Ich funkele ihn an.

„Dein Blick war damals viel hasserfüllter."

Ich seufze. „Nicht hasserfüllt. Ich habe dich angestarrt, weil du immer wieder das Thema Ballett angeschnitten hast und ich aufhören musste. Es hat wehgetan, immer wieder daran erinnert zu werden. *Wo ist dein Tutu?* Meine Antwort war *begraben wie meine Träume*."

„Warum hast du es aufgegeben, wenn es dein Traum war?"

Ich bleibe stehen und hebe meine großen Brüste an. „Deswegen." Ich klopfe auf meine Hüften. „Und deswegen." Ich drehe mich um und klopfe auf meinen Po. „Und deswegen."

Sein Lächeln ist langsam und sexy. „Ich mag das und das und das."

Ich funkele ihn an und dann lache ich. „Nun, das und das und das passt nicht zu einer Profi-Ballettkarriere."

Wir gehen weiter.

„Könntest du nicht einfach zum Spaß tanzen?", fragt er.

„Es war schwer, meinen Traum aufzugeben. Danach habe ich keine Freude am Tanzen mehr gehabt."

Unsere Häuser tauchen vor uns auf, und wir schweigen. Ma hält wahrscheinlich vom Wohnzimmerfenster aus Ausschau nach mir. Sie wird viel zu sagen haben, wenn sie glaubt, ich wäre Joggen gegangen, um mich mit jemandem aus dem Feindeslager zu treffen. Ich kann nicht fassen, wie lange diese Fehde zwischen unseren Familien schon andauert. Können wir endlich über dieses Löffel-Ding hinwegkommen? Vielleicht hat ein anderer Gast sie versehentlich mit nach Hause genommen!

„Hey, willst du irgendwann Abendessen gehen?", fragt er, als wir vor unseren Häusern ankommen.

„Kann nicht." Ich will keine Beziehung, nicht für eine sehr lange Zeit, und das Letzte, was ich will, ist eine Affäre mit Dylan. Ich weiß, dass er Abendessen gesagt hat, aber ich weiß auch, dass es diese Chemie zwischen uns gibt, *verdammt viel* Chemie, und ich weiß genau, wohin das führen würde.

Ich blicke zum Wohnzimmerfenster meines Hauses, und der Vorhang bewegt sich. Ja. Momüberwachung bei der Arbeit.

Er senkt den Kopf, um meine Aufmerksamkeit auf sich zu ziehen. „Dann nur ein Drink."

„Nein."

„Zu beschäftigt? Ich versteh schon. Arbeitslos, zu Hause lebend, da hat man viel zu tun."

Mein Hals schnürt sich zusammen, meine Augen sind heiß. „Fick dich." Ich habe mir geschworen, ich würde mir Zeit nehmen, um darüber hinwegzukommen, nachdem mein Ex jetzt das Familienleben hat, das ich mir mit ihm immer gewünscht habe.

„Wirst du mir jemals verzeihen?", fragt er.

„Das ist es nicht", presse ich heraus. „Ich bin einfach nicht bereit. Keine Dates, keine Beziehungen, keine One-Night-Stands, nichts."

Er wird still.

Ich starre auf die Zehen seiner schwarzen Turnschuhe. „Es tut mir leid."

Er ergreift mein Kinn und hebt meinen Blick zu seinem. „Das muss es nicht, Ariana." In seinem Ton liegt eine Zärtlichkeit, die mich fertig macht. Ich kenne diese Seite an ihm einfach nicht, und ein Teil von mir möchte sich an seine solide Stärke lehnen. Ich kann mir das nicht erlauben.

Ich zwinge mich zu einem neutralen Ton. „Also ... Freunde?"

Er lässt mein Kinn los und streicht mit den Fingerrücken über meine Wange, was eine prickelnde Spur auf meiner Haut hinterlässt. „Ja, Freunde."

Ich weiche zurück. „Schön. Dann Tschüss." Ich rase die Treppe hinauf zur Haustür und stolpere fast, als ich seine Antwort höre.

„Für den Moment."

5

Dylan

Am nächsten Morgen bin ich über den gestrigen Schock hinweg. Onkel Pat und ich hatten gestern Abend ein gutes Gespräch auf seiner Ruhestandsparty, und er hat versprochen, mir seine Kontaktliste zu geben und mir diese Woche einen Überblick über alles zu geben. Am Freitag haben wir einen Termin mit einem Anwalt in der Stadt vereinbart, um das Eigentum an dem Unternehmen auf meine Brüder und mich zu übertragen. Am Samstag reist er ab. Sein Wohnmobil wartet in New Jersey auf ihn, bereits gepackt. Er hat seine Pläne wirklich gut unter Verschluss gehalten. Mir ist immer noch nicht klar, warum er uns so überrumpelt. Vielleicht dachte er, es wäre eine nette Überraschung, wie ein Geschenk und kein Schlag auf den Kopf. Für mich war es jedenfalls Letzteres.

Ich wohne in der Nähe unseres Büros in Bay Ridge in Brooklyn, also gehe ich die paar Häuserblocks zu Fuß. Von da fahren meine Brüder und ich zusammen mit dem Bautrupp zu einem neuen Wohnhaus in Queens. Wir machen den Innenausbau, worauf ich mich freue, weil es draußen wieder bitterkalt ist.

Ich habe mehr darüber nachgedacht, wie die Zukunft

aussehen könnte, wenn meine Brüder und ich das Baugeschäft besitzen und in die Immobilienentwicklung einsteigen. Brooklyn ist momentan heiß und nahe gelegene Bezirke könnten es bald sein. Wenn wir ein bisschen von dieser Entwicklung mitnehmen könnten – Immobilien in vernachlässigten Gegenden kaufen, renovieren oder abreißen und neue bauen und dann zu einem ordentlichen Preis verkaufen –, dann ist das die nächste Stufe. Und wir sind Teil dieser Community. Ich will Parks und Spielplätze bauen und mehr als nur eine Ansammlung von Wohnungen und Gewerbeflächen daraus machen. Wir würden Wohngegenden entwickeln und unserer Gemeinde etwas zurückgeben. Ich muss mehr darüber recherchieren, aber zuerst brauche ich die Mittel, um zu investieren.

Egal was mein Vater sagt, es fühlt sich für mich nicht richtig an, Gabriel um Geld zu bitten, nachdem er meinem Vater die Krone und das Zepter gegeben hat, die ein Vermögen wert sind. Dann trifft es mich – mein Vater hat sie mir gegeben. Ich wette, sie würden bei einer Auktion eine Menge Geld einbringen. Nicht nur für den Wert des Stückes selbst, sondern auch für die Geschichte. Es könnte nicht schaden, meinen Vater zu fragen, ob er mit einem Verkauf einverstanden wäre. Manchmal hat er jedoch diese Stimmungsschwankungen und wird nostalgisch. Vielleicht will er sie behalten, nur, um sie zu bewundern. Verdammt. Ich würde es mir nie verzeihen, wenn er es bereuen würde, sie verkauft zu haben. Ich bin mir nicht sicher, was ich tun soll.

Ich öffne die Tür zu unserem kleinen Büro im ersten Stock. Es sind zwei Zimmer und ein Bad. Der vordere Raum hat zwei Schreibtische für meinen Vater und Onkel, drei Aktenschränke und eine Kaffeeküche in der Ecke. Das hintere Zimmer ist ein Besprechungszimmer mit einem langen Tisch und Stühlen. Nichts Besonderes, aber zweckdienlich.

Mein um sechs Jahre jüngerer Bruder Connor steht an den Schreibtisch meines Onkels gelehnt und wartet mit einer Tasse Kaffee in der Hand. Er ist schlank, aber stark und immer gepflegt, von seinem teuren Haarschnitt bis zu seinem ordentlich gestutzten Bart. Manchmal denke ich, dass er von uns allen derjenige hätte sein sollen, der an die Uni geht, anstatt in das Familienunternehmen einzusteigen. Nicht falsch verstehen, er ist gut im Handwerk, aber er ist ein nachdenklicher Typ. Als ginge ihm viel durch den Kopf. Er ist der vierte von uns Brüdern. Meine Eltern sagen immer, Connor war so ein Engel, dass sie sich entschieden, ein weiteres Kind zu bekommen, und dann kam sie Brendan, der sie schockierte, als er sich als schelmischer kleiner Teufel entpuppte. Ich bin mir ziemlich sicher, dass Garrett ein Unfall war, denn mein Dad hat nach ihm eine Vasektomie machen lassen, und das war das Ende der Reihe. Naja, sechs Kinder sind auch wirklich genug. Es hat Spaß gemacht, mit vielen Brüdern aufzuwachsen, doch rückblickend beneide ich meine Mutter nicht, die stets darum bemüht war, uns alle auf dem richtigen Pfad zu halten. Sie hat sich wirklich große Mühe gegeben.

„Morgen, Boss", sagt Connor. „Soll ich dir einen Kaffee holen?"

Ich nicke ihm zu. „Ja, und wenn du schon dabei bist, auch noch Eier und Speck."

Er grinst. „Eins muss man Onkel Pat lassen, er hat seinen Ruhestand ziemlich dramatisch angekündigt."

Ich gieße mir eine Tasse Kaffee aus der Kanne ein, die er schon gekocht hat. „Nicht wahr? Kein Pieps von ihm, und dann … übrigens, die Firma gehört euch, viel Glück!"

Die Tür öffnet sich, und als ich über meine Schulter blicke, sehe ich Onkel Pat. „Wir reden gerade über deine große Ankündigung."

Er lächelt und streckt die Arme über den Kopf. „Ich bin ein glücklicher Mann."

„Solltest besser Golf und Boccia spielen lernen", sagt Connor. „Du willst doch zu den Eingeborenen da unten in Florida passen."

„Shuffleboard auch", sage ich.

„Ich werde meistens mit einem Golfwagen rumfahren." Er tut so, als lenke er einen. „Wäre das nicht das Leben?"

Connor und ich werfen uns amüsierte Blicke zu. Wäre

nicht meine erste Wahl, was Spaß angeht, aber jeder nach seinem Geschmack.

„Dylan, setz dich an meinen Schreibtisch", sagt Onkel Pat. „Ich lasse dir meinen Computer da, damit du alles hast, was du brauchst."

Ich betrachte seinen alten Desktop-Computer und denke bereits darüber nach, wie ich die Informationen, die er in veralteter Software aufbewahrt, auf meinen Laptop übertragen kann. Ich hoffe, es ist nicht zu schwierig.

„Wie wäre es am Ende des Tages?", frage ich. „Ich muss der Mannschaft ihre Aufgabenliste für heute geben."

„Mach es hier und delegiere ein bisschen. Ich habe einiges zu tun, Kumpel."

„Okay, geht klar."

Nachdem ich der Mannschaft ihre Aufgaben zugewiesen habe, setze ich mich mit ihm an seinen Schreibtisch, während alle anderen verschwinden. Was folgt, sind die längsten zwei Stunden meines Lebens. Erstens dauert es ewig, bis der Computer die Dateien geladen hat, die er mir zeigen will. Und er redet so viel, bevor er endlich mit der Maus daraufklickt. Ich bin fast katatonisch. Ich zeige ihm, wie man einen Screenshot macht, damit ich später weiß, was wir besprochen haben. Als wir endlich fertig sind, habe ich seine Buchhaltungssoftware gesehen, die mein Vater pflegt, und sein Kontaktverzeichnis, aber ich habe immer noch nicht das Gefühl zu wissen, was ich wirklich wissen muss.

„Wie soll ich weiter neue Geschäfte an Land ziehen?", frage ich. „Ich habe nicht dein Netzwerk. Ich meine, abgesehen von deiner Kontaktliste."

Er lehnt sich in seinem Stuhl zurück und legt die Hände hinter den Kopf. „Ja, die Leute kennen meinen Ruf, deshalb bekomme ich viele Empfehlungen. Sobald die Übertragung offiziell ist, werden wir meinen Kontakten eine nette Ankündigung machen, dass du jetzt der CEO bist. Ich bin mir sicher, dass die Leute genauso einfach zu dir kommen werden wie zu mir." Bei meinem skeptischen Blick fügt er hinzu: „Mach dir keine Sorgen! Du bekommst Mundpropaganda, und bald wirst du dein eigenes Netzwerk haben. Alles wird gut. Du musst jedoch einiges vorausplanen. Denk nicht nur, oh, wir haben gerade ein großes Projekt, also ist alles im grünen Bereich, und ich kann aufhören, nach neuer Arbeit zu suchen. Du musst immer auf der Suche nach den nächsten Projekten sein, ja?"

„Ja."

Er klopft mir auf die Schulter. „Gut. Ich habe volles Vertrauen in dich. Ich habe dich in den letzten Jahren darauf vorbereitet. Warum glaubst du, habe ich dich so sehr auf die geschäftliche Seite gezogen? "

„Ja, aber ich war nie derjenige, der neue Projekte ins Haus geholt hat. Du hast mich immer dann aktiv werden lassen, wenn wir das Projekt hatten."

Er nickt. „Ich mag es, Leute zu treffen. Freunde von Freunden werden meine Freunde."

„Ich hätte bei diesen Treffen dabei sein sollen."

„Aber ich habe dich immer noch als Vorarbeiter gebraucht. Ich konnte dich nicht zu sehr wegziehen, sonst wären die Projekte in die Binsen gegangen. Du bist bereit, vertrau mir."

Bereit oder nicht, jetzt heißt es *friss, Vogel, oder stirb.* „Danke."

Er steht auf. „Ich muss los. Deine Tante will, dass ich ihr beim Packen in unserer Wohnung helfe." Sie lagern ihre Sachen ein, während sie nach etwas Neuem in Florida suchen. Sie planen, im Wohnmobil zu leben, bis sie das perfekte Zuhause gefunden haben. Er hat uns gestern Abend bei der Party alles darüber erzählt.

„Noch eine Sache", sage ich. „Was hältst du davon, eine Tochtergesellschaft zu gründen? *Rourke Management* für die zukünftige Immobilienentwicklung. Der größte Teil des Wertes des Unternehmens liegt im Namen Byrne Construction, daher möchte ich den erhalten und ergänzen."

Er grinst. „Ich wusste, dass du mit deiner Renovierungsidee in die Immobilienentwicklung einsteigen willst. Finde ich toll. Mach mit dem Geschäft, was du willst, solange du es am Laufen hältst." Er hebt warnend einen Finger. „Pass nur auf, dass du keine zu hohen Schulden aufnimmst. Fang klein an und bau darauf auf. Schaff dir ein Kissen, damit du immer die Gehälter zahlen kannst."

Ich strecke meine Wirbelsäule. „Jupp." Jetzt liegt alles auf meinen Schultern und ich muss dafür sorgen, dass meine Brüder und unsere Mannschaft bezahlt werden. Das sind zwanzig Leute – alle abhängig von mir.

„Bis dann!", ruft er fröhlich und ist bereits aus der Tür.

Ich sehe mich im leeren Büro um, bevor ich mich auf den Computer konzentriere. Ich sollte diese Dateien per E-Mail an mich selbst schicken oder auf einem USB-Stick speichern. Bitte sag mir, dass dieses Ding keine Disketten braucht. Ich sehe auf der Rückseite nach und finde einen Port, in den ein USB-Stick passen könnte. Dann stöbere ich in seinen Schreibtischschubladen nach einem Stick und finde nichts als Mini-Snickers, Kugelschreiber, Bleistifte und Speisekarten von diversen Lieferdiensten. Scheiß drauf. Dann nehme ich einfach das ganze verdammte Ding mit. Ich schalte den Computer aus, ziehe den Stecker aus der Steckdose und schleppe den Computer in meine Wohnung.

Ich stelle ihn auf den Esstisch und gehe nach unten in die Tiefgarage zu meiner Harley. Ich habe meine Mitfahrgelegenheit zur Baustelle auf einem unserer Trucks verpasst, also muss ich selbst hinfahren.

Als ich vor dem Wohnhaus in Queens ankomme – neue Wohnungen in einer ehemaligen Klavierfabrik –, ist es schon elf Uhr. Ich mache die Runde, sehe nach der Mannschaft und bitte meine Brüder, mit mir im Diner die Straße runter zu Mittag zu essen. Die Burger sind gut dort. Keiner von ihnen hat ein Problem damit, außer Brendan, der kleine Teufel, der jetzt das ist, was meine Mutter „kratzbürstig" nennt, während ich der Meinung bin, dass er einen Tritt in den Arsch braucht. Er ist fünfundzwanzig und hat wahnsinnige Komplexe. Der Junge hat was zu beweisen.

„Was auch immer du sagst, Boss", sagt Brendan. Seine Stimme hat eine Schärfe, die ich nicht mag.

Ich verschränke die Arme. „Ist das ein Problem für dich, dass ich anstelle von Onkel Pat der Boss bin?"

Er hebt die Hände. „Ich bin ein Lakai, egal was passiert."

„Wenn du nicht hier arbeiten willst, da ist die Tür." Ich deute mit einem Daumen über meine Schulter.

Er kneift die Augen zusammen. „Ich bin jetzt Miteigentümer. Du kannst mich nicht feuern."

„Wer hat was von feuern gesagt? Ich gebe dir die Wahl – reiß dich zusammen und mach mit oder verpiss dich."

Er starrt die Tür an, als würde er darüber nachdenken.

„Was glaubst du, warum Onkel Pat mich zum CEO gemacht hat?", frage ich.

Er dreht sich zu mir um. „Weil du der Älteste bist."

Ich schnaube. „Naja, es liegt auch daran, dass ich Seite an Seite mit ihm gearbeitet habe, seit ich einen Hammer halten konnte. Ich habe angefangen, für ihn zu arbeiten, als ich sechzehn war, im Gegensatz zum Rest von euch, der durch die Highschool gesegelt ist und nie nach einem Job suchen musste, weil einer auf euch gewartet hat, wann immer ihr es wolltet. Ich habe die Zeit und den Schweiß investiert."

„Es war deine Entscheidung, während der Highschool auf dem Bau zu arbeiten, und es war sowieso nur Teilzeit."

„Also was, du bist scharf auf meinen Job?"

Er schiebt sein Kinn vor. „Ich will auch für etwas verantwortlich sein."

„Was zum Beispiel?"

„Ich weiß nicht. Irgendwas." Er holt tief Luft. „Ich fühle mich rastlos."

Ich reibe mein Kinn. „Wenn du deine Karten richtig spielst, hab ich vielleicht was für dich."

Seine Augen weiten sich. „Echt?"

„Ja, solange du auf den Dylan-ist-CEO-Zug aufspringen kannst."

Er lacht. „Wie oft macht dieser Zug Halt?"

„Er macht auf deinem Kopf Halt, wenn du dich nicht am Riemen reißt." Ich gebe ihm eine Kopfnuss. „Wir sehen uns beim Mittagessen."

Ich warte, bis alle ihr Mittagessen im Diner vor sich stehen haben – wir haben alle Burger bestellt –, bevor ich ihnen von meiner Idee erzähle. Ich glaube, ich habe ein Fünf-Minuten-

Fenster, um alles loszuwerden, während ihre Münder voll sind.

„Okay, ich habe euch hierhergebeten, weil ich eine Idee für die Zukunft unserer Firma habe." Ein Energiestrom schießt durch mich hindurch beim Gedanken daran, wie groß das wirklich sein könnte. „Wir werden von einer reinen Baufirma zur einer, die auch Immobilienentwicklung betreibt. Der Markt hier ist heiß. Schaut euch nur DUMBO an." Das war ein heruntergekommenes Industriegebiet unter der Manhattan-Brücke (Down Under the Manhattan Bridge Overpass), das zu einer gehobenen Wohn- und Geschäftsgegend entwickelt wurde. Es ist jetzt angesagt und teuer, die teuerste Gegend in Brooklyn.

„Immobilien?", fragt Sean, nachdem er geschluckt hat. „Hat Onkel Pat uns auch einen Topf Geld dagelassen?"

Ich schüttle meinen Kopf. Schön wär's. „Wir müssen das Geld finden, aber was haltet ihr davon, wenn ich das Geld beschaffen kann? Ich möchte, dass wir Nachbarschaftsentwickler sind und Parks und Spielplätze bauen, vielleicht ein Gemeindezentrum, wenn wir es finanzieren können, wenn wir Wohn- und Gewerbeflächen bauen oder renovieren. Das könnte riesig für uns sein, weit über das bloße Renovieren und Verkaufen von Häusern hinaus. Wir können dabei der Gemeinde etwas zurückgeben."

Alle Augen sind auf mich gerichtet, Burger in der Luft. Ich sehe sie an – Sean, derjenige, an den ich mich wende, wenn ich etwas delegieren muss; Jack, der Stille, der gerne Streiche spielt; Connor, der Engel; Brendan, der kleine Teufel; Garrett, der Hüne (wegen seiner riesigen Muskeln). Ich habe mich immer um meine jüngeren Brüder gekümmert, und jetzt bin ich offiziell für sie verantwortlich. Ich möchte, dass wir ein Team sind. Sie sind intelligent und fleißig. Ich könnte mir kein besseres Team wünschen.

„Das klingt nach viel Arbeit", sagt Connor. „Viel mehr, als wir Leute haben." Er wendet sich wieder seinem Burger zu.

„Wir würden klein anfangen", sage ich. „Jedes Projekt würde helfen, das nächste zu finanzieren." Eine weitere Welle von Energie brandet durch mich hindurch, als ich sehe, wie

ich es skalieren könnte. „Dad könnte unser Immobilienver-
käufer sein, und er würde auch früh von Immobilienver-
käufen hören."

„Das ist wahrscheinlich der Grund, warum Dad in diese
Richtung geht", sagt Sean nachdenklich. „Er wusste, dass
Onkel Pat in den Ruhestand geht, bevor er es uns gesagt hat.
Deshalb hat er uns auch dazu gedrängt, Gabriel um Geld zu
bitten."

„Ja. Ich möchte einen anderen Weg finden, aber was denkt
ihr?"

„Ich bin dabei", sagt Sean.

Meine Brüder grunzen zustimmend und essen weiter.

Sean meldet sich wieder zu Wort. „Wissen wir, wie man
eine ganze Nachbarschaft entwickelt? Ich meine, ein Fehler
könnte unseren Bankrott bedeuten. Es ist riskant. Ich sage
nicht, dass ich nicht dafür bin, nur, dass wir wissen müssen,
was wir tun, bevor wir den Sprung wagen."

Ich habe seit meinem Gespräch mit Ariana gestern Abend
darüber nachgedacht. Ich könnte mit ihr über ihre Erfah-
rungen in einer Immobilienentwicklungsfirma reden. Auch
wenn sie nicht alle Antworten hat, könnte sie uns in die richtige Richtung weisen. Und wenn sie sich als hilfreich erweist,
könnte ich sie vielleicht als Beraterin einstellen.

„Ich kenne jemanden mit Erfahrung in der Immobilienentwicklung", sage ich. „Ariana Bianchi."

Brendan schlägt mit der Hand auf den Tisch, kaut mit weit
aufgerissenen Augen und schluckt. „Mit dem Feind zusammenarbeiten! Weiß Mom, dass du vorhast, dich mit dem
Feind einzulassen?"

Sean sieht mich wissend an. „Soweit ich gehört habe, hat
er das schon ausgiebig getan."

Ich kneife meine Augen zusammen, die universelle
Ermahnung eines großen Bruders, die Klappe zu halten,
bevor ich ihm in den Arsch trete.

„Du und Ariana?", fragt Connor, und sein Glas Wasser
bleibt auf halbem Weg vor seinem Mund stehen. „Warum
weiß ich nichts davon?"

„Nachbarschaftsklatsch", sage ich. „Wie auch immer, sie

ist zurück in der Stadt. Ich könnte sie um ein paar Tipps bitten, was die Entwicklung angeht."

Sean klopft auf den Tisch. „Nichts davon passiert ohne Kohle. Woher bekommen wir so viel Geld?"

Ich senke meine Stimme und winke sie heran. „Erinnert ihr euch an die Krone und das Zepter? Die müssen ein Vermögen wert sein. Wenn Dad damit einverstanden ist, könnten wir sie auf einer Auktion verkaufen."

Sean blickt finster drein. „Die kannst du nicht verkaufen. Das ist Dads Königsding."

„Das er bereitwillig aufgegeben hat", erinnere ich ihn.

„Für die beste Frau der Welt." Garrett, die sensible Seele, die sich unter beeindruckenden Muskeln versteckt, sagt, was wir alle denken. Dad sagt das auch immer.

„Es kommt mir nicht richtig vor", sagt Connor. „Es ist immer noch ein Vermächtnis, das an ihn weitergegeben wurde, und er hat es dir gegeben."

„Genau wie diese Firma", weise ich darauf hin. „Und vielleicht möchte Dad, dass die Krone uns hilft, anstatt in einem Safe zu verstauben. Ich werde mit ihm darüber reden."

Alle sind sich einig, dass wir sie versteigern, wenn er damit einverstanden ist.

„Ich könnte derjenige sein, der nach neuen Locations sucht", sagt Brendan. „Das wäre meine Domäne."

„Sicher, warum nicht", sage ich. Er will einen Verantwortungsbereich, er bekommt einen. Er hat so viel Erfahrung wie jeder andere von uns in diesem neuen Unternehmen, nämlich gar keine. „Sobald ich mehr recherchiert habe, könnt ihr euch alle in eine Nische graben, die euer Verantwortungsbereich sein wird. Ich brauche euch aber noch eine Weile in der Mannschaft."

Alle scheinen an Bord zu sein, also beiße ich endlich auch in meinen Burger. Das könnte mit ein bisschen Startgeld funktionieren. Und es würde nicht nur dort ansetzen, wo Onkel Pat aufgehört hat. Es würde etwas von Grund auf Neues beginnen, etwas, das meine Brüder und ich zum Familiennamen Rourke beitragen können. Wie meine Cousins auf Villroy. Das könnte in gewisser Weise unser Königreich sein, nur, dass wir Straßenkönige sind. Für mich hört sich das besser an, als in einem Palast zu sitzen und ein bequemes Leben zu führen. Dazu war meine Familie die ganze Zeit bestimmt. Und ich kann nicht anders, als zu glauben, dass wir, wenn wir von einem Königshaus abstammen, hier eine Dynastie gründen, die über Generationen fortgesetzt werden wird. Ich verstehe jetzt, warum es meinem Vater so wichtig ist, mir etwas Wertvolles weiterzugeben, denn jetzt könnte ich etwas Bleibendes haben, das ich an meine eigenen Kinder weitergeben kann. Wir alle.

Die Rourke-Dynastie beginnt jetzt.

Nach der Arbeit und einem schnellen Snack gehe ich zum Bianchi-Haus, um zu sehen, ob Adriana bereit ist, am Freitagabend zu einem Geschäftsessen mit mir zu gehen. Bis dahin wird das Geschäft offiziell mir gehören, und ich werde wissen, was Dad von meinem Vorschlag hält, Krone und Zepter in etwas Wertvolleres für meine Brüder und mich umzuwandeln.

Ein paar Häuser weiter finde ich einen Parkplatz. Ariana hat bereits zu einem normalen Abendessen nein gesagt, doch ein Geschäftsessen bedeutete keinen Druck. Die Wahrheit ist, ich habe viel an sie gedacht, nachdem wir gestern Abend im Park laufen waren. Es ist schon eine Weile her, dass eine Frau mein Interesse geweckt hat. Sie ist temperamentvoll, intelligent und verdammt sexy. Trotz ihres teuren Uni-Abschlusses und ihres kalifornischen Lebensstils ist sie tief im Inneren ein Mädchen aus Brooklyn geblieben – stark und bodenständig. Früher habe ich sie für herablassend gehalten und geglaubt, sie sieht auf mich herab, als wäre sie besser als ich, dabei war sie verletzt, weil mein Scherz sie an das erinnert hat, was sie aufgeben musste. Wenn sie es mir damals gesagt hätte, hätte ich aufgehört, nach dem dämlichen Tutu zu fragen. Aber sie hat es nicht getan, darum war es eben so.

Eine Stimme in meinem Kopf sagt mir, ich solle vorsichtig mit ihr umgehen. Sie ist immer noch nicht über ihre Scheidung hinweg. Ich sehne mich nach Jahren bedeutungsloser Beziehungen nach etwas Realem. Es gab nur zwei Frauen, bei denen ich ein paar Monate geblieben bin, doch am Ende war nicht genug da, um uns zusammenzuhalten. Ich kann nicht anders, als zu denken, dass es gut ist, dass Ariana unbedingt eine Familie gründen will. Es bedeutet, dass sie genau wie ich sesshaft werden möchte. Wenn sie dazu bereit ist, bringen wir unsere Freundschaft vielleicht auf die nächste Stufe. Hoffentlich ist sie bis dahin nicht schon schwanger mit dem Baby eines anderen Mannes. Verdammt, warum muss das so kompliziert sein?

Und dann ist da noch das Problem der Fehde unserer Eltern. Okay, zuallererst war die Fehde nicht die Schuld meiner Familie. Sie hat vor Jahren bei einem Nachbarschafts-Potluck im Haus der Bianchis angefangen. Ich war damals neun, denke ich. Unsere Gegend reicht bis ins neunzehnte Jahrhundert zurück, mit Generationen von Iren, Italienern, Polen und Deutschen, die sich damals hier niedergelassen haben und geblieben sind, was bedeutet, dass jeder jeden kennt. Die Leute sagen einander auf der Straße Hallo, und es gibt Potlucks, bei denen jeder eine Speise mitbringt. Unsere Gegend ist überwiegend irisch-amerikanisch wie die Familie meiner Mutter. Die Bianchis sind Italiener und gehen in dieselbe Kirche wie wir. Wie auch immer, nach dem Potluck im Haus der Bianchis hat Mom gemerkt, dass Dad ihre Schüssel zurückbrachte, aber nicht den Servierlöffel. (Sie hatte die Hände mit uns Kindern voll.) Am nächsten Tag ging sie nach nebenan und hat um den Löffel gebeten. Mrs Bianchi behauptete, sie habe ihn nie gesehen.

Mom hat sie nicht als Lügnerin bezeichnet – sie hat Stil –, doch sie bestand auf ihren Löffel. Mrs Bianchi bestand ihrerseits darauf, dass sie ihn nicht habe, und Mom kehrte wütend nach Hause zurück und behauptete, Mrs Bianchi sei eine Diebin und eine Lügnerin, weil sie diesen Servierlöffel mit Sicherheit gesehen hatte.

Dieser Löffelstreit war mit der Zeit verblasst, doch nicht viel später legten sich die Bianchis einen Köter zu und bauten nie einen anständigen Zaun um ihren postkartengroßen, weitgehend betonierten Hinterhof. Der Hund zwängte sich ständig durch eine Lücke im alten Holzzaun und zog es vor, auf unsere Wiese zu kacken. Dad wollte den Zaun reparieren, doch Mom wollte nichts davon hören. Das lag in der Verantwortung der Bianchis.

Frontlinien wurden gezogen.

Darum weigern sich Mom und Mrs Bianchi bis heute, mit der anderen in irgendeiner Weise zu sprechen oder sie zur Kenntnis zu nehmen, obwohl unsere Häuser aneinandergrenzen und sie in dieselbe Kirche gehen. Doch ihnen entgeht nichts. Sie beobachten einander und ihre Familien wie Aasgeier, die immer bereit sind, sich auf irgendeinen Verstoß zu stürzen und es ihren Männern zu petzen, von denen erwartet wird, dass sie die Botschaft pflichtbewusst an den anderen Ehemann weitergeben. Der einzige Grund, warum ich mir vorstellen kann, warum die Fehde schon so lange andauert, ist, dass Mom zu viel Zeit hatte, als ich und meine Brüder älter wurden. Sie hat Freiwilligenarbeit in der Schule und bei der städtischen Essensausgabe geleistet, aber dennoch hatte sie immer ausreichend Freizeit.

Ich steige von meinem Bike und nehme mir Zeit auf dem kurzen Weg zur Haustür der Bianchis. Mir ist klar, dass ich mich auf feindlichem Gebiet befinde, und dass ich mit Mr und Mrs Bianchi konfrontiert sein werde, die mir seit Jahren böse Blicke zuwerfen. Ich bin vorbereitet mit meinen besten Manieren und einem Friedensangebot. Ich bin mit guten Manieren aufgewachsen, auch wenn ich mich nicht immer dafür entscheide, sie einzusetzen.

Ich drücke auf die Türklingel und blicke geradeaus. Wenn meine Mutter von nebenan zusieht, will ich die Dolche in ihren Blicken nicht sehen. Oder schlimmer noch, mich von ihr anschreien lassen, weil sie wissen will, was zum Teufel ich hier mache.

Mrs Bianchi öffnet die Tür. Sie ist zierlich, fünfzig, mit schulterlangem, dunkelbraunem Haar, ohne Grau. Sie hat fast dieselbe Haarfarbe und einen Schnitt wie meine Mutter, nur, dass Mrs Bianchi einen Pony hat. Gehen sie in den gleichen Salon? Wäre das nicht zum Schießen, wenn die beiden nebeneinander in Frisiersesseln sitzen und einander ignorieren würden, während sie den gleichen Haarschnitt bekommen? Ihre tiefbraunen Augen leuchten durch eine runde Brille mit braunem Rahmen.

Sie spitzt die Lippen und sieht mich finster an. „Dylan Rourke. Denk gar nicht daran, nach meiner Ariana zu schnüffeln."

„Hallo, Mrs Bianchi. Die sind für Sie." Ich hole einen Strauß zartrosa Rosen hinter meinem Rücken hervor.

Ihre Augen weiten sich. „Oh!" Sie kichert und legt eine Hand auf ihre Brust. „Für mich?" Sie nimmt sie und inhaliert ihren Duft. „Ich kann mich nicht erinnern, wann ich das letzte Mal Rosen bekommen habe!" Sie sieht zu mir auf. „Komm rein, komm rein. Was stehst du in der Kälte herum?"

Erste Brücke überquert. Ich betrete einen Grundriss, der fast identisch mit dem Haus meiner Eltern ist, nur dass die Bianchis die Schiebetüren zwischen Wohnzimmer und Küche/Essbereich geschlossen haben. Es gibt ein paar hellrosa gepolsterte Sessel und ein geblümtes Sofa gegenüber einem Fernseher über einem gemauerten Kamin. Offensichtlich hat Mr Bianchi in seinem Haus mit einer Frau und zwei Töchtern einrichtungstechnisch nicht viel zu sagen. Geblümte und rosa Sitzgelegenheiten. Ich hoffe, er hat eine Männerhöhle im Keller.

Mrs Bianchi sieht mich neugierig an und hält immer noch ihre Rosen fest.

Ich räuspere mich. „Ist Ariana da?"

„Ja, sie ist hier." Sie hält die Rosen hoch. „Ich muss die schnell in eine Vase stellen. Hast du Hunger? Komm mit." Sie öffnet eine der Schiebetüren und geht durch das Esszimmer in die Küche. Bei meinen Eltern ist es umkehrt. Bei ihnen ist die Küche in der Mitte, nicht zum Garten hin ausgerichtet.

Ich folge ihr. „Danke, aber ich habe keinen Hunger, Ma'am. Ich habe schon was gegessen."

Sie holt eine Glasvase aus einem Schrank und nimmt sich Zeit, füllt sie zur Hälfte mit Wasser und arrangiert dann die Rosen. Schließlich stellt sie sie in die Mitte des Resopal-Küchentischs, lächelt und scheint sich dann an mich zu erinnern. „Setz dich. Ich habe Manicotti." Sie nimmt ein Glas aus dem Schrank, füllt es am Waschbecken und sagt über ihre Schulter: „Magst du Manicotti?" Sie stellt das Glas auf den Tisch.

Ich möchte wirklich nicht am Küchentisch sitzen und essen, wenn ich keinen Hunger habe. Ich möchte, dass sie Ariana ruft. „Eigentlich habe ich schon gegessen."

Sie rümpft die Nase. „Die Kochkünste deiner Mutter? Nicht gut. Lass mich dir was machen. Vielleicht ein Stückchen Zitronenkuchen." Sie öffnet die Kühlschranktür. Komisch, dass sie annimmt, dass ich nach Hause gehe, um zu essen. Dabei lebe ich seit Jahren allein.

„Könnte Ariana sich vielleicht uns anschließen, Ma'am?"

Sie nimmt den Kuchen heraus, stellt ihn auf die Theke und kickt die Kühlschranktür hinter sich zu. „Dylan, ich muss sagen, deine Manieren sind so schön. Junge Männer heutzutage mit ihrem Gefluche und ihrem – na ja! Lass uns nicht über dieses Ungeziefer reden!"

Ich kann nicht anders, als ins Wespennest zu stechen. „Meine Mutter hat mich gut erzogen."

„Hm. Setz dich." Sie deutet auf den roten Vinylstuhl, auf dem ich immer noch nicht Platz genommen habe.

Ich setze mich nur, damit wir weiterkommen.

Ein paar Augenblicke später steht ein Teller mit einem Stück Kuchen vor mir, eine Gabel auf einer gefalteten Papierserviette daneben. Mrs Bianchi sitzt mir am rechteckigen Tisch gegenüber und sieht mich erwartungsvoll an. Ich stehe nicht auf Süßkram, schiebe mir aber trotzdem einen Bissen in den Mund. „Sehr gut."

Sie beugt sich vor und senkt ihre Stimme. „Ich möchte, dass du weißt, dass ich weiß, was vor all den Jahren zwischen euch beiden passiert ist, und ich war nicht glücklich, das zu hören. Um es milde auszudrücken."

Ihre Tochter hat mich darum gebeten! Aber ich kann Ariana nicht in die Pfanne hauen – sie hat das Verbrechen bereits gestanden und hatte wahrscheinlich eine sehr lange Fahrt nach Kalifornien, während der ihre Eltern ihr sicher mehr als einmal gesagt haben, was für eine Dummheit sie begangen hat –, also nehme ich einen großen Bissen Kuchen auf meine Gabel und sage: „Wirklich guter Zitronenkuchen."

„Aber das ist vorbei." Sie klatscht in die Hände und wischt sie ab, als würde sie die schmutzige Angelegenheit wegwischen. „Sie ist darüber hinweg. Du bist sowohl ledig als auch im heiratsfähigen Alter, also hast du meinen Segen, dort weiterzumachen, wo du aufgehört hast."

Ich verschlucke mich fast an dem Kuchen in meinem Mund, nehme das Glas und trinke mit tränenden Augen.

„Solange es nicht in meinem Haus ist", fügt sie hinzu.

Danke für Ihren Segen?

Ich stelle mein Wasser ab. „Gut zu wissen. Ich weiß es zu schätzen, Ma'am." Wer hätte gedacht, wie weit ein Rosenstrauß mich bringen könnte? Den ganzen Weg bis in Arianas Bett mit dem Segen ihrer Mutter.

Mrs Bianchi studiert mich aufmerksam. Werde ich Ariana jemals sehen? Ich denke, Mrs Bianchi möchte die Bedingungen festlegen, bevor sie ihre Tochter ruft, wo immer sie sich versteckt.

Sie faltet die Hände auf dem Tisch vor sich. „Du hast einen guten Job, wie ich höre, CEO von Byrne Construction."

„Hat Ariana Ihnen das erzählt?" Denn das ist noch nicht allgemein bekannt. Onkel Pat will warten, bis es offiziell ist, bevor er den Eigentümerwechsel öffentlich macht. Wenn Ariana über mich gesprochen hat, ist das ein gutes Zeichen.

Sie winkt ab. „Ach, so was spricht sich schnell rum."

Mir fällt ein, wo sie es gehört haben könnte. „Hat meine Mutter Ihnen erzählt, dass ich CEO bin?" Soweit ich weiß, haben sie seit Jahren nicht mehr miteinander gesprochen, doch ich kann mir nicht vorstellen, von wem sonst Mrs Bianchi es gehört haben sollte. Mein Vater würde die feindlichen Linien nicht überschreiten, und meine Brüder wissen, dass sie den Ball flach halten müssen, bis Onkel Pat es selbst bekanntgibt.

Sie schnaubt. „Wir reden nicht miteinander. Ich habe ihr gesagt, dass wir nicht mehr miteinander reden würden, und sie war einverstanden. Sie hat es verkündet, als sie zufällig zur gleichen Zeit, als ich die Zeitung geholt habe, den Müll rausgebracht hat. Es war kein Gespräch. Nur ein paar Worte auf der Straße."

Oh-kay. Ich denke, es ist wichtig, sich gegenseitig darüber zu informieren, wie gut es ihren Kindern geht. Ein seltsames weibliches Weitpissen, das da vor sich geht.

Sie bedeutet mir, mehr Kuchen zu essen, für den ich eigentlich keinen Platz mehr habe.

„Ist Ariana oben?", frage ich.

Sie hebt einen Finger und ruft an die Decke. „ARIANA! Da ist ein Gentleman für dich!"

Ich unterdrücke ein Lachen. So bin ich noch nie angekündigt worden.

Sie lächelt. „Sie wird in einer Minute unten sein." Sie beobachtet mich, also schiebe ich mir noch einen winzigen Bissen Kuchen in den Mund.

Ein paar Augenblicke später erscheint Ariana mit finsterer Miene, bis sie mich sieht, und dann entspannt sie sich. „Oh, du bist es."

„Hast du einen anderen Gentleman erwartet?", frage ich grinsend. Sie sieht süß aus in einem türkis-schwarz gestreiften Pullover zu ausgewaschenen Jeans und Eulenmustersocken. Ihr dunkelbraunes Haar trägt sie offen, sexy zerzaust und lang genug, um es um meine Faust zu wickeln. Kein Make-up. Sie braucht es nicht. Sie ist eine natürliche Schönheit.

„Du willst es wirklich nicht wissen", sagt sie und wirft ihrer Mutter einen bedeutungsvollen Blick zu.

„Ariana!", ruft ihre Mutter fröhlich. „Dylan hat mir einen wunderschönen Strauß roter Rosen gebracht, wie ein richtiger Gentleman. Zeig ein bisschen Dankbarkeit. Es passiert nicht jeden Tag, dass man einen Mann findet, der weiß, wie man einem Mädchen den Hof macht."

Einem Mädchen den Hof machen? Mrs Bianchi ist altmodischer, als ich dachte. Sie muss durch die Decke gegangen sein, als Ariana gestanden hat, dass sie mit mir … Und dann auch noch in ihrem Kinderzimmer. Da bin ich mit bösen Blicken wirklich gut davongekommen. Und anscheinend hatte ich mit meinem Timing auch Glück, weil Mr Bianchi noch nicht von der Arbeit zu Hause ist. Ich glaube nicht, dass die Rosen den gleichen Effekt auf ihn gehabt hätten. Ich bin mir nicht sicher, was bei ihm geholfen hätte, abgesehen von bescheidener Dankbarkeit, dass ich mit seiner Tochter reden dürfte.

„Ma, wir sind nur Freunde", sagt Ariana fest.

„Das kann sich ändern", sagt ihre Mutter.

Ariana blickt zur Decke, bevor sie ihre großen braunen Augen auf mich richtet. „Danke, dass du meiner Mutter Rosen mitgebracht hast", sagt sie pflichtbewusst. Dann klingt sie wieder mehr wie sie selbst und fragt: „Was gibt's?"

„Ich wollte sehen, ob du am Freitag Zeit für ein Geschäftsessen hast."

„Geschäftsessen", wiederholt sie. „Wir haben Geschäfte zu besprechen?"

„Ja."

„Sie hat Zeit!", mischt sich ihre Mutter ein. „Sie hat überhaupt nichts in ihrem Kalender! Ich habe ihr gesagt, sie müsse ausgehen. Melde dich bei einer dieser Dating-Apps an, wisch nach rechts, wisch nach links, noch oben oder nach unten, nur tu einfach was! Oder geh zum Kirchenbingo. Ich meine, natürlich sind die Leute da ein bisschen älter, aber sie haben Enkel. Alles, was du tun musst, ist den Mund aufzumachen."

Ich schmunzle Ariana an, die aussieht, als wäre sie zwischen Augenrollen und Schreien hin- und hergerissen. Anscheinend hat Mrs Bianchi es eilig, ihre Tochter wieder in den Datingpool zu werfen.

Ihre Mutter steht auf und geht zum Zitronenkuchen auf der Theke. „Hier, setz dich, Ariana. Iss ein Stück Kuchen mit deinem gutaussehenden Freund."

Ariana hebt eine Hand. „Nein, danke. Und, Ma, bitte, die Scheidung ist gerade erst rechtsgültig geworden. Könntest du mir bitte dein Du-brauchst-einen-Mann-Mantra ersparen?"

Ihre Mutter lässt den Kuchen stehen, um zu mir zu gehen und sich zu mir herunterzubeugen. Sie flüstert laut: „Dieses Mädchen! Die Scheidung ist seit sechs Monaten durch, und vorher waren sie schon einen Monat getrennt." Sie dreht sich zu Ariana um. „Denkst du, deine Eierstöcke werden jünger? Oh nein. Einunddreißig Jahre alte Eierstöcke machen es nicht mehr lange. Du willst so sehr ein Baby, und ich freue mich darüber, doch zuerst brauchst du einen Mann dafür. Einen Ehemann, kein anonymes Foto aus einem Ordner. So ein Mann könnte leicht ein Psychopath sein!"

Foto aus einem Ordner?

„Ma, ich habe dir gesagt, dass jetzt alles digital ist. Es gibt keine Ordner mit Fotos." Ariana wirft die Hände in die Höhe. „Und was denkst du, was es in diesen Dating-Apps gibt? Anonyme Fotos."

„Doch dann lernst du sie kennen, anders als" – ihre Mutter senkt ihre Stimme, als wäre der Gedanke unaussprechlich – „*diese Ordner.*"

Ariana stemmt eine Hand in ihre Hüfte. „Vielleicht sollte ich einfach mit einer Baby-Daddy-App nach rechts streichen."

Baby-Daddy-App? Oh ja, richtig. Sie müssen über die Sache mit der Samenbank streiten.

Ihre Mutter braust auf. „Jetzt werd nicht frech, Ariana Madalene! Es gibt keine Baby-Daddy-Apps. Gott sei Dank!"

„Madalene", sage ich tonlos zu Ariana.

„Halt die Klappe", zischt sie.

Ich stehe auf. „Also bist du am Freitag frei?"

„Sie ist frei", antwortet ihre Mutter für sie.

Ariana seufzt. „Okay. *Geschäftsessen* am Freitag."

„Und vielleicht auch ein bisschen Vergnügen", wirft ihre Mutter ein.

Ich kann mir ein Lachen nicht verkneifen. Ich habe eine Verbündete.

Ariana errötet. „Ma!"

Ihre Mutter hebt die Hände. „Was? Man muss das klar ausdrücken. Mit deinen alternden Eierstöcken hast du keine Zeit, um den heißen Brei herumzureden."

„Großartig", sage ich und bemühe mich, nicht zu lachen. „Ich hole dich um sechs ab."

„Geht klar", sagt sie. Ich bin mir nicht sicher, ob ihr Mangel an Begeisterung auf mich zurückzuführen ist oder ihr die Bemerkungen ihrer Mutter peinlich sind.

„Warte! Holst du sie mit deinem Motorrad ab?", fragt ihre Mutter entsetzt. „Nein, nein. Du kannst meinen Honda nehmen. Viel sicherer. Oh, Dylan, du hast deinen Zitronenkuchen nicht aufgegessen. Warte. Ich packe ihn dir ein, damit du ihn mit in deine Junggesellenbude nehmen kannst." Sie nimmt den Teller und trällert über ihre Schulter. „Muss einsam sein, da drüben."

Ich ignoriere das, obwohl ich es wirklich leid bin, allein zu leben. „Danke, Mrs Bianchi." Ich warte, während sie meinen Kuchen einpackt. Ariana sieht angespannt aus, also zwinkere ich ihr zu.

Sie schüttelt den Kopf.

Ihre Mutter gibt mir den in Aluminiumfolie eingewickelten Kuchen mit einem Lächeln. „Bitte schön."

Ich stecke ihn in die Tasche meiner Lederjacke. „Danke, Ma'am." Dann kann ich nicht anders: „Ich werde meiner Mutter einen Gruß von Ihnen ausrichten."

Sie blickt finster drein. „Wir reden nicht miteinander."

Nein, überhaupt nicht. Sie prahlen nur gelegentlich über ihre Kinder, wenn sie sich in Hörweite voneinander befinden.

„Das sollten Sie vielleicht", sage ich. „Sie haben so viel gemeinsam. Sie sind beide schöne, lebendige Frauen." Ja, ich trage ein bisschen dick auf, aber was auch immer das mit Ariana ist, es wird einfacher, wenn unsere Mütter sich nicht im Kriegszustand befinden.

Ihre Mutter kichert. „Oh, hör auf! Du Schmeichler du." Sie glättet sich lächelnd die Haare.

Ich wende mich Ariana zu. „Bis bald."

Ich will gerade gehen, als ihre Mutter laut sagt: „Mach das Kind nicht für die Sünden der Mutter verantwortlich, sage ich immer. Begleite den Jungen zur Tür!"

„Wir sind nur Freunde, Ma", sagt Ariana. „Er findet den Weg schon nach draußen."

„So sieht er dich aber nicht an. Auf. Bring ihn zur Tür."

Ich bleibe stehen und drehe mich auf halbem Weg ins Wohnzimmer um. Mrs Bianchi zeigt mir einen Daumen hoch und ein breites Lächeln und gibt Ariana dann einen kleinen Schubs in meine Richtung.

Ariana schneidet eine Grimasse und kommt zu mir.

„Erlaube mir bitte, dich die zwei Meter fünfzig zur Tür zu bringen."

„Scheint mir richtig, einen Gentleman, der dich besucht, zur Tür zu bringen."

Sie senkt ihre Stimme. „Ich kann nicht ... bitte ermutige sie nicht auch noch."

„Was meint sie mit diesem Mann in einem Ordner? Geht es um die Samenbank?"

„Vergiss es. Sie redet zu viel."

„Schade, dass unsere Mütter nicht miteinander sprechen, denn sonst könnten sie darüber reden, dass wir beide ledig sind und ihnen noch immer keine Enkelkinder geschenkt haben." Und meine Mutter hat es mir zum Glück noch nie so unter die Nase gerieben wie deine Mutter, füge ich schweigend hinzu. Obwohl sie hier und da Andeutungen macht.

„Kein Kommentar."

Ich grinse. Ihre Mutter ist der Brüller. Es ist lustig, wenn es jemand anderem passiert.

„Worum geht es bei diesem Geschäftsessen?", fragt sie, als wir an der Tür ankommen.

„Ich wollte mit dir über Immobilienentwicklung reden. Ich denke darüber nach, mit unserer Baufirma damit anzufangen."

Ihre Brauen schießen hoch. „Ihr habt das Geld dafür?"

„Daran arbeite ich. In der Zwischenzeit, du und ich, Abendessen." Ich trete näher, und ihr Mund öffnet sich. „Ich freue mich darauf."

Ihre Augen mustern mein Gesicht. „Ich hoffe du denkst nicht ..."

„Kein Druck. Rein geschäftlich." *Für den Moment.*

Sie wirft einen Blick in Richtung Küche und zurück zu mir. „Meine Mutter geht zu weit. Ich möchte nur nicht, dass du den falschen Eindruck bekommst."

„Ich mag deine Mutter."

Sie senkt ihre Stimme und beugt sich so nah, dass ich ihren köstlichen Vanilleduft einatme. „Ich mag sie auch, aber sie treibt mich in den Wahnsinn."

Ich möchte sie schmecken, ihre weiche Haut berühren,

doch ich reiße mich zusammen und ziehe mich zurück. „Gute Nacht."

„Nacht, Dylan", sagt sie leise.

Ich gehe in die Nacht hinaus, ein Lächeln im Gesicht und Zitronenkuchen in der Tasche. Meine Mission war erfolgreich.

6

―――――

Ariana

Ist das komisch? Ja, schon. Ich gehe mit Dylan Rourke zum Abendessen, dem Schwein, das ich für den Rest meines Lebens meiden wollte. Zum dritten Mal ziehe ich mich um und versuche es mit einem weichen, hellgrauen Pullover mit Wasserfallausschnitt, Jeans und schwarzen Stiefeletten. Ich betrachte mich im Ganzkörperspiegel und bürste ein paar Flusen von meiner Jeans.

„Das ist kein Date", erinnere ich mich, als sich mein Magen langsam dreht.

Ich weiß nicht einmal, wo wir zum Abendessen hingehen. Ich habe seine Nummer nicht, um nach der Kleiderordnung zu fragen, und ich werde nicht in seinem Büro anrufen, um zu fragen. Wie zieht man sich für ein Geschäftsessen mit einem Mann an, der normalerweise Leder und Jeans trägt?

Ich wende mich vom Spiegel ab. Das ist gut genug. Ich bin viel zu aufgeregt für ein Geschäftsessen.

Dylan und ich hatten noch nie ein Date. Wir hatten einen Nachmittagsfick und jahrelange Streitigkeiten, von denen er nicht wusste, dass wir sie hatten. Ich hätte ihm sagen sollen, dass er wegen der Ballettsache die Klappe halten soll, als wir Kinder waren, anstatt mich verletzt und wütend zu fühlen. Woher sollte er wissen, dass er einen Nerv getroffen hatte? Ich war damals so ein schüchternes gutes Mädchen, dass ich die Worte nicht rausbringen konnte. Jetzt bin ich es gewohnt, mit Menschen zu arbeiten, dass ich anscheinend meine Schüchternheit verloren habe. Es kommt hin und wieder vor, wenn ich auf einer Party bin, auf der ich niemanden kenne, doch größtenteils fühle ich mich in meiner Haut wohl.

Ich gehe nach unten, wo meine Eltern verdächtig im Wohnzimmer herumlungern, während sie normalerweise um diese Zeit zu Abend essen. Dad ist Elektriker und kommt freitags immer vor sechs nach Hause, dann gibt es hausgemachte Pizza. Heute Abend tun sie, als sehen sie sich eine Hausdekorationsshow an, aber in Wirklichkeit wollen sie sehen, ob der „Gentleman" mich abholt. Dylan kann wichtige Punkte einheimsen, wenn er hereinkommt, um sie zu begrüßen, anstatt an den Bordstein zu fahren und zu hupen oder eine SMS zu schreiben, damit ich herauskomme. Frag mich nicht, wie ich darauf komme. Meine Eltern warten darauf, ob er den Test besteht. Ich *muss* mir eine eigene Wohnung suchen.

„Du willst *so* gehen?", fragt meine Mutter und starrt auf meine Jeans. „Komm mit nach oben. Ich habe einen süßen Rock, der dir passen sollte." Das wäre großartig, wenn ich mich wie meine Mutter für die Kirche am Sonntag einkleiden wollte.

Ich hebe eine Hand. „Schon gut, Ma, danke."

„Sie sieht gut aus", sagt mein Vater.

Meine Mutter starrt ihn an. „Sie muss besser aussehen als gut, Tony! Wie viele Männer im heiratsfähigen Alter klopfen schon an unsere Tür?"

„Einer?", sagt mein Vater mit ernstem Gesicht.

Meine Mutter nickt. „Genau, einer. Und Ariana will ein Baby, und ich möchte, dass sie zuerst einen Ehemann hat."

„Also mögen wir Dylan jetzt?", fragt mein Vater mich.

„Wir sind Freunde", sage ich.

„Er weiß sich zu benehmen, sage ich dir", sagt meine Mutter. „Gute Manieren, Respekt vor Älteren und trotz allem, was seine Mutter sich hat zu Schulden kommen lassen, kann man ihm das nicht zum Vorwurf machen."

Gott sei Dank hat Dylan meiner Mutter nie fälschlicherweise vorgeworfen, den Servierlöffel gestohlen zu haben! Sonst würde er niemals in meine Nähe kommen dürfen. In Anbetracht dessen, wie schockiert meine Eltern über den ganzen Vorfall mit meiner Jungfräulichkeit waren, haben sie sich ziemlich schnell für Dylan erwärmt. Vermutlich ist er einem anonymen Foto in einem Ordner vorzuziehen. Oder vielleicht wären sie mit jedem Mann einverstanden, den sie aus der Nachbarschaft kennen. Die Messlatte ist niedrig, wenn es darum geht, mich sicher zu verheiraten, bevor ich ihr begehrtes Enkelkind zeuge. Es scheint ihnen egal zu sein, dass ich den Schock immer noch nicht überwunden habe, dass mein Ex so bald nach unserer Scheidung eine Familie gründet. Ich weiß, ich bin nicht bereit, mein Herz für irgendeinen Mann zu riskieren.

Das unverkennbare Dröhnen einer Harley lässt uns alle zum Fenster blicken.

Meine Mutter springt von ihrem Stuhl und klatscht in die Hände. „Er ist hier! Schnell, Ariana, zieh dich um. Ich werde ihn aufhalten."

„Ich mach die Tür auf", sagt mein Vater, steht von seinem Sessel auf und steckt sein hellblaues T-Shirt in seine Jeans. „Wir müssen uns unterhalten, von Mann zu Mann."

Ich unterdrücke ein Stöhnen. Man könnte glatt meinen, dass ich wieder sechzehn bin. „Dad, bitte, das ist nicht nötig."

Er glättet sein schütteres dunkelbraunes Haar über seine kahle Stelle. „Ist es definitiv."

Meine Mutter ruft mich in die Küche. „Ariana, wenn du dich nicht umziehen willst, könntest du mir kurz in der Küche helfen?"

Ich schüttle den Kopf. Sie versucht, mich aus dem Weg zu schaffen, damit Dad von Mann zu Mann mit Dylan sprechen kann. Das ist so peinlich! Doch da es noch peinlicher wäre, das Mann zu Mann-Gespräch mitanzuhören, wähle ich den einfacheren Weg. „Komme, Ma."

Ich gehe in die Küche, wo meine Mutter den Pizzateig aus dem Kühlschrank holt. „Warum muss er ein Gespräch von Mann zu Mann mit Dylan führen?"

Meine Mutter macht ts-ts. „Dein Vater führte das gleiche

Gespräch mit Mark, und der hat Rosalie geheiratet, jetzt haben sie drei wunderschöne Töchter." Das ist meine Schwester, und ich bezweifle aufrichtig, dass Mark dazu überredet werden musste. Er war vom ersten Tag an verrückt nach Rosalie.

Sie gibt mir ihren Autoschlüssel. „Du kannst Dylan fahren lassen, wenn du willst, das macht mir nichts aus. Ich würde mich einfach nur ruhiger fühlen, wenn du nicht auf dieser Todesmaschine sitzen würdest."

„Ich bin sicher, er ist ein guter Fahrer. Er fährt seit seinem siebzehnten Lebensjahr Motorrad."

„Nicht mit meiner Tochter auf dem Rücksitz." Sie stemmt ihre Hände in die Hüften und mustert mich eingehend von den Haaren bis zu den Zehen. „Bist du sicher, dass du keinen Rock anziehen willst, jetzt, da du weißt, dass du nicht auf dem Motorrad fahren musst?"

„Ich bin sicher. Es ist *kein* Date. Er will mit mir über meine Arbeit reden."

„Sicher, sicher." Sie scheucht mich mit einer Geste zurück ins Wohnzimmer. „Geh wieder zurück. Zu viel Zeit mit deinem Vater, und er lädt ihn noch zum Abendessen ein. Ich verstehe, dass junge Paare Zeit alleine brauchen, damit sich die Chemie entwickeln kann."

Ich unterdrücke eine bissige Erwiderung. Sie versteht einfach nicht, dass ich keinen Mann suche. Ich weiß, dass sie mich liebt. Es ist manchmal nur ein bisschen erdrückend. „Wir sehen uns später."

„Geh du nur so lange aus, wie du willst." Sie gestikuliert wild. „Über Nacht ist in Ordnung, wenn ihr mehr Zeit braucht, um euch besser kennenzulernen. Wir werden nicht warten."

Ich kann nicht fassen, dass sie mir ihren Segen gibt, an unserem ersten Nicht-Date mit Dylan zu schlafen. Das ist dieselbe Frau, die mir einen Vortrag über einen Mann gehalten hat, der die Kuh nicht kauft, wenn er die Milch umsonst bekommt. „Es ist ein Geschäftsessen, Ma."

Sie küsst meine Wange. „Viel Glück mit deinem Geschäft, Sweetie!"

Ich unterdrücke ein Stöhnen. „Danke."

Ich kehre ins Wohnzimmer zurück und finde meinen Vater und Dylan in der Mitte des Raumes. Dylans Kopf ist zur Seite geneigt, und er hört meinem Vater zu, der in verschwörerischem Ton spricht.

„Okay, ich bin soweit." Ich halte den Schlüssel für den Honda in die Höhe und wedle damit. „Und ich habe unseren fahrbaren Untersatz."

Dylan lächelt mich langsam sexy an, was mich tatsächlich erröten lässt. Hitze kriecht meinen Nacken empor und meine Brust hinunter. Er ist lässig gekleidet, doch besser als sonst in einem Chambray-Hemd und dunklen Jeans und schicken Lederschuhen. Sein dichtes dunkelbraunes Haar ist ein bisschen länger, aus dem Gesicht gekämmt und noch feucht vom Duschen. Er hat einen Hauch von Stoppeln auf seinem kantigen Kiefer.

Kein Date, erinnere ich mich. Rein geschäftlich.

Mein Vater klopft Dylan auf den Rücken. „War schön, dich wiederzusehen, Dylan."

„Gleichfalls Mr. Bianchi", sagt Dylan.

Er bedeutet mir, vor ihm zu gehen, und wir gehen zur Tür hinaus. Er trägt Parfum, einen würzigen, maskulinen Duft, der mich dazu bringt, mich vorzubeugen und ihn zu beschnuppern. Verdammt. Nicht gut. Ich kann es nicht riskieren, irgendetwas mit ihm anzufangen, besonders wenn ich Pläne habe, bald Mutter zu werden. Welcher Mann würde in dieses Szenario eintreten wollen? Ich, schwanger mit dem Baby eines anderen Mannes. Ich werde *nicht* auf diese unpassende Lust reagieren. Ich werde *nicht* daran denken, wie gut es dieses eine Mal mit ihm war. Das lag wahrscheinlich daran, dass es für mich so neu war, an der Chemie und meinen niedrigen Erwartungen. Ja. Chemie und jungfräulich niedrige Erwartungen. Halte dich an den Plan. Erster Schritt, eine Wohnung finden, bevor meine Eltern mich in den Wahnsinn treiben. Ich bin erst seit drei Wochen zu Hause und bin mir nicht sicher, wie lange ich ihren Druck, mir einen Mann aufdrängen zu wollen, noch aushalten kann.

Ich warte, bis wir auf dem Gehsteig sind, bevor ich sage:

„Bitte ignoriere, was mein Vater über mich gesagt hat. Er hat einen ausgeprägten Beschützerinstinkt."

Sein Mundwinkel zuckt. „Er wollte nur sichergehen, dass ich weiß, dass du etwas Besonderes bist. Nicht jemand, den man leichtfertig behandelt und dann sitzen lässt."

Ich stöhne. „Das ist seine subtile Art, dich wissen zu lassen, dass er weiß, was damals passiert ist."

Er blickt die Straße hinauf und hinunter, wahrscheinlich auf der Suche nach neugierigen Nachbarn. „Also hast du deinen Eltern alle grausigen Details erzählt?"

„Naja, ich habe versucht, einen Krieg zwischen unseren Familien zu verhindern. Ich habe gesagt, dass du ein Feigling warst, der sich gleich danach davongemacht hat, und dass ich hoffte, dich nie wiederzusehen."

Er schnaubt. „Ja. Das war scheiße von mir. Ich bin seitdem gereift und froh, dass du bereit bist, mich wiederzusehen."

„Das war ja *fast* eine Entschuldigung."

Er nimmt meine beiden Hände in seinen warmen, festen Griff. Seine blauen Augen sehen mich an. „Es tut mir leid."

Ich glaube ihm. „Schon okay. Ich vergebe dir."

„Gut."

„Das Auto ist nicht weit", sage ich und gehe ein paar Türen zum schwarzen Honda Accord meiner Mutter. Ich gebe ihm den Schlüssel. „Ich lasse dich den Streitwagen fahren."

Er öffnet die Beifahrertür für mich und wartet darauf, dass ich einsteige, bevor er sie schließt. Beeindruckend. Ich hatte keine Ahnung, dass er so gute Manieren hat. Ich schlucke den bissigen Kommentar hinunter, dass er seinen toughen Ruf damit ruiniert, als er auf der Fahrerseite einsteigt. Doch bei Jungs ist das wirklich ungewöhnlich. Vielleicht hat er mehr zu bieten, als mir bewusst ist.

Er bringt mich in ein gemütliches Restaurant in Cobble Hill mit einer netten Bar und einer Reihe von Tischen für zwei und vier Personen. Hängende Glühbirnen über der Bar und weiße Kerzen auf den Tischen spenden warmes Licht auf den dunklen Kirschholzmöbeln, der Wandvertäfelung und dem dunkel glänzenden Holzboden. Ich würde sagen, dass es sich intim und geradezu romantisch anfühlt.

Wir sind hier für ein Geschäftsessen, das ist alles, was ich zu diesem Zeitpunkt in meinem Leben will oder brauche.

Er bestellt ein Bier, das in Brooklyn gebraut wird, und ich bestelle eine Mimosa, einfach weil es Spaß macht.

Als die Getränke ankommen, prostet er mir mit seiner Flasche zu. Ich hebe mein Glas, und wir stoßen an.

„Cheers", sagt er zur gleichen Zeit wie ich, „Salute."

Seine blauen Augen funkeln, als er die Flasche an seinen Mund hebt. Mein Blick fällt auf seine Kehle, als er schluckt. Warum ist das so sexy? Er ist einfach so viel Mann – breite Schultern, starker Hals, mit definierter Brust, über der der Stoff seines Hemdes spannt. Mein Ex war eher ein großer, dünner, ordentlicher Schreibtischarbeiter. Okay, er war quietschsauber mit einem ordentlichen Seitenscheitel und glattrasiert. Das genaue Gegenteil eines robusten Mannes, der mit seinen Händen arbeitet. Mein Blick fällt auf Dylans Hemd, dessen obersten zwei Knöpfe offenstehen und mir einen winzigen Blick auf seine gebräunte Brust gewähren. Mein Puls pocht härter.

Ich hebe meinen Blick zu seinem, und er sieht mich wissend an. Erwischt! Ich trinke einen Schluck von meiner Mimosa und verschlucke mich natürlich. Meine Wangen brennen, als ich mich auf Ungeschickte-Teenagerin-auf-einem-Date-Gebiet bewege.

„Geht's dir gut?", fragt er.

Ich nicke, und meine Augen tränen. Als ich wieder normal atmen kann, trinke ich einen Schluck Wasser. „Also, du hast gesagt, du hast ein paar Fragen an mich?"

„Das machen wir, nachdem wir bestellt haben. Wie geht's dir?"

„Mir? Mir geht's gut. "

„Gelangweilt?"

Sehr sogar. „Ich beschäftige mich mit der Jobsuche."

„Irgendwas Gutes gefunden?"

„Nein. Vielleicht bin ich zu wählerisch. Ich möchte morgens aufwachen und mich auf die Arbeit freuen."

„Ein Job ist ein Job, kein Themenpark."

„Ich weiß. Ich glaube, mit meinem Neuanfang suche ich

nach etwas, das mich packt." Ich quietsche überrascht, als er sich über den Tisch beugt und mich an den Oberarmen packt.

Er lacht und lässt mich los.

Ich schüttle den Kopf, mein Herz rast. Ich bin es nicht gewohnt, dass jemand so körperlich ist, und er hat mich erschreckt. „Okay, das hat mich aufgeweckt. Also, wie geht's dir?"

„Großartig. Ich habe heute Morgen die Papiere unterschrieben, und Byrne Construction gehört jetzt mir und meinen Brüdern. Wir haben auch gleich einen Zweigbetrieb für Immobilienentwicklung eintragen lassen, Rourke Management. Warum es nicht einfach tun? Auch wenn unser Fokus zur Zeit noch auf dem Bauen liegt, möchte ich, dass wir uns weiterentwickeln." Seine Augen leuchten. „Ich möchte ein Imperium aufbauen."

Mir laufen tatsächlich Schauer über den Rücken. Das ist die Art von Begeisterung, die ich für meine Karriere empfinden möchte. „Wow, das freut mich für dich."

Er grinst. „Vielen Dank."

Der Kellner kommt, um unsere Bestellung aufzunehmen – Steak für ihn, Brathähnchen für mich – und Dylan wendet sich dem Thema Arbeit zu.

„Erzähl mir alles, was du über die Führung eines Immobilienentwicklungsunternehmens weißt."

„Ähm, das könnte eine Weile dauern. Ich habe in Vertrieb und Marketing gearbeitet. Mein Mann – *Ex*-Mann – hat die Immobilien gescoutet. Es war ein Familienunternehmen, daher gab es oft Meetings, bei denen ich gehört habe, was in allen Abteilungen vor sich ging. Ich hatte nicht viel mit der Bauausführung zu tun."

„Den Teil decke ich ab. Mach weiter."

„Ich fange also mit der Suche nach den Immobilien an, über die Projektentwicklung und die Zusammenarbeit mit den Gemeinden, um sicherzustellen, dass das Projekt gut passt und es keine Verzögerungen durch lokale Interessengruppen gibt. Meistens waren es Gewerbeimmobilien und gelegentlich ein Apartmentgebäude. Meine Aufgabe bestand hauptsächlich darin, Mieter für die Gebäude zu finden."

Unser Essen kommt, und Dylan hebt eine Hand. „Guten Appetit. Lass uns mit den Fragen weitermachen, wenn du mit dem Essen fertig bist."

„Oh. Macht mir nichts aus, beim Essen weiterzureden."

„Danach reicht", sagt er und schneidet sein Steak.

Das könnte ein sehr langer Abend werden. Ich bin ein so langsames Tempo nicht gewohnt, doch es stört mich nicht. Er strahlt Ruhe aus, die mich tatsächlich entspannen lässt. Ich konzentriere mich auf mein Essen. Es ist köstlich, vom saftigen Hühnchen bis zu den knusprigen dünnen Kartoffelscheiben und dem Babyspinat.

„Das ist wirklich gut", sage ich.

„Du schätzt gutes Essen genauso wie ich", sagt er. „Kochst du?"

„Ich weiß, wie es geht. Aber ich komme nie zum Kochen. Es fühlt sich immer wie eine lästige Pflicht an."

„Ich koche gern."

Ich kann meine Überraschung nicht verbergen. „Im Ernst?"

„Ja. Selbst beigebracht. Es ist entspannend für mich."

„Was kochst du?"

„Alles Mögliche. Risotto, Lasagne, Enchiladas, Cordon Bleu. Ich probiere einfach Sachen aus, und wenn es mir gefällt, behalte ich das Rezept." Er trinkt einen Schluck Bier, sein Blick ist direkt. „Vielleicht kannst du eines Tages meine Kochkünste ausprobieren."

Ich schlucke und richte meinen Blick auf die Bar. Er interessiert sich für mehr mit mir. Ich muss stark bleiben und mein Herz schützen, egal wie er mich mit seinen Manieren, seiner Körperlichkeit oder seiner Küche überrascht. Habe ich ihn jemals wirklich gekannt?

Ich drehe mich um, beobachte, wie er ein weiteres Stück Steak schneidet, und versuche, ihn mit neuen Augen als den Mann zu sehen, der er heute ist, nicht als den Bully meiner Kindheit oder den gefühllosen jungen Mann, der *danach* einfach abgehauen ist. Er ist wunderschön wie immer mit diesen gemeißelten Gesichtszügen und dem muskulösen Körper, aber auch ein Mann, der weiß, was er will. Ein guter

Mann, denke ich. Er war wirklich nett zu mir und hat sich sogar aufrichtig entschuldigt für seinen Fehler von vor langer Zeit.

„Willst du mein Steak kosten?", fragt er und bietet mir ein Stück an.

„Gern." Er überrascht mich, indem er es mir an den Mund hält. Unsere Augen begegnen sich mit einer Intensität, die einen Hitzewall durch mich jagt. Nachdem ich den Bissen Steak beendet habe, behalte ich meinen Teller im Auge. „Sehr gut. Magst du was von mir probieren?"

„Nein, danke."

Wir essen ein paar Minuten lang schweigend. Ich sehe ihn an, und er sieht zufrieden aus, einfach nur dazusitzen und zu essen. Ich bin tatsächlich überraschend entspannt, abgesehen von gelegentlichen Hitzewallungen. Normalerweise bin ich beim ersten Date furchtbar angespannt. Ich werde das Gefühl nicht los, dass das hier eines ist. Nur wir zwei in einem intimen Restaurant, Essen und Unterhaltung.

„Ist das ein Date?", frage ich.

Seine Gabel bleibt mitten in der Luft stehen. „Es ist, was immer du willst."

„Was willst du, dass es ist?"

Er legt seine Gabel ab. „Du willst, dass ich es buchstabiere?"

Ich packe die Serviette auf meinem Schoß. „Das wäre nett."

Er beugt sich vor. „Ich mag dich. Und es geht nicht um dein Aussehen, obwohl du schön und sexy bist. Ich mag die anderen Sachen noch mehr."

Mein Atem stockt. „Was für andere Sachen?"

Er grinst. „Du bist eine blutrünstige Frau mit einer Revolverschnauze. Ich schätze das. Es ist echt und ehrlich."

Ich bin überrascht. „Ich bin keine blutrünstige Frau mit Revolverschnauze."

Er zieht eine Braue hoch. „Du hast gesagt, und ich zitiere: *Wenn du der letzte Mann auf Erden wärst und nur du und ich übrig wären, um den Fortbestand der Menschheit zu sichern, würde ich eher zum Kannibalen werden.*"

Mir bleibt der Mund offenstehen. „Und deswegen magst du mich?"

„Ich schätze eine starke Frau. Ich will eine Partnerin, mit der ich das Gute und das Schlechte teilen kann und mit der sich die Last ein bisschen leichter trägt."

Ich schlucke. „Du hörst dich an, als suchst du eine Frau."

„Nicht direkt. Ich bin es einfach leid, bedeutungslose Affären zu haben. Ich suche was Reales."

„Oh, das bin ich nicht."

Seine Lippen verziehen sich. „Nein, du gehst nur spermashoppen."

„Schh! Iss dein Abendessen." Ich wende mich wieder meinem Essen zu und sehe ihn eindringlich an.

Er lächelt und schiebt sich einen Bissen Steak in den Mund. Seltsam. Die meisten Männer würden ausflippen, wenn die Frau, die sie zum Abendessen eingeladen haben, bald eine Familie gründen will.

Wir beenden das Essen schweigend, doch ich kann spüren, dass er mich studiert. Er will mehr von mir, doch ich bin nicht bereit dafür. Ich erhole mich von einem harten emotionalen Schlag. Mein Ex wollte Babys, aber nicht mit mir. Er lebt das Leben, nach dem ich mich gesehnt habe, *mit ihr.* Bastard.

Dylans tiefe Stimme dringt durch meine dunklen Gedanken. „Warum bist du bereit für ein Kind, aber nicht für eine Familie? Weißt du nicht, wie wichtig ein Vater für ein Kind ist? Mein eigener Vater hat mir und meinen Brüdern so viel beigebracht. Jungen brauchen ihre Väter. Und Mädchen auch. Meine Mutter sagt, ihr Vater hat ihr anhand seines Vorbilds gezeigt, was einen echten Mann ausmacht, weshalb sie sofort wusste, als sie meinen Vater traf, dass sie den Mann fürs Leben gefunden hatte. Du liebst deinen Vater, oder?"

So hatte ich bisher nicht darüber nachgedacht. „Ja, das tue ich. Sehr sogar." Mein Vater ist eine feste, beständige Person in meinem Leben. Er ist immer die Stimme der Vernunft, wenn ich verloren bin, und ich habe immer gewusst, dass er mich liebt.

„Na bitte."

Ich studiere ihn für einen langen Moment. Er ist der älteste von sechs Brüdern, was bedeutet, dass er Erfahrung mit kleinen Kindern hat, und ich habe immer gesehen, wie er auf sie aufgepasst hat. Er sieht gut aus, ist stark und gesund. Ich denke, er ist auch ziemlich intelligent. Ich merke es nicht nur daran, wie er spricht. In der Schule haben sie unsere Klasse einmal einen IQ-Test machen lassen, und sein Bruder Sean hat die höchste Punktzahl der Klasse erzielt. Ich wette, alle Rourkes haben diese intelligenten Gene. Sie haben sich einfach entschieden, nicht an die Uni zu gehen und es vorgezogen, eine andere Art von Arbeit in das Familienunternehmen zu investieren. Er ist ein perfektes Exemplar.

Mein Herz rast bei dem Gedanken, den ich nicht laut aussprechen darf. Könnte ich den Vaterteil ohne den Ehemannteil bekommen? Er könnte mein Samenspender sein, aber dennoch am Leben des Kindes beteiligt sein. Ist das zu verrückt?

Ja. Das ist verrückt.

Vielleicht nur eine Spende diskret in der Samenbank? Zumindest kann ich denjenigen, die sich um solche Dinge Sorgen machen, bestätigen, dass er kein Psychopath ist. *Ma zum Beispiel.*

Ich müsste ihm dafür etwas anbieten. Vielleicht kostenlose Unternehmensberatung, wann immer er sie braucht? Ich müsste mir bestimmte Bedingungen ausdenken, irgendeinen wasserdichten Vertrag.

„Du siehst mich gerade wirklich komisch an", sagt er.

Ich winke ab, doch meine Gedanken kreisen immer noch um mögliche Wege, wie wir beide von einem Arrangement profitieren könnten. „Entschuldigung, bin nur müde."

„Es ist erst kurz nach sieben."

Ich zwinge mich, mich auf das Gespräch zu konzentrieren. „Ich bin im Morgengrauen aufgestanden, um zu trainieren." Das ist tatsächlich wahr. Ich brauche die ruhige Zeit für mich und das Training, um Stress abzubauen.

„Ach so? Das mache ich auch. "

Der Kellner kommt mit der Dessertkarte. Ich bestelle den Zitronenkuchen und Dylan den Karottenkuchen.

„Ich mag Desserts nicht besonders, aber der Karottenkuchen hier ist der beste, den ich je hatte", sagt er.

„Ich mag Zitrone. Deshalb hatten wir zu Hause auch Zitronenkuchen. Den habe ich selbst gebacken. Ich mag backen lieber als kochen."

Er lächelt herzlich, und ich lächle zurück. „Ja? Der war wirklich gut. Erzähl mir mehr über die Arbeitsweise dieses Immobilienentwicklungsunternehmens."

Entschlossen, meinen Wert als zukünftige Unternehmensberaterin unter Beweis zu stellen, erzähle ich ihm alles über die Firma, für die ich früher gearbeitet habe. Eines der coolen Dinge, die sie gemacht haben, war, Kunst in den Bereich zu integrieren, den sie entwickelt haben, normalerweise eine Skulptur oder ein Wandbild an einem Gebäude. Sie wollten der jeweiligen Gemeinde etwas zurückgeben.

Seine Augen leuchten bei diesem letzten Teil. „Ich mag die Idee, beim Bauen die Gemeinde zu fördern. Ich hatte eine ähnliche Idee, aber statt Kunst würde ich gerne einen Park mit einem Spielplatz gestalten, in dem die Kinder rumrennen können. Meine Brüder und ich haben das geliebt, als wir Kinder waren. Rückblickend weiß ich nicht, wie meine Mutter es überstanden hat, dauernd sechs energiegeladene Jungs durchs Haus rasen zu lassen."

Meine Eierstöcke tanzen. Dylan versteht sie, dieses Dad-Ding. Das Kind-Ding. Ich kann nicht anders, als ihn jetzt anzusehen und den Vater meines Babys zu sehen. Ich weiß, dass das verrückt ist. Aber welcher Typ ist je mit mir ausgegangen und hat so mit mir über Familie und Vaterschaft gesprochen? Vielleicht versucht er mir einen Hinweis zu geben, dass er das auch will. Oder vielleicht habe ich nur das Baby im Kopf.

Chill, Ariana! Job zuerst, dann Wohnung, dann Baby.

Unsere Desserts kommen. Ich beiße in meinen Zitronenkuchen, die Füllung ist leider zu sauer. Stattdessen esse ich nur ein bisschen vom Teigteil, und dann sehe ich zu, wie Dylan seinen Karottenkuchen genießt.

Nach ein paar Augenblicken bemerkt er, dass ich ihn beobachte und nicht esse. „Du magst dein Dessert nicht?"

„Es ist okay."

Er schiebt mir sein Dessert zu. „Lass uns teilen."

Ich schiebe mir einen Bissen in den Mund - es ist köstlich. Er ist so großzügig mit dem Dessert, im Gegensatz zu meinem Ex, der es immer heruntergeschlungen hat, während ich es genießen wollte und darum in der Regel nur ein paar winzige Bissen bekommen habe. Dylan schiebt sich einen Bissen in den Mund und wartet darauf, dass ich auch einen nehme, bevor er ein neues Stück aufspießt. Als nur noch ein Stückchen des leckeren Kuchens übrig ist, das eigentlich seines ist, legt er seine Gabel auf den Tisch.

„Du kannst es haben", sagt er.

Ich schiebe den letzten köstlichen Bissen in meinen Mund, mein Bauch ist glücklich, meine Eierstöcke tanzen, und mein Herz ist voll. „Du bist wirklich ein wunderbarer Mann."

Er schmunzelt und zeigt auf den leeren Dessertteller. „Alles, was nötig war, war Karottenkuchen, um bei dir wieder gut angeschrieben zu sein."

„Du könntest der Vater meines Babys sein", platzt es aus mir heraus.

Er zuckt nicht einmal mit der Wimper, studiert mich nur für einen langen Moment.

Ich halte den Atem an, ein Teil von mir ist hoffnungsvoll und ein anderer entsetzt, dass ich es überhaupt vorgeschlagen habe. Wir kennen uns kaum. So läuft das im wahren Leben einfach nicht ab. Ich kann nicht einmal die Worte herausbringen, um zu erklären, was ich ihm als Gegenleistung bieten würde.

Ich kann nicht fassen, dass ich das gesagt habe!

Er beugt sich vor, und seine blauen Augen leuchten triumphierend. Wollte er das die ganze Zeit? „Ich habe da ein paar Bedingungen."

7

Dylan

Rourke Familienphilosophie – sei mutig, geh Risiken ein, du hast nur ein Leben. Ich lebe es gerade. Große Veränderungen kommen für das Geschäft und jetzt persönlich. Tief im Inneren wollen Ariana und ich dasselbe – uns niederlassen und eine Familie haben. Ich kenne sie mein ganzes Leben lang. Sie ist ein guter Mensch.

Ist es die beste Zeit für mich, eine Familie zu gründen? Nicht die beste, aber auch nicht die schlechteste. Ich meine, sicher, ich brauche Geld, um in die Immobilienentwicklung einzusteigen, aber die Bauseite des Geschäfts ist solide. Und Ariana wäre eine Bereicherung für unser Immobiliengeschäft. Außerdem habe ich fünf Brüder, die das Vorhaben zu einem Erfolg machen wollen, da wir alle Miteigentümer sind. Und ich besitze eine Wohnung mit drei Schlafzimmern. Ich denke, das ist eine solide Grundlage. Es wird nie eine perfekte Zeit geben. Das Leben passiert, und man muss die Dinge nehmen, wie sie kommen.

Sie sieht mich wieder seltsam an. Irgendwo zwischen vorsichtig und glücklich. Ich biete ihr an, ihr das Baby zu geben, das sie so sehr möchte. Was für ein Idiot ihr Ex doch war. Ariana würde eine großartige Mutter abgeben: stark, aber warmherzig, und ich habe mich immer als Vater auf ganzer Linie gesehen. Plötzlich ist es greifbar, genau hier und jetzt, und ich bin an Bord, solange wir zwei uns einig sind.

Zuerst lege ich meine Bedingungen fest. „Hier ist, was du tun musst. Vergiss deinen perfekten Samenspender von der Samenbank. Nimm deinen Namen von der Liste oder was auch immer du tun musst. Du wirst warten, bis wir sehen, wie das mit uns läuft."

„Uns?", fragt sie mit schriller Stimme.

Ich weiß, dass sie nicht bereit für eine Beziehung ist. Aber das Letzte, was ich will, ist, auf die Rolle des Samenspenders reduziert zu werden. Ich möchte das Gesamtpaket einer echten Familie. Sie ist nach ihrer Scheidung vorsichtig. Doch die war vor sechs Monaten, was lange genug scheint, um sich wieder zu verabreden. Ich sollte mir deswegen mehr ins Hemd machen. Ich meine, ich war auf ein Abendessen und ein paar Drinks aus. Den Anfang von etwas. Doch hier ist sie, und es macht mir kein bisschen Angst. Ich bin dreiunddreißig Jahre alt, Geschäftsführer meines eigenen Unternehmens, Immobilienbesitzer. Ich bin bereit für eine Familie.

„Du hasst es, zu Hause zu leben", sage ich. „Der ganze Druck, einen neuen Mann zu finden, oder? Zieh bei mir ein, und du schaltest das alles mit einem Schlag aus."

„Für wie lange?"

Mir bleibt der Mund offenstehen. Von all den Dingen, von denen ich dachte, dass sie aus ihrem Mund kommen könnten – danke! Ja wirklich? Bist du sicher? –, das war keins davon. Zum ersten Mal biete ich an, mit einer Frau zusammen zu leben, und sie sucht bereits nach einem Out. Ich war Zeuge des Wahnsinns ihres häuslichen Lebens. Ich habe drei Schlafzimmer, viel Platz. Nicht, dass ich ihr anbiete, meine Mitbewohnerin zu sein, es sei denn, sie braucht Zeit, um sich an die Idee zu gewöhnen, mein Bett zu teilen. Ich werde die zusätzlichen Schlafzimmer nicht erwähnen. Einfach sehen, wie es läuft.

„Was meinst du mit wie lange?", antworte ich und zeige meine Irritation.

Sie beugt sich vor, ihre Stimme ist sanft. „Dylan, ich weiß, dass du mich nicht liebst, und ich liebe dich nicht. Das wäre nur so, weißt du, damit wir erleben können, wie es ist, Eltern zu sein. Natürlich könntest du Teil des Lebens des Babys sein. Ich weiß, dass du ein großartiger Vater sein würdest."

„Danke." Mein Verstand sucht nach der richtigen Lösung. Es gibt definitiv Chemie zwischen uns. Verführung ist nicht einmal notwendig, weil sie mein Sperma haben will. Ha! Doch dann fällt mir ein, dass am Ende ihrer Ehe vielleicht mehr dran ist, als sie erzählt. Eine Scheidung kann ziemlich unangenehm sein. Ich habe es bei Scheidungen von Freunden gesehen.

Ich halte meine Stimme leise. „Deine Scheidung war vor sechs Monaten. Warum bist du da nicht schon nach Hause gezogen?"

Ihre Miene verschließt sich, und ihre Hände sinken auf ihren Schoß. „Ich habe dir gesagt, dass sie einvernehmlich war. Ich hatte einen guten Job in der Firma seiner Familie, und alles war in Ordnung."

„Du musst ehrlich zu mir sein, wenn wir diese Familiensache zusammen machen wollen. Warum bist du dann nach Hause zurückgerannt?"

„Ich bin nicht gerannt", sagt sie fest. „Ich habe mich bewusst entschieden, dass es Zeit ist, mein Leben weiterzuleben."

Ich dränge sie, weil ich möchte, dass sie zu mir ehrlich ist. „Und das tust du, indem du arbeitslos bist und dich von Mommy und Daddy verhätscheln lässt?"

„Fahr zur Hölle", blafft sie, und ihre Augen blitzen. „Du hast keine Ahnung, wie es ist, das durchzumachen, was ich durchgemacht habe."

„Du hast jung geheiratet. Jetzt bist du es nicht mehr."

„Einunddreißig ist noch jung."

„Nicht mit deinen abgestandenen Eiern."

Sie starrt mich an.

„Er hat dir deine Jugend geraubt und dir verweigert, was du am meisten wolltest. Was sonst? Was hat dich nach Hause fliehen lassen? Hat er dir seine heiße neue Freundin unter die Nase gerieben? Mehr als eine vielleicht?"

„Ich bin nicht geflohen! Ich habe mich bewusst dafür entschieden, dass es Zeit ist zu gehen."

Ich winke nach der Rechnung. „Ja, ok."

Sie wird still und bearbeitet ihre Unterlippe, als würde sie überlegen, ob sie mir die Wahrheit über das, was passiert ist, sagen soll oder nicht.

Ich bezahle das Essen, und ein paar Minuten später sind wir wieder im Auto. Sie ist immer noch still. Ich schweige auch und hoffe, dass sie sich mir anvertraut. Es wird nicht funktionieren, wenn sie mir nicht genug vertraut.

Ich lasse den Motor an, und sie legt ihre Hand auf meinen Arm. „Ja?" *Komm schon, komm schon, sei ehrlich zu mir.*

Ihre Stimme kommt heiser heraus. „Mein Ex hat seine heiße neue Freundin vorgeführt, und sie war im achten Monat schwanger. Er war begeistert, Vater zu werden, und sie planen, bald zu heiraten. "

„Machst du dich über mich lustig?", keuche ich. „Er ist glücklich, mit ihr Vater zu werden, aber nicht ..." Ich schließe meinen Mund. Verdammt, das muss wehtun. Und er hat diese andere Frau vor ihrer Scheidung geschwängert. Was für ein Arschloch. Kein Wunder, dass sie so misstrauisch ist.

„Nicht mit mir. Genau." Sie wischt sich die feuchten Augen. „Was stimmt nicht mit mir?" Ihre Stimme bricht, und meine Brust schmerzt vor Mitgefühl.

Ich lege einen Arm um ihre Schultern und ziehe sie an mich. „Mit dir ist nichts los. Dieser Typ ist ein verdammter Idiot, der das Gute nicht erkennt."

Sie lehnt ihren Kopf an meine Brust. „Ich weiß nicht, warum du so nett zu mir bist."

„Ich bin ein netter Typ."

Sie lacht ein wenig und sieht zu mir auf. „Irgendwie ist mir das zuvor entgangen."

Ich nehme ihr Kinn in meine Hand. „Schau, ich bin bereit, mich niederzulassen, und für dich wird alles gut."

Sie blinzelt ein paarmal. Ich kann sehen, dass ich sie mit

meiner kühnen Erklärung überrascht habe. Nicht oft bietet ein Mann beim ersten Date eine feste Beziehung an.

„Wow", sagt sie schließlich.

„Ja." Ich nehme meinen Arm von ihr, lege den Gang ein und fahre vom Bordstein weg. „Du bist die erste Frau seit langer Zeit, die mein Interesse geweckt hat."

„Wow", sagt sie noch einmal.

Ich lache. „Okay, ich nehme ein doppeltes Wow."

Sie räuspert sich. „Ja. Ich weiß es wirklich zu schätzen, aber vergiss, was ich vorher gesagt habe. Die Wahrheit ist, dass du verdient hast, jemanden in deinem Leben zu haben, der *wirklich* schätzen kann, was du zu bieten hast."

So, wie sie es sagt, scheint sie zu glauben, ich hätte etwas, das es wert ist, angeboten zu werden. Es ist nur eine Frage der Zeit, dass sie mir vertraut. Es ist wie bei der Arbeit, als wir dieses große Projekt in der alten Brauerei bekommen haben und im Grunde ein neues Gebäude hochgezogen haben. Es sah nach einer überwältigenden Aufgabe aus, alles pünktlich und im Rahmen des Budgets zu erledigen. Also, was haben wir gemacht? Wir haben die Parameter des Projekts festgelegt, es in Abschnitte eingeteilt und diese Abschnitte wiederum in kleinere Schritte. Kleine Ziele, kurze Fristen. Dann die Aufgabenliste immer wieder kontrollieren, bis alles vor unseren Augen Gestalt annimmt. Es geht darum, das große Ziel in kleine Schritte zu zerlegen. Babyschritte für Ariana. Ich lächle bei dem Babyvergleich. Mit Babyschritten zum Babyziel.

„Deine Familie hatte schon immer einen Sinn fürs Dramatische", sagt sie mit einem Lächeln und schüttelt den Kopf. Als ob sie nicht diejenige ist, die mein Sperma will. Ich erwähne diese Tatsache jedoch nicht, weil ich vermute, dass sie es immer noch will und sich nur mit dem Gedanken an *uns* anfreunden muss. Ich versuche nicht, mich in Ehe und Baby zu stürzen, doch das mit uns muss passieren, bevor sie mit dem Baby eines Psychopathen schwanger wird. Ja, in dieser Sache schlage ich mich auf Mrs Bianchis Seite.

„Was meinst du mit Sinn fürs Dramatische?", frage ich in

gespielter Empörung. „Die Fehde? Denn das war nicht unsere Schuld."

„Naja, meine Mutter hatte sicherlich keinen Grund, einen Servierlöffel zu stehlen. Wir haben zwei komplette Bestecksets, eines für den Alltag und eines für besondere Anlässe. Nein, ich spreche über diese Königsache. So dramatisch. Ich bin sicher, das war nur ein Gerücht, das ihr Jungs verbreitet habt, um Mädchen ins Bett zu bekommen."

„Das ist tatsächlich wahr."

Sie schnaubt. „Na klar."

„Mein Vater wäre König gewesen, wenn er den Thron nicht aufgegeben hätte. Ich bin der Kronprinz, was bedeutet, dass ich nach ihm der nächste König geworden wäre."

„Lass den Blödsinn. Dein Vater arbeitet am Bau."

„Hast du gerade Zeit? Ich kann dir im Büro einen Beweis zeigen."

„Klar, warum nicht. Zeig mir deinen Beweis. Und lass es besser kein lahmes Prince Charming Halloween-Kostüm sein."

Ich schmunzle. „Als ob ich jemals als Prinz Charming durchgehen würde."

„Ganz deiner Meinung."

„Musstest du so schnell zustimmen?" Ich grinse. „Das Büro ist nicht weit von hier in Bay Ridge."

„Ich habe es nicht eilig, nach Hause zu kommen. Ich bin mir sicher, dass meine Eltern ihre übliche Date-Night-Sache haben."

„Und die wäre?"

Sie seufzt. „Sie backen zusammen Pizza, schauen sich einen alten Film aus der Zeit an, in der sie gedatet haben, während sie auf dem Sofa kuscheln, und gehen dann nach oben, um zu beenden, was sie begonnen haben."

„Deinem Ton nach zu urteilen nehme ich an, dass es nicht der Film ist, den sie beenden."

„Jupp. Ich habe gelernt, unten zu bleiben und den Fernseher laut zu stellen. Nicht, dass sie so laut wären, aber die Bettfedern … Manchmal schlägt das Kopfteil gegen die

Wand, und gelegentlich hört man auch" – sie hüstelt– „andere Geräusche."

„Ich kann da noch eins drauflegen."

„Ach ja?"

„Oh ja, einmal bin ich mit meinem Schlüssel in das Haus meiner Eltern gegangen – das war, nachdem ich ausgezogen war, also war ich so um die einundzwanzig – und habe sie erwischt, beide, nackt im Wohnzimmer. Das erste, was ich gesehen habe, war sein Hinterteil. Er hatte sie über das Sofa gebeugt, und sie waren schwer dabei. Ich sag dir, es gibt Dinge, die man nie ungesehen machen kann."

„Igitt! Dylan! Musstest du so ins Detail gehen? Jetzt kann ich es mir vorstellen. Ich glaube nicht, dass ich deine Eltern jemals wieder normal ansehen kann."

„Ich wollte kotzen. Die geschlossenen Vorhänge zur Straße hin hätten mich warnen sollen, aber ich habe so was einfach nie erwartet."

„Haben sie gesehen, dass du sie erwischt hast?"

„Ja. Mom sagte: Dylan! Und dann hat sich Dad umgedreht und auf die Tür gezeigt. Er dachte nicht einmal daran aufzuhören. Und war in keiner Weise verlegen. Ich war der Eindringling, und er wollte, dass ich verschwinde. Nicht, dass ich bleiben und zuschauen wollte. Ich war nur vor Schock erstarrt. Ich bin so schnell gegangen, dass ich mir fast den Hals gebrochen hätte, als ich die Treppe hinuntergestolpert bin. Und ich habe meinen Schlüssel seitdem nie wieder benutzt. Ich klingele immer und warte, wie lange auch immer es dauert, bis sie wieder salonfähig sind."

Sie kichert. „Sie müssen da schon mehr als zwanzig Jahre verheiratet gewesen sein. Das ist schön für sie."

„Ja, schön für sie, schlecht für meine verätzten Netzhäute."

„Du wusstest, dass sie mindestens sechs Mal Sex gehabt haben müssen, um euch zu haben."

„Ich wollte nicht darüber nachdenken, geschweige denn es sehen."

„Verständlich."

Ich entspanne mich. Das zwischen uns scheint wieder auf

dem richtigen Weg zu sein. Das Gespräch ist locker, und wir können zusammen lachen.

„Also, was ist dein Beweis dafür, dass du ein König bist?", fragt sie. „Hast du einen Thron in deinem Büro? Weißt du, mein Dad nennt die Toilette so."

„Du wirst es sehen. Ich will die Überraschung nicht verderben." Ich halte an einer roten Ampel an, ziehe mein Handy heraus, tippe auf meine Fotos und reiche es ihr. „Hier ist ein kleiner Beweis. Ich war gerade zur Hochzeit meines Cousins auf Villroy Island. Das ist mein Königreich, und das ist der Palast."

Sie schüttelt den Kopf. „Dieses Bild ist aus der Ferne, so wie es jeder Tourist aufnehmen könnte."

Ich schmunzle und stecke mein Handy wieder in die Tasche. „Tu nicht so, als ob du nicht auf die Königsache stehst. Ich erinnere mich genau, dass du wolltest, dass ich dir helfe, deine J-Karte zu verlieren, weil du gehört hattest, dass ich ein Prinz sei."

„Das war nur eine Anmache, und du hast gesagt, dass es nicht stimmt."

„Das war eine Anmache?"

„Ja. Du hättest sagen sollen: *Ja, das bin ich.* Dann hätte ich sagen können: *Ich wollte immer mit einem Prinzen zusammen sein.*"

Ich werfe einen Blick auf die Ampel und trete aufs Gas. „Du hattest alles genau durchdacht, was?"

„Oh, das hatte ich. Ich hatte es wochenlang geplant."

„Mit mir?"

„Ich habe es langsam auf dich eingegrenzt."

„Wer war noch im Rennen?"

Sie wedelt mit der Hand durch die Luft. „Niemand, an den man länger als ein paar Minuten denken sollte."

„Sean?"

„Ich habe dir gesagt, dass er für mich wie ein Bruder ist. Ich kann mir den Jungen, dem ich in der ersten Klasse beim Popelessen zugesehen habe, schlecht als potenziellen Liebhaber vorstellen."

Ich lache. „Wie lange hast du mich anvisiert?"

„Ich weiß nicht. Eine Woche? Zwei?"

„Du stehst also schon lange auf mich. Ich denke, die Königssache wird den Deal jetzt besiegeln, da ich weiß, dass du insgeheim mit einem Prinzen zusammen sein möchtest." Ich trommle auf das Lenkrad. „Verdammt, ich hätte diesen Ansatz wirklich all die Jahre benutzen sollen. Warum habe ich nie darüber reden wollen?"

Sie lacht. „Im Ernst, wenn du wirklich ein König bist, warum bist du dann nicht reich?"

„Mein Vater wurde ins Exil geschickt, weil er eine Bürgerliche geheiratet hat. Er hat hier in Brooklyn mit nichts angefangen. Hast du jemals seinen Akzent bemerkt? Er klingt nicht wie wir."

„Ich glaube nicht, dass er jemals mehr als guten Morgen zu mir gesagt hat. Gelegentlich habe ich gehört, wie er dich oder deine Brüder reingerufen hat, als ihr draußen wart."

„Ja. In seinem Befehlston, weil er es gewohnt ist, dass Leute ihm gehorchen, wenn er den Mund aufmacht. Und glaub mir, wir haben gehorcht."

„Jetzt, da ich darüber nachdenke, hört sich sein Englisch ein bisschen förmlich an."

„Ja, das kommt durch seine Erziehung auf Villroy, obwohl er versucht, es zu verstecken und hie und da ein bisschen Slang einzuwerfen."

Sie starrt mich an. „Ich fange tatsächlich an, dir zu glauben."

„Gut." Ich biege auf das Grundstück hinter unserem Büro ein, parke und drehe mich zu ihr um. „Bereite dich darauf vor, meine Füße zu küssen."

Sie lacht und schüttelt den Kopf. „Das wird nie passieren, Rourke."

„Kronprinz Dylan Rourke für dich. Oder du könntest mich einfach Hoheit nennen."

„Ha!"

Ich gehe mit ihr um das Gebäude herum zum Haupteingang, wo ich den Sicherheitscode eingebe, um das Alarmsystem auszuschalten.

Sobald ich drinnen bin, schalte ich das Licht ein. „Der

Beweis ist im Safe." Ich gehe zum Wandschrank und schiebe ein paar Jacken aus dem Weg, um einen großen Safe in der Wand freizulegen. Onkel Pat hat früher Rabatt gegeben, wenn ein Kunde bar bezahlt hat. Deshalb hat er den Safe einbauen lassen. Mein Vater hat dieser Praxis ein Ende gesetzt, weil das nicht über die Bücher lief, und das wäre alles andere als cool gewesen, wenn das Finanzamt das herausgefunden hätte.

Ich stelle die Kombination ein und ziehe die Kiste heraus. Ich drehe mich um und sehe Ariana auf der Schreibtischkante sitzen, wo sie die Beine baumeln lässt. Sie hält die Beine still, als ich mich nähere, und sieht mich mit großen Augen an.

Ich stelle die Kiste neben sie auf den Schreibtisch und öffne die Metallriegel. „Mach sie auf."

Sie springt vom Schreibtisch und steht vor der Kiste. „Ich schwöre, wenn mir ein Haufen Plastikschlangen aus der Kiste entgegenspringt, erwürge ich dich."

„Wieder diese blutrünstige Seite, die ich so sehr an dir mag."

„Du bist verrückt."

„Mach's auf."

Sie hebt langsam den Deckel, während sie den Kopf einzieht und mit einem zusammengekniffenen Auge hineinspäht. Sie reißt die Augen auf und starrt den Inhalt an. „O mein Gott, du bist ein Prinz! Kann ich es anfassen?"

„Du kannst alles anfassen, was mir gehört", sage ich mit heiserer Stimme.

Sie ist zu begeistert, um darauf einzugehen. Sie hebt die Krone vorsichtig heraus und bewundert sie von allen Seiten. „Atemberaubend!"

„Ich habe mir überlegt, das Set auf einer Auktion zu verkaufen, um Geld für unseren Einstieg in die Immobilienentwicklung zu haben." Ich habe mit Dad darüber gesprochen, und er hat gesagt, dass er Zeit braucht, um darüber nachzudenken, obwohl er die Idee dahinter verstanden hat. Ich bin mir fast sicher, dass er ja sagen wird.

„Oh, Dylan, das kannst du nicht tun! Dieses Set ist wunderschön. Es gehört in ein Museum." Sie setzt die Krone vorsichtig wieder in die Schachtel, holt das Zepter heraus und streicht mit einem Ausdruck puren Staunens darüber. Es ist ein großartiges Set, aber was nützt es mir, wenn es in einem Safe verstaubt?

„Es gehört mir", sage ich. „Ich kann damit machen, was ich will."

Sie reißt ihre Augen vom Zepter weg und starrt mich an. „Es gehört der königlichen Familie. Erbstücke wie dieses verkauft man nicht."

Ich zucke mit der Schulter. „Die Erblinie hat mit meinem Vater aufgehört. Er hat den Thron aufgegeben."

„Du hast gesagt, es gehöre dir. Also hat er dieses Erbstück an dich weitergegeben."

„Nur, weil er sich schuldig gefühlt hat, dass ich nie den königlichen Lebensstil leben durfte."

Sie legt das Zepter zurück in die Kiste und dreht sich zu mir um. „Du solltest es deinem Erstgeborenen geben."

„Vielleicht ist es unser Erstgeborener. Bist du an Bord, was uns angeht?"

Sie schluckt und fährt sich mit einer zitternden Hand durch die Haare. Sie hat Angst. Sie will den Babyteil ohne den Mann in ihrem Leben, aber das funktioniert für mich nicht. Außerdem bin ich mir ziemlich sicher, dass sie sich mit dem Gedanken anfreunden wird.

„Ich werde dich ja nicht sofort heiraten", sage ich zu ihr, denn ich will, dass sie sich beruhigt. „Wir werden das Wasser zuerst ein bisschen testen. Du ziehst bei mir ein."

„O Gott. Das ist verrückt."

„Welcher Teil?"

Sie wirft die Hände in die Luft. „Alles!"

Ich hebe ihr Kinn an, und mein Blick fällt auf eine Vene in ihrem Nacken, die schnell pulsiert. „Also willst du mich nur als deinen Baby-Daddy, für sonst nichts?" Ich beuge mich vor und küsse sie auf den pochenden Puls. Meine Hand gleitet unter ihr langes Haar und hält ihren Nacken, während ich mich an ihren Hals schmiege. Ihre Haut erwärmt sich, und sie riecht so gut. Ich schnuppere und inhaliere ihren Duft.

„Dylan", sagt sie mit atemloser Stimme. „Willst du mich wirklich heiraten? Du hast nicht so begeistert geklungen. Du hast gesagt, ich werde es gut machen, nicht gerade romantisch oder –" Sie verstummt, als ich mein Kinn an ihrem Hals reibe, bevor ich ihr Ohrläppchen beiße und daran zupfe. Ihre Hände packen die Vorderseite meines Hemdes. Babyschritt in die richtige Richtung – sie erwidert meine Berührung.

Ich hebe meinen Kopf, um ihren Augen mit einem Lächeln zu begegnen. „Wäre nicht das Schlimmste, was mir jemals passiert ist."

„Wow, wie charmant von dir."

Ich wickle ihr langes Haar um meine Faust, wie ich es gewollt habe, seit ich es das erste Mal gesehen habe. „Wir könnten gut zusammen sein, Ariana, wenn du uns eine Chance gibst. Ich wollte zu Abend essen und was trinken. Du willst mein Baby. Sag du mir, wie wir am besten vorgehen."

„Lass es uns einfach halten. Du spendest in der Samenbank. Ich berate dich kostenlos, wann immer du mich brauchst."

„Das ist nicht einfach. Das ist unecht. Ich möchte was Echtes."

Sie starrt auf meinen Mund, und ich weiß, was sie will. Was wir beide wollen.

„Ich werde dir ans Herz wachsen", sage ich, bevor meine Lippen ihre treffen.

Ihre Lippen sind weich und nachgiebig, genau richtig. Ich vertiefe den Kuss, schmecke sie und eine elektrisierende Welle der Lust schießt direkt durch mich hindurch. Ihre Arme legen sich um meinen Hals, und sie ist mit dem Kuss voll an Bord. Der Kuss ist heiß, dringlich, verdammt atemberaubend. Ihre Hände wandern über meinen Rücken, runter zu meinem Po und ziehen mich an sie. Scheiße, ja. Ich wusste, dass es so sein würde. Sie will mich, und ich bin steinhart.

Ich breche den Kuss ab, als sie tief in ihrem Hals stöhnt. „Du wirst bei mir einziehen."

Ihr Atem geht schneller, ihre Augen mustern mein Gesicht. Sie zieht sich zurück, und ich lasse sie los und gebe ihr einen Moment Zeit.

Ihre Fingerspitzen ruhen auf ihren Lippen, als sie mich anstarrt, und ich halte ihren Blick fest.

Sie dreht sich um und geht auf und ab. Noch am überlegen.

Ich nehme die Kiste mit der Krone und dem Zepter, gehe zurück zum Safe und räume sie weg. Ich drehe mich um und stelle fest, dass sie mit geschlossenen Augen völlig still steht.

„Ariana", sage ich, bevor ich sie in meine Arme ziehe.

Ihre Hände wandern zu meiner Taille und halten mich sanft. Sie benetzt sich die Lippen und starrt auf meine Brust. „Ich habe gerade eine Ehe hinter mir. Glaubst du, ich will mich so bald in die nächste Beziehung stürzen?"

„Ich habe dir gesagt, ich will etwas Echtes."

Sie starrt meinen Hals an. Beinahe Blickkontakt. „Kann ich ein paar Tage darüber nachdenken?"

„Sicher, wenn du jetzt mit zu mir fährst."

Ihre Augen richten sich auf meine, und sie kneift sie argwöhnisch zusammen. „Wozu?"

Ich lächle sie sexy an. „Damit wir uns besser kennenlernen können. Ich sage dir, ich werde dir ans Herz wachsen."

Sie lächelt. „Wie ein Pilz."

Ich packe sie an den Schultern, und sie quietscht. „Oh ja. Überall auf dir." Ich fahre mit meinen Händen schnell über ihr Gesicht, ihre Schultern und Arme und achte darauf, die erogenen Zonen zu überspringen.

„Okay, warum nicht", sagt sie.

„Na, das ist ein begeistertes Ja, wenn ich je eins gehört habe." Ich bin sarkastisch.

„Es ist besser, als zu versuchen, meine Eltern nicht *dabei* zu hören."

Ich nehme ihre Hand und verlasse mit ihr das Büro. „Genau das, was ein Kerl hören will. Zeit mit mir zu verbringen ist besser, als deinen Eltern zuzuhören, wenn sie in der Nähe ficken."

Sie lacht.

Ich halte direkt vor der Tür an, um die Alarmanlage einzuschalten.

„Ich kann nicht fassen, dass du mir wirklich anbietest, mir ein Baby zu schenken", sagt sie hinter mir.

Ich drehe mich um. „Ich kann nicht fassen, dass du mich nicht daten willst, aber mein Baby willst."

„Das scheint einfach einfacher zu sein. Eine Art geschäftliche Transaktion. Ich hatte tatsächlich darüber nachgedacht, dir beim Abendessen meine Beratung im Austausch für dein Sperma anzubieten, bevor ich es als Babyfieber abgetan habe." Sie hält inne. „Ich habe das mit dem Baby dann trotzdem rausposaunt. Ich weiß nicht, warum ich bei dir immer wieder Sachen rausposaune. "

„Weil ich großartig bin und du das tief im Inneren spürst."

Sie lacht nicht einmal. Stattdessen sieht sie nur nachdenklich aus, als ich mit ihr zum Auto gehe. Ich schließe es auf, öffne ihre Tür für sie und schließe sie hinter ihr.

Als ich auf der Fahrerseite einsteige, fragt sie: „Hast du schon einmal mit einer Frau zusammengelebt?"

„Nein." Ich starte das Auto und fahre auf die Straße. Es ist eine kurze Fahrt zu mir nach Hause.

„Hattest du jemals eine ernsthafte Beziehung?"

„Mehrere."

„Wie viele sind mehrere?"

„Zwei."

„Das sind nicht mehrere."

„Oh ok. Dann eben ganz genau. Zwei Beziehungen. Hat nicht geklappt."

„Wie lange wart ihr zusammen?"

„Warum spielt das eine Rolle?"

„Weil ich wissen muss, ob du gut in Beziehungen bist."

„Hängt das nicht irgendwie von den beteiligten Personen ab?"

„Nein. Eine Beziehung erfordert gute Kommunikation und Vertrauen. Das kann ich gut. Du?"

Ich beruhigte sie. „Schau, du kannst so viel reden, wie du willst. Ich werde zuhören. Und ich werde dich niemals betrügen. Ich sehe keinen Sinn darin, eine Beziehung einzugehen, wenn man nicht vorhat, monogam zu sein."

„Gut zu wissen, aber das habe ich nicht gemeint. Ich meine, weißt du, Intimität, sich einander zu öffnen und den anderen wirklich von innen heraus kennenzulernen."

Ich verkneife mir, die schmutzigen Gedanken, die mir in den Sinn kommen, in Worte zu fassen. Doch ich würde sie gerne von innen heraus kennenlernen. Ich entscheide mich für eine neutrale Antwort. „Ich bin zu allem bereit."

„Was ist, wenn du mich nicht schwanger machen kannst?"

„Dann werde ich beim Versuch sterben." Ich grinse.

„Es ist mein Ernst! Was dann?"

„Wir könnten adoptieren. Es geht darum, ein Kind zu haben, oder?"

„Ja", sagt sie leise.

„Wir bekommen jedoch nicht sofort ein Baby. Ein stabiles, liebevolles Zuhause ist wichtig. Zunächst lernen wir uns nur kennen. Intim."

Sie stößt einen hörbaren Atemzug aus. „Oh." Ein Atemzug vergeht, bevor sie sagt: „Was meinst du mit intim?"

„Dasselbe wie du."

„Vertraulichkeit aufbauen?"

„Sicher. Unter anderem."

Ich fahre in die Tiefgarage und parke auf meinem Platz. Sie ist aus der Tür, bevor ich sie für sie öffnen kann. Ich schließe das Auto ab, nehme ihre Hand und bringe sie zum Aufzug.

„Ich bin nervös", sagt sie.

Ich drücke ihre Hand. „Das musst du nicht. Ist wie Fahrrad fahren. Du hattest einen Unfall, aber du wirst dich erinnern, wie es funktioniert, sobald du wieder fährst."

Die Aufzugtüren öffnen sich, und wir gehen hinein. Ich drücke den Knopf für den achten Stock.

Sie sieht mich komisch an und runzelt die Stirn. „Ich kann nicht sagen, ob das Dirty Talking ist oder einfach nur Reden."

Ich schüttle meinen Kopf. „Glaub mir, du wirst wissen, wann ich schmutzig rede. Entspann dich, wir tun einfach dieses intime Ding, das du wolltest."

„Siehst du, selbst das klingt suggestiv, wenn du es sagst."

„Dann sag du es."

Sie benetzt ihre Lippen. „Wir werden intim und lernen uns wirklich in- und auswendig kennen. *Gah!* Es klingt auch suggestiv, wenn ich es sage!"

„Das mag ich an dir, Ariana. Du sagst, was du meinst, und du meinst, was du sagst." Ich gebe ihr einen kurzen Kuss.

Sie ist sprachlos. Sexappeal, ich habe es und weiß, wie man es benutzt.

Das Baby-Ding ist ein Vielleicht. Ariana ist ein Vielleicht. Trotzdem habe ich das Gefühl, dass wir in die richtige Richtung gehen.

8

Ariana

Mein Herzschlag dröhnt in meinen Ohren, und mein Magen schlägt einen Purzelbaum, als der Aufzug in den achten Stock fährt. Bin ich kurz davor, bei meinem ersten Date mit ihm Sex zu haben? Noch beunruhigender ist der Gedanke, ob wir in naher Zukunft wirklich heiraten und zusammen ein Baby bekommen werden. Haben wir das gerade bei unserem ersten Date entschieden?

Mein Atem ist flach, und ich bin so nah dran, den Knopf zu drücken, um zurück in die Lobby zu fahren. Und dann verlässt mein Atem meinen Körper, als Dylan sich plötzlich bewegt und mich gegen die Wand schiebt. Er hält mich gefangen, seine Hände auf beiden Seiten meiner Schultern, sein Gesicht Millimeter von meinem entfernt. Seine blauen Augen brennen aus nächster Nähe mit einer solchen Intensität, dass ich nicht einmal blinzeln kann.

„Entspann dich. Du bist bei mir in Sicherheit", sagt er, bevor er einen Kuss so leicht über meine Lippen streicht, dass ich die Vorderseite seines Hemdes packe, um mehr zu bekommen.

Er streicht wieder einen sanften Kuss über meine Lippen, und ich seufze, meine Augen schließen sich. Er drückt einen weiteren Kuss auf meinen Mundwinkel und dann auf den anderen. Ich folge ihm und suche mehr. Seine große schwielige Hand gleitet über meinen Hals, sein Daumen wandert zu der empfindlichen Stelle direkt unter meinem Ohr, seine Finger legen sich um meinen Nacken.

Ich warte atemlos, mein Puls stolpert, jedes Nervenende in Habachtstellung. Schließlich küsst er mich in einem tiefen, berauschenden Kuss, genau das, was ich brauche. Meine Gedanken trüben sich, alle Panik verschwindet. Das Verlangen erwacht tief in meinem Bauch, meine Glieder sind schwer, als er sich an mich presst, sein Bein zwischen meinen, und mich gegen die Wand drückt. Ich poche sehnsüchtig, und alles, was ich denken kann, ist *mehr*.

Er bricht den Kuss ab und sein Daumen streift direkt unter meinem Kiefer. „Dein Puls rast, Ariana."

„Ich weiß."

„Angst oder Erregung?"

„Beides?"

Er schmunzelt. „Du weißt es nicht? Dann muss ich es wohl besser machen."

Der Aufzug pingt im achten Stock, und er zieht sich zurück, nimmt meine Hand und führt mich in den Flur. Meine Beine sind wackelig. Ich kann nicht glauben, dass ich so aufgeregt bin, mit ihm nach Hause zu gehen. Ich meine, natürlich muss ich ihm nahekommen, wenn ich sein Sperma will. Er hat bereits gesagt, dass er es nicht cool findet, eine Spende bei der Samenbank abzugeben. Und es ist nicht so, dass wir vorher noch keinen Sex hatten. Nur stand damals nicht so viel auf dem Spiel. Das letzte Mal wusste ich, dass ich am nächsten Tag gehen würde. Diesmal bin ich vielleicht für immer an ihn gebunden.

„Deine Mutter würde mich einem Psychopathen vorziehen, denkst du nicht?", fragt er.

Ich breche in Lachen aus. „Ich weiß nicht, warum sie so darauf versessen ist, dass die Ordner von der Samenbank voller Psychopathen sind. Es muss an irgendeinem Ammenmärchen liegen, das eine Freundin ihr erzählt hat."

Er hält inne, bevor er sich zu mir herunterbeugt und meinen Hals an der empfindlichen Stelle direkt unter meinem

Ohr küsst. „Du entspannst dich. Ich muss dich offensichtlich nur zum Lachen bringen."

„Hast du mich nur da geküsst, um meinen Puls zu fühlen?"

Er zwinkert. „Unter anderem." Er grinst und legt eine Hand auf meinen Rücken, um mich in seine Wohnung zu führen. Nachdem er die Tür aufgeschlossen hat, deutet er mir an vorzugehen.

Ich betrete die Küche und sehe mich geschockt um. Ich hatte eine Junggesellenbude erwartet – mit Fitnessgeräten und Langhanteln oder so was. Doch die Wohnung ist wirklich schön, und ich könnte mir tatsächlich vorstellen, hier zu leben. Die Küche ist modern mit Geräten aus Edelstahl und einer Kücheninsel mit Granitoberfläche. Auf der anderen Seite der Insel befindet sich ein Esszimmer mit einem hellen Holztisch für acht Personen und Parkettboden mit Fischgratmuster. Es gibt sogar einen schönen Buffetschrank mit einem runden Spiegel in einem honiggoldenen Holzrahmen darüber. Eine Wand aus roten Ziegeln sieht aus, als wäre sie original. Dieser harleyfahrende Bauarbeiter hat einen edlen Geschmack. Natürlich ist er ein Prinz. Ich versuche immer noch, das zu begreifen.

„Gefällt es dir?", fragt er.

Ich drehe mich zu ihm um. „Ja, die Wohnung ist schön! Hast du sie selbst eingerichtet?"

„Ja, so ziemlich. Habe hier und da was aufgeschnappt."

„Ich hätte eine Junggesellenbude erwartet."

„Naja, ich sehe viel Innenarchitektur in den Häusern, in denen wir arbeiten. Da bekommt man ein Gefühl dafür. Ich mag klare Linien und natürliche Materialien."

„Ich auch."

Er lächelt, und seine blauen Augen funkeln. „Gut." Er nimmt meine Hand und zieht mich in das angrenzende Wohnzimmer, in dem ein bequem aussehendes, cremefarbenes Sofa mit Chaiselongue auf einer Seite steht. Gegenüber an der Wand hängt ein Flachbildfernseher mit einem Sideboard darunter. Er hat sogar Pflanzen. Welcher Junggeselle schert sich um Pflanzen?

Ich starre ihn an, als er zum Fenster geht und die Jalousien herunterzieht. Er ist verantwortungsbewusst. Erst hat er seine jüngeren Brüder mit großgezogen und jetzt Pflanzen. Sein Appeal als Vater ist gerade exponentiell angestiegen! Er hat *vier* verschiedene Pflanzenarten. Ich habe keine Ahnung, wie sie heißen, aber sie sind grün und gedeihen. Und es ist ordentlich! Nirgendwo liegt irgendwas herum. Nur ein paar Fernbedienungen auf einem Beistelltisch neben einer Lampe.

Er öffnet das Sideboard unter dem Fernseher, und ein paar Augenblicke später spielt Musik. Sanft und nicht zu laut. Ich kenne die Band nicht. Ich wette, es ist seine Verführungs-Playlist.

Er dreht sich zu mir um. „Die Wohnung hat drei Schlafzimmer, aber ich will dich nicht mit einer Tour rumkriegen. Komm her, Airy Fairy."

„Nenn mich nicht so."

Er streckt seine Hände nach mir aus. „Ariana, komm her." Seine Stimme hat eine gewisse Autorität, auf die ich instinktiv reagiere, meine Handtasche fallen lasse und zu ihm gehe.

Ich lege meine Hand in seine, und er überrascht mich, als er meine Hand über meinen Kopf hebt und mich herumwirbelt. Dann wirbelt er mich zurück und zieht mich an sich.

„Wie fühlt sich das an?", fragt er.

„Nett."

„So habe ich dich in Erinnerung, beim Herumwirbeln, mit einem Ausdruck purer Freude auf deinem Gesicht. Du solltest wieder tanzen. Tu's einfach." Er tritt zurück und beobachtet mich.

Meine Wangen erhitzen sich. „Wir könnten einfach langsam zusammen tanzen."

„Versuch's mal. Nur ein bisschen Ballett, das du so sehr geliebt hast, dass du nie aufhören konntest zu tanzen."

Ich atme langsam aus. „Ich kann nicht. Es ist zu lange her, und ich fühle mich komisch, wenn du zuschaust."

Er kommt zu mir und legt eine warme Hand auf meinen Rücken, die andere ergreift meine Hand. „Okay, dann tanzen wir zusammen."

Ich lege meine Hand auf seine Schulter, ein wenig irritiert, weil sich das alles so viel romantischer anfühlt, als ich es jemals von ihm erwartet hatte. Er zieht mich noch näher an sich heran, und seine Wärme und sein würziger männlicher Duft hüllen mich ein. Ich lehne meine Wange an seine Brust und höre dem Pochen seines Herzens zu. Wir tanzen kaum, nur ein sanftes Wiegen, während er mich hält.

Ein paar Augenblicke später fällt die Spannung von mir ab. Der entspannte Rhythmus, die leise Musik, seine Hitze und Kraft – genau das brauche ich. Es ist so lange her, dass mich jemand so gehalten hat.

Seine Stimme grollt in seiner Brust. „Vielleicht könntest du tanzen, wenn du alleine bist, und etwas von dieser Leichtigkeit der Airy Fairy zurückbekommen."

Ich hebe meinen Kopf. „Ich habe diesen Spitznamen immer gehasst."

Er streichelt meine Haare, sein Blick ist zärtlich. „Habe ich dich so ruiniert? Indem ich dich zu viel geärgert und dann dein Angebot angenommen habe?"

Ich presse meine Lippen aufeinander. Ich hasse es, die Wahrheit zuzugeben, aber gleichzeitig belastet es ihn immer noch, dass ich das gesagt habe.

Er streicht mit dem Daumen über meine Unterlippe und hinterlässt ein Prickeln, das meine Lippen entspannt. „Willst du, dass ich dich wieder küsse, Ariana?" Seine Stimme ist samtig, und alles in mir schmilzt.

„Ja."

Ich gehe auf Zehenspitzen, doch er hält seine Lippen frustrierend außer Reichweite. Stattdessen gleitet seine Hand langsam über meinen Rücken, bevor sie auf meinem Po liegenbleibt. Mein Atem stockt, die Hitze seiner Hand brennt durch meine Jeans, mein ganzer Körper wird warm.

Seine Augen richten sich auf meine, als seine Hand tiefer gleitet und seine Finger zwischen meine Beine drängen. Ich hole scharf Luft. Ich hatte die Intimität der Berührung nicht erwartet, doch ich ziehe mich nicht zurück. Es fühlt sich zu gut an. Er streichelt mich und bewegt seine Finger vor und zurück. Meine Hände greifen nach seinen starken Schultern, meine Knie sind schwach. Ich bin flüssige Hitze, die von innen nach außen schmilzt, eine schwere Sehnsucht, die sich in mir aufbaut.

Seine Augen lodern, als er mich ansieht und mich weiter streichelt. „Sag mir, wie ich dich ruiniert habe, und ich werde dir geben, was du brauchst."

Ich habe keinen Zweifel, dass er genau weiß, was ich brauche.

„Du spielst nicht fair", sage ich, während sich meine Hüften unruhig gegen ihn bewegen und nach mehr Kontakt suchen.

„Nein, tue ich nicht." Er hält mich an den Hüften. „Sag es mir."

Ich schnaube. „Niemand ist an dich herangekommen, okay? Du hast mich für andere Männer ruiniert … Das war der Rest dieses peinlichen Satzes."

Er starrt mich an.

Ich plappere weiter, weil ich so hilflos verloren bin in meiner Lust. Es ist so lange her, und er ist so gut darin, mir ein gutes Gefühl zu geben. „Jeder andere war eine Enttäuschung. Keiner hat sich so viel Zeit für mich genommen wie du, bis ich meinen Mann kennengelernt habe, weshalb ich wahrscheinlich jung geheiratet habe. Ich hätte nicht gedacht, dass ich das jemals wieder finden würde."

Seine Mundwinkel zucken einen Moment, bevor er die Stirn runzelt. „Warum sagst du es dann so? Ich meine, dass ich dich ruiniert habe."

„Ich weiß nicht. Ist mir so herausgerutscht. Du hast mich an diesem Abend überrascht, und ich war sowieso schon nervös, weil meine Mutter mir wegen meiner Zukunft in den Ohren lag." Ich verspanne mich, wenn ich nur an meine Mutter denke. „Küss mich nochmal."

Er legt eine Hand in meinen Nacken, zieht mich an sich, beißt sanft in meine Unterlippe und jagt einen Stromschlag der Lust durch mich hindurch. „Ich nehme mir Zeit für alles, weißt du? Arbeit und Spiel. Ich will es richtig machen, nicht schnell."

Ich packe seinen Po und ziehe ihn an mich. „Ich liebe das."

Er berührt meinen Kiefer, und sein Daumen streichelt meine Wange. „Du hast mich nicht für andere Frauen ruiniert."

Das versetzt mir einen Dämpfer, und ich lasse meine Arme sinken. „Schön. Genau das, was ich hören wollte."

Er nimmt mein Gesicht in beide Hände. „Aber ich habe dich nie vergessen."

Ich höre auf zu atmen. „Oh."

Seine Hände wandern auf meine Schultern, über meine Arme zu meinen Händen, die er in einem warmen, festen Griff hält. „Es war schwer zu wissen, dass du verheiratet warst und ich nie wieder die Chance haben würde, mit dir zusammen zu sein, um zu sehen, was daraus hätte werden können. Doch hier bist du."

„Hier bin ich."

Er lächelt gegen meine Lippen. „Du willst, dass ich dich wieder ruiniere?"

Ich lege meine Arme um seinen Hals. „Ja. Ich sehne mich nach dir."

Er murmelt einen Fluch, bevor sein Mund auf meinen klatscht. Sein Kuss ist heiß und fordernd, und die Welt um mich herum verblasst, während das Verlangen in mir wächst. Seine Finger graben sich in meine Haare, seine andere Hand umklammert meinen Po und presst mich fest an ihn. Ich will ihm näher sein. Ich will mit ihm verschmelzen. Ich ziehe sein Hemd aus seiner Jeans, schiebe meine Hände über seinen breiten Rücken und muss Haut an Haut spüren. Das harte Muskelspiel bringt mich nur dazu, mehr von ihm fühlen zu wollen, mehr sehen, mehr schmecken.

Er bricht den Kuss ab und schlingt meine Haare um seine Faust, zieht und streckt meinen Hals. Ich vibriere fast vor Vorfreude, bevor er seinen Kopf senkt und seine Lippen auf meinen Hals treffen, bevor er seinen Mund öffnet und seine Zähne über mich kratzen. Ich erschauere. Da ist etwas an der Art, wie er mit meinem Körper umgeht, das ich nie vergessen habe. Es ist selbstbewusst und fordernd, verzehrt mich, doch mit einer kontrollierten Kraft, die mich wissen lässt, dass er auf die bestmögliche Art und Weise mit mir umgeht. Dass er mich schätzt.

„Bereit für etwas von dieser Intimität?", fragt er mit angespannter Stimme.

„Gott, ja."

Er nimmt meine Hand und führt mich zum Sofa. Seltsam. Ich dachte, wir gehen in eines seiner drei Schlafzimmer. Eine Wohnung mit drei Schlafzimmern ist fantastisch für eine Familie.

Er nimmt Platz, und ich setze mich rittlings auf ihn. Er hebt mich sofort an der Taille hoch und setzt mich neben sich auf das Sofa.

Völlig verwirrt sitze ich da. Was ist gerade passiert?

„Erzähl mir alles über dich", befiehlt er.

„Was ist aus dem Ruinieren geworden?"

„Prioritäten. Konzentriere dich, Ariana. Beeil dich und erzähl mir alles."

Ich starre auf seine Jeans, die sich über einer massiven Erektion spannt. Er geht die Dinge von meiner Wunschliste durch – wie einander zuerst besser kennenzulernen. Warum habe ich das gesagt? Ich will nur, dass er es mir besorgt. Kann ich das sagen, ohne zu klingen, als wäre ich verzweifelt und notgeil? Verdammt, ich bin verzweifelt und notgeil. Es hilft wahrscheinlich nicht, dass ich seit meinem Ex vor mehr als sieben Monaten mit keinem Mann mehr geschlafen habe.

Sein Ton ist äußerst ruhig und geduldig. „Ich spüre, dass du mit der Intimitätssache nicht ganz an Bord bist. Das war *deine* Idee."

Ich nehme seine Hand und lege sie auf meinen Oberschenkel. „Das erste, was du über mich wissen solltest, ist, dass ich seit mehr als sieben Monaten mit keinem Mann mehr zusammen war." Ich spreize meine Beine und starre geradeaus, in der Hoffnung, dass er den Hinweis versteht.

„Für mich sind es drei Monate", sagt er und spreizt seine Beine genau wie ich.

Ich bin hin- und hergerissen zwischen Lachen und einem frustrierten Schrei. Offensichtlich versucht er, Intimitäten zu teilen, indem er meine Körpersprache spiegelt, und das sollte lobenswert sein. Andererseits ... lege ich seine Hand auf meinen inneren Oberschenkel. „Könntest du einfach –"

„Was?"

„Ich bin heiß."

Seine Brauen heben sich. „Und?"

Meine Wangen erhitzen sich. „Und könntest du mir bitte helfen?"

„Ob ich dir helfen kann?", wiederholt er, als wäre er verwirrt.

Ja! Mach's mir!

Ich bin verzweifelt genug, um es weiter zu erklären. „Ja, weißt du – ah!" Ich liege flach auf dem Rücken, weil er mich gerade umgeworfen hat.

Er stützt sich grinsend über mich. „Geiles, schmutziges Mädchen."

Seine Lippen treffen meine, als er sich zwischen meine Beine schiebt und seine Härte durch seine Jeans genau dort reibt, wo ich es brauche. Ein Stöhnen entfleucht ihm, als sich meine Nägel in seine Schultern graben und meine Hüften sich nach mehr heben. Er macht keine Anstalten, mich oder sich selbst auszuziehen. Stattdessen küsst er mich hungrig, seine Hand gleitet nach unten, um meine Brust zu berühren, streichelt sie durch mein Shirt und schließlich darunter, wobei seine Finger unter meinen BH gleiten, um meinen harten Nippel zu kneifen. Er reibt sich an mir, und ich sehe Sterne. Und dann ist da nichts als sein Mund, der meinen verschlingt, seine Hüften, die gegen mich reiben, mein Inneres, das sich eng und heiß anspannt. Ich bin so nahe.

Er hebt seine Hüften von meinen, und ich bin im Begriff zu protestieren, als er schnell den Knopf und den Reißverschluss meiner Jeans öffnet, sie herunterzieht, mir die Stiefel auszieht und von den Füßen reißt und schließlich zu mir zurückkehrt, bevor seine Hand in mein Höschen gleitet. Ich stöhne laut bei der intimen Berührung, nach der ich mich gesehnt habe.

„So verdammt nass", sagt er, und seine Finger stoßen in mich hinein. Ich schnappe nach Luft und keuche dann, als er anfängt zu pumpen. Verlangen spannt mich wie eine Feder an. Er liebkost mich, und sein Handballen übt langsam den richtigen Druck aus, während seine Finger mich von innen streicheln. Plötzlich bin ich da und balanciere auf der scharfen Grenze zur Erlösung.

„Bitte", wimmere ich überwältigt vom Verlangen.

Er presst seine Lippen an meinen Hals. Heiße Küsse mit offenem Mund wandern bis zu meinem Ohr, während seine Finger mich in einem stetig zunehmenden Rhythmus gekonnt massieren. Ich stöhne leise, als mein Körper sich um seine Finger anspannt.

„Lass los", befiehlt er, und dann sinken seine Zähne in einem scharfen Biss in meinen Nacken.

Mein Körper erzittert, und ich explodiere. Weißglühender Genuss strömt durch mich hindurch und funkelt bis in meine Zehen. Er streichelt mich sanfter und murmelt lobend, während ich den köstlichsten Orgasmus meines Lebens ausreite, bevor ich mich schlaff auf das Sofa fallen lasse.

Seine Hand zieht sich zurück, und er küsst mein Kinn, meine Wange, meine Lippen. „Wunderschön."

„Ich habe das so dringend gebraucht", erkläre ich.

„Ich glaube, ich kriege langsam den Dreh raus, Intimität mit dir zu teilen."

Ich packe seinen Kopf und küsse seinen lächelnden Mund. Er hebt mich hoch und trägt mich in sein Schlafzimmer. Ich halte mich an seinem Oberarm fest, hart von Muskeln, in einem verträumten Dunst. Er stellt mich neben dem Bett auf die Füße und zieht meinen Pullover über meinen Kopf.

Er holt scharf Luft, als er mich ansieht. „Sexy", sagt er, bevor sein Mund meinen trifft. Seine Hände gleiten von meinen Hüften über meine Seiten zu meinen Brüsten. Meine Finger fummeln ungeschickt an den Knöpfen seines Hemdes. Ich muss ihn Haut an Haut spüren. Er bricht den Kuss ab, schiebt meine Hände weg und knöpft sein Hemd auf, ohne, dass sein erhitzter Blick meinen je verlässt.

Ich greife nach seiner Jeans, knöpfe sie über seiner dicken Erektion auf und ziehe sie herunter. Dann gehe ich auf die Knie und küsse ihn durch seine Boxershorts. Er stöhnt. Ich ziehe ihm die Jeans und die Shorts aus, und er hilft mir, indem er aus seinen Schuhen schlüpft. Endlich habe ich ihn genau dort, wo ich ihn haben möchte, und ich lege meine Hand fest um ihn und streichle auf und ab. Seine Finger graben sich in meine Haare. Ich lecke meine Lippen und nehme ihn in meinen Mund. Er stöhnt wieder. Ich mache weiter, liebe den Geschmack von ihm, liebe es, sein Vergnügen zu hören. Ich sehe zu, wie sein Kopf nach hinten kippt und er seine Augen schließt.

Ein paar Minuten später ruckt er scharf an meinen Haaren. „Ariana."

Ich sehe zu ihm auf, und seine Augen brennen in meine. „Ja?"

Er stöhnt erstickt auf, bevor er mich auf die Füße zieht und sein Mund auf meinen presst. Innerhalb von Sekunden ist mein BH ausgezogen, dann das Höschen, und er wirft sein Hemd von sich, bevor er mich auf die Matratze schiebt.

„Du wirst nicht schwanger, bis du mir gehörst", sagt er und holt ein Kondom aus dem Nachttisch.

Ein Funke purer Freude leuchtet in mir über seine Aufgeschlossenheit für ein Baby auf, obwohl er vernünftigerweise warten will. Er möchte eine Familie, und tief im Inneren würde mir das auch gefallen, auch wenn ich Angst habe, mein Herz zu riskieren. Ich bin mir sicher, dass ich die Idee einer Zukunft mit ihm besorgniserregend finden werde, sobald der Dunst der Lust nachlässt, doch jetzt bin ich genau dort, wo ich sein will.

Seine Stimme ist rau. „Spreiz deine Beine, Baby."

Ich gehorche, und er stöhnt und sieht mich an. Einen Moment später lässt er sich auf mir nieder, und das Gefühl von Haut an Haut bringt einen Seufzer der Erleichterung und dann ein Stöhnen, als er bis zum Anschlag in mich hinein stößt. Er hebt seinen Kopf und beobachtet mich, während er sich langsam fast ganz herauszieht und erneut hart zustößt. Wir beide stöhnen.

„Mehr", sage ich und hebe meine Hüfte.

Er packt meine Hüfte fest mit einer Hand, während er zustößt, und die Intensität steigt, als er schneller wird. Sein

Atem ist hart an meinem Ohr. „Du fühlst dich so verdammt gut an."

Ich zittere. „Gleichfalls."

Er zieht sich plötzlich zurück, kniet zwischen meinen Beinen nieder und legt meinen Knöchel über seine Schulter. Er macht eine Pause, um meine Wade zu küssen, bevor er meinen anderen Knöchel über seine andere Schulter legt. Dann packt er meine Hüfte und stößt zu. Das tiefe Eindringen nimmt mir die Luft.

„O Gott", keuche ich, und dann gibt es keine Worte mehr, als er immer wieder zustößt. Intensive Lust breitet sich in meinem Körper aus, als er genau die richtige Stelle trifft. Ich verdrehe die Augen, meine Finger krallen sich in die Laken.

„Sieh mich an."

Ich konzentriere mich angestrengt auf ihn. Sein großer, muskulöser Körper über mir, die Kraft und Stärke von ihm, als er wieder tief in mich hineinstößt – ich habe so etwas noch nie empfunden. Ein unglaublicher Schmerz und Druck mit einer eskalierenden Intensität, die mich dazu bringt, ihm noch näher sein zu wollen. Ich kann mich jedoch nicht bewegen, gefangen in seinem Griff. Nah. So nah.

Er pumpt immer wieder tief in mich hinein, und der Druck baut sich mit jedem Stoß auf. Es ist zu viel. Ich *brauche* mehr. Ich kann keine Worte bilden. Mein Atem kommt in kurzen Stößen. Unsere Körper sind schweißgebadet. Seine Augen brennen in meine, seine Halsmuskeln zum Zerreißen gespannt, als er seine Finger zwischen meine Beine schiebt und anfängt, mich zu massieren. Ich werfe meinen Kopf in den Nacken und ein leises, scharfes Geräusch entfleucht meinen Lippen, während sich mein ganzer Körper unter ihm anspannt.

Seine tiefe und heisere Stimme treibt mich an, als er gegen mich klatscht und seine Finger immer schneller streicheln. „Mach die Augen auf, Ariana. Spürst du, wie ich deinen Körper gerade besitze?"

Ich öffne meine Augen. „J-ja."

Er berührt mich sanfter, und ich bebe unter ihm. Er stößt

tief in mich hinein und hält inne, während seine Finger mich ganz leicht berühren. „Es gefällt dir."

Das ist keine Frage. Ich bin fieberheiß, zittere und kann kaum einen klaren Gedanken fassen. Seine Finger halten inne, und ich schreie fast. „Dylan." Ich meine es als Protest, doch es klingt wie ein Stöhnen.

„Du willst kommen?"

„Ja."

„Dann schau, was ich tue."

Ich blicke zu ihm und sehe, wo wir zusammenkommen, während sein dicker Schwanz tief in mich hineinpumpt und seine Finger mich gekonnt liebkosen. Ein leises Stöhnen steigt meine Kehle empor, als ich vor Verlangen zittere.

Schweißtropfen bilden sich auf seiner Stirn, und ich sehe, wie viel Kraft es ihn kostet, sich zu beherrschen.

„Gib's mir", bettele ich halb.

Er hält erneut inne, tief in mir, und seine Hand wandert an mir empor, um meine Brust zu berühren. Sein Daumen streift über den harten Nippel. Ich schiebe meine eigene Hand nach unten, um mir selbst zu helfen, verzweifelt nach Erlösung, doch er packt mein Handgelenk. „Nur ich berühre dich."

Ich begegne seinem Blick, seinen Augen, die sich in meine brennen, und kann nur wimmern. Ich fühle, wie er in mir dicker und härter wird. Ich öffne den Mund, als seine Finger zurückwandern, um den Schmerz zu lindern. „O Gott, ja." Ich erkenne kaum meine eigene verzweifelte Stimme.

Er knurrt und stößt heftig zu. Ein Licht blitzt hinter meinen Augen auf. Er rammt gegen mich, und ich bin außer mir, außer Kontrolle, schreie, und alles in mir krampft sich zusammen, während er mich mit seinen tiefen Stößen immer weiter drängt.

Ich schreie, als ich komme, und zittere unkontrolliert, als die Lust in einer endlosen Welle über mich hereinbricht.

„Ja", zischt er, bevor er meine Hüfte mit beiden Händen packt und hart und schnell zustößt. Die Lust schlägt bei jedem Stoß durch mich hindurch, und dann lässt er mit einem langen, gutturalen Stöhnen los.

Ich versuche, zu Atem zu kommen, meine Augen schließen sich, erschöpft und zittrig.

Er schiebt sanft meine Knöchel von seinen Schultern und zieht sich zurück. Meine Beine fühlen sich schwer an, als ich schlaff auf seinem Bett liege. Die Matratze kippt ein bisschen, als er aus dem Bett steigt. Ein paar Augenblicke später ist er zurück und deckt uns zu. Er zieht mich zu sich heran, damit wir Seite an Seite liegen, Brust an Brust. Ich kuschle mich dicht an seine Hitze und schiebe einen Arm und ein Bein über ihn.

Er streichelt meine Haare zurück. „Wie fühlst du dich?"

„Verdammt gut."

Er lacht. „Gut. Wir passen."

„Gerade so."

Er hebt mein Kinn, und seine Augen tanzen amüsiert. „Versuchst du mir zu sagen, dass ich gut bestückt bin?"

„Vielleicht liegt es nur daran, dass es für mich eine Weile her ist."

Er schnappt nach meiner Unterlippe. „Wahrscheinlich beides."

„Keine Beschwerden in dieser Abteilung." Ich lege eine Hand auf seine Brust und liebe das harte Muskelspiel. „Das erste Mal vor langer Zeit war es intensiv, doch jetzt war es noch intensiver. Glaubst du, es wird jedes Mal intensiver? "

„Es ist intensiv, weil wir arbeiten. Solange wir weiterarbeiten, wird es intensiv, ja. Deshalb habe ich das erste Mal die Flucht ergriffen. Ich hatte so etwas noch nie gefühlt."

Ich starre ihn an. „Im Ernst? Deshalb bist du abgehauen? Ich dachte, du hattest bekommen, was du wolltest, und bist deshalb gegangen."

„*Du* hattest bekommen, was *du* wolltest, und ich habe es so *verdammt vermisst*, und das monatelang. Was sollte ich tun, dir nach Kalifornien an die Uni folgen?"

„Ja!"

Er küsst meine Stirn, meine Nase und dann meine Lippen. „Es war nicht der richtige Zeitpunkt. Ich wusste, dass du dich auf die Uni konzentrieren musstest, und ich hätte dich nur zurückgehalten. Ich hätte nie gedacht, dass du gleich nach dem Studium heiraten und dort bleiben würdest."

„Ich kann nicht sagen, dass ich meine Entscheidungen bereue. Ich habe mich damals gut gefühlt." Ich kuschle mich an seine Brust und seufze. „Aber die Dinge sind nicht so gelaufen, wie ich dachte, und manchmal ist das Leben hart."

„Hört, hört." Sein Arm zieht mich fest an ihn. „Bleib über Nacht."

Ich lächle. „Irgendwie fühlt es sich so an, als müsste ich, so wie du mich festhältst."

Er lockert seinen Griff, schiebt seine Hand in meinen Nacken und küsst mich sanft. „Ich wollte mir Zeit für dich nehmen. Bleib die Nacht, und ich zeige es dir langsam und gründlich."

Ich lache, ein schwindelerregendes, fröhliches Lachen. „Ich glaube nicht, dass ich das überleben werde. Das war gerade schon langsam und gründlich. Ich bin fast durchgedreht."

Er erwidert mein Lächeln nicht, seine Miene ist hart. „Bist du mit deinem Ex durchgedreht?"

„Nie."

Seine Hand streicht über meinen Rücken, bevor er meinen Po packt. „Gute Antwort."

„Es ist die Wahrheit."

„Ich wollte nicht, dass das so schnell passiert. Ich dachte, wir reden zuerst eine Weile."

„Gegen die Chemie kommt man nur schwer an. Ich bin froh, dass wir es einfach getan haben. Ich habe mich schon lange nicht mehr so gut gefühlt. "

Er wird still und streichelt meinen Rücken. Irgendwie beruhigt es mich und erregt mich gleichzeitig. Es hängt alles mit der seltsamen Dynamik zusammen, die wir haben, dass wir einander kennen, und doch nicht. Bekannt und doch neu.

„Wir wissen, dass wir im Bett kompatibel sind", sagt er.

„Oh ja."

„Der nächste Schritt wird zeigen, ob wir kompatibel sind, zusammenzuleben."

Ich stütze mich auf einen Ellbogen. „Du willst wirklich, dass ich bei dir einziehe?"

„Scheint der nächste logische Schritt vor der Ehe und dem Baby zu sein. Nach ungefähr zwei Monaten sollten wir wissen, ob es funktioniert."

Die Realität schleicht sich ein, mein Herz pocht und mein Verstand rast. Irgendwie fühlt sich jetzt alles anders an. Real. Wie eine Beziehung. Moment. „Ist das nicht der natürliche Verlauf einer Beziehung?"

Sein Mundwinkel zuckt. „Natürlich sind Drinks, Abendessen, Dates, Sex, Einziehen, Heirat, Kinder. Du hast mit Kindern angefangen, und ich musste von da an rückwärts arbeiten." Er versetzt mir einen Klaps auf den Po, und ich quietsche.

Ich konzentriere mich wieder auf die alarmierende Geschwindigkeit dieser Beziehung. „Aber jetzt rennst du durch die Etappen."

Seine blauen Augen funkeln. „Naja, deine Eierstöcke werden nicht jünger."

Ich klatsche auf seine Schulter, und er grinst, rollt sich über mich und schmiegt sich an meinen Hals. Ich seufze und lege meine Arme um ihn. Ich bin so viel Körperlichkeit nicht gewohnt, doch ich fange an, es zu schätzen. Er knabbert und küsst sich an meinem Hals empor, und ich erschauere. Ich spüre sein Lächeln an meinem Hals, bevor er mich heiß küsst.

Ich spiele mit seinen weichen, dicken Haaren, und das Verlangen erwacht erneut in mir. Wie macht er das bloß?

Er hebt den Kopf. „Bring so viel von deinen Sachen mit, wie du willst. Fühl dich wie zu Hause. Wir werden sehen, wie es zwischen uns funktioniert."

Ich erstarre. Ich bin sicher, ich möchte bald ein Baby. Ich bin mir nicht sicher, ob ich so bald für diese Art von Beziehung bereit bin.

„Ich werde dich nicht annähernd so in den Wahnsinn treiben, wie deine Eltern es tun", sagt er, bevor er mich so lange küsst, dass ich in die Laken schmelze. Er küsst mein Schlüsselbein, dann legt sich seine große Hand um meine Brust und hebt sie an seinen Mund.

Ich höre auf zu atmen, als sein Blick meinem begegnet und seine Lippen über meine schmerzhaft harten Nippel streichen. „Ich habe noch nie mit einer Frau zusammengelebt." Seine Worte laufen heiß über meine Haut. „Ich mache eine Ausnahme für dich, weil du so verdammt sexy bist."

Ich ziehe an seinen Haaren und biege meinen Rücken, brauche seinen Mund auf mir.

„Ariana, sag mir, was du gerade denkst."

„Ich brauche dich so sehr. Ich brauche deinen Mund auf mir, deine Hände auf meiner Haut, deinen Schwanz tief in mir."

„Fuck. Das brauche ich auch, Baby." Er stützt sich auf seine Unterarme über mich. „Aber ich muss wissen, was du über das Einziehen denkst."

Ich studiere sein Gesicht, und er scheint absolut ruhig zu sein. Er ist bereit, sich niederzulassen. Ich schlucke und lasse meine Hände von ihm sinken. „Ich habe Angst. Es kommt mir zu schnell vor."

„Es ist schnell und auch wieder nicht. Wir kennen uns schon lange. Ich habe meine Chance bei dir einmal verpasst und will sie nicht noch einmal verpassen. Ich will Teil dieser Familie sein, die du gründen willst."

„Wie kannst du das wollen?"

„Ich tue es einfach."

Adrenalin rast durch mich hindurch, und mein Blick wandert über seine Schulter, während die Emotionen in mir aufwallen. Ich will ihn. Ich will ein Baby. Ich will ein Risiko eingehen, weil sich alles lohnen könnte. Dass wir uns so Hals über Kopf in eine Beziehung stürzen ist meine Schuld, weil ich diejenige bin, die ihn darauf angesprochen hat, der Daddy meines Babys zu werden. Ich kann die zwei Dinge in meinem Kopf jetzt nicht trennen. Meine Sehnsucht nach einem Baby und Dylan als Vater. Ich muss nur den ersten Schritt wagen. Mein noch heilendes Herz riskieren. Es gibt kein Baby, bis ich mich an ihn binde. Er hat das ziemlich deutlich gesagt. O Gott. Mein Mund wird trocken.

Ich kann immer noch einen Fuß aus der Tür halten.

Ich könnte sogar jetzt gehen. Ich muss nicht übernachten.

Wenn ich ihn wegschieben würde, würde er es akzeptieren. Nur, dass er sich zu gut anfühlt, um ihn wegzuschieben.

Seine große Hand wandert an meinen Kiefer und bringt meinen Blick zurück zu seinem. Ich bin fasziniert von der Intensität seiner Augen, einer Wildheit, die mir den Atem raubt.

Seine Stimme ist ein raues Knurren. „Ich habe dir zuvor gesagt, dass ich dich beschützen werde, und ich habe es so gemeint. Du musst keine Angst haben. Ich werde dich um jeden Preis schützen, auch vor mir selbst."

Ich blinzele, und meine Anspannung lässt bei seiner heftigen Schutzbereitschaft etwas nach. „Oh." Das ist alles, was ich herausbringe.

„Leg deine Arme um mich, wenn du an Bord bist."

Meine Arme gehorchen, bevor mein Verstand Einwände erheben kann. Und dann ist sein Mund auf meinem, und ich bin verloren und ertrinke in Empfindungen. Er übernimmt wieder die Kontrolle und mein Körper akzeptiert, was mein Herz nicht kann. Ich gehöre ihm.

9

―――――

Ariana

Als ich am nächsten Morgen nach Hause komme, packe ich einen kleinen Koffer. Genug für eine Woche. Ich sage mir, es wird wie ein Urlaub. Eine Woche im fremden Dylanland, dann kann ich zurückkommen. Nun zum schwierigen Teil, meinen Eltern die Neuigkeiten zu überbringen. Sie sind der Meinung, dass Menschen vor der Heirat nicht zusammenleben sollten, weil es vorehelichen Sex impliziert, was für unsere Religion alles andere als cool ist. Es ist schwer, den Überblick zu behalten, was Sünde ist und was nicht. Ich meine, sie haben mir ihre Erlaubnis zum Übernachten gegeben. Nicht, dass ich ihre Erlaubnis bräuchte.

Es ist später Samstagmorgen, was bedeutet, dass Ma ein komplettes Frühstück gemacht hat und sie es zusammen essen. Ich schöpfe Hoffnung aus ihrem Beispiel. Sie genießen die Gesellschaft des anderen. Ma ist feurig und voller Energie; Dad ist entspannt und sanft. Es funktioniert.

Ich stelle meinen Koffer an die Haustür und gehe in die Küche. „Morgen."

„Guten Morgen", sagt mein Vater.

„Ich nehme an, deine Zeit mit Dylan ist gut gelaufen", sagt meine Mutter mit einem breiten Lächeln.

Ich kämpfe gegen das Erröten an. „Sehr gut. Danke." Ich

hole einen Teller und lade Blaubeerpfannkuchen, Rührei und Speck darauf. Ich liebe das Familienfrühstück am Samstagmorgen.

Ich setze mich an den Tisch und fange an zu essen. Ich werde das Thema ansprechen, dass ich ungefähr eine Woche lang mit Dylan zusammenleben werde, nachdem ich mit dem Essen fertig bin. Ich erwarte nicht, dass es ein einfaches Gespräch wird.

Ich kann ihre Blicke auf mir spüren.

Ich springe auf und hole mir eine Tasse Kaffee und ein Glas Wasser. Sobald ich mich wieder hinsetze, sagt meine Mutter: „Es scheint also mehr als nur ein Geschäftsessen gewesen zu sein. Wünschst du dir jetzt nicht, du hättest einen Rock getragen?"

Ich kaue und schlucke. „Es war geschäftlich, aber wir haben auch über uns und über alte Zeiten gesprochen."

Meine Eltern tauschen einen wissenden Blick aus. Uups. Ich habe vergessen, dass sie wissen, was in alten Zeiten passiert ist.

Ich trinke einen Schluck Kaffee. „Ich werde als Beraterin für sein Geschäft tätig. Er ist jetzt CEO und möchte vom Bau zur Immobilienentwicklung übergehen."

„Du hast einen Job! Herzlichen Glückwunsch!", sagt mein Vater.

Meine Mutter starrt ihn an. „Jetzt verkompliziert sie alles. Sie kann nicht für ihn arbeiten und mit ihm ausgehen." Sie dreht sich zu mir um. „Warum machst du es so kompliziert? Ich dachte, dein Ziel wäre ein Baby, mit anderen Worten ein Ehemann."

„Er hat mich darum gebeten", sage ich und wende mich wieder dem Essen zu. Ich erwähne nicht, dass ich im Austausch für seine Unterstützung in anderen Bereichen kostenlos arbeite. Meine Mutter ist eine tickende Zeitbombe, und ich möchte dieses letzte hausgemachte Essen genießen, bevor sie explodiert.

„Das sind gute Nachrichten, Donna", sagt mein Vater zu meiner Mutter. „Sie hat eine hervorragende Ausbildung. Sie sollte sie einsetzen."

„Ich weiß, dass sie ein Gehirn hat", sagt meine Mutter. „Sie ist ein kluges Mädchen, aber jetzt ist es kompliziert. Es gibt Arbeitsplatzregeln. Hast du noch nichts von der #MeToo Bewegung gehört?"

Mein Kopf zuckt hoch. Meine Mutter weiß davon? Ich hätte nicht gedacht, dass sie überhaupt weiß, was ein Hashtag ist. Sie muss meine Überraschung spüren, weil sie sich zu mir umdreht. „Ja, deine Mutter geht mit der Zeit. Du denkst, deine Generation hat das Monopol auf das digitale Zeitalter? Ich bin am Puls der Zeit."

Ich atme tief durch. „Das ist großartig, Ma." Sie ist in den Fünfzigern, aber sie ist so altmodisch, dass ich nicht dachte, dass sie überhaupt surft. Bei ihr geht's mehr um Kirche, Freiwilligenarbeit im Kinderbereich der Bibliothek und ihre Arbeit im Schulausschuss.

Sie schnaubt und steht auf, räumt ihr Geschirr ab und bringt es zum Waschbecken. Mein Vater trinkt seinen Kaffee und sagt nichts.

Ich esse fertig, während meine Mutter die Küche auf ihre effiziente Weise putzt. Mein Vater hilft, indem er das Geschirr abtrocknet und wegstellt. Sie haben ein System.

Ich stehe auf, um mein Geschirr abzuräumen. Meine Mutter nimmt es mir ab, bevor ich das Wasser anstellen kann, und macht es selbst. Ich lehne mich gegen die Theke, atme tief ein und lege die Karten auf den Tisch. „Also, ich habe gute Nachrichten. Ich habe nicht nur einen neuen Beraterjob, sondern ziehe auch zu Dylan. Wir wollen ausprobieren, ob wir kompatibel sind." Angesichts der überraschten Blicke meiner Eltern – große Augen, offene Münder – rede ich weiter. „Er ist bereit, sich häuslich niederzulassen, und ich bin bereit, es zu versuchen."

„Wann?", fragt mein Vater.

„Heute."

„Es versuchen?", platzt meine Mutter heraus und gestikuliert wild. „Du solltest den Haken beködern, nicht dich ins Netz werfen!"

Ich weiß nicht, was ich zu dieser Bemerkung sagen soll.

„In Sünde leben!", zetert sie in Richtung meines Vaters. Er

sieht mich an und zurück zu ihr und scheint sich nicht sicher zu sein, wo er zu diesem Thema stehen soll.

„Es ist keine Sünde, Ma."

„Oh, das ist es." Sie deutet auf meinen Vater. „Dein Vater und ich haben nie zusammengelebt. Er hat mir den Hof gemacht, und dann haben wir geheiratet. So geht das. Nicht wahr, Tony?"

„Die Zeiten haben sich geän–", beginnt mein Vater.

Sie schneidet ihm das Wort ab. „Sag das Pater Richards."

Ich halte meine Stimme leise. „Es tut mir leid, dass du so denkst, aber ..."

Sie hebt einen Finger. „Ich wette, Dylans Mutter wird sich über diese Neuigkeiten nicht freuen, und ich werde es ihr sagen!" Sie marschiert aus der Küche.

„Ma! Warte!" Ich rase hinter ihr her.

Sie überrascht mich, indem sie nach oben geht, also folge ich ihr. Sie geht ins Bad, bürstet sich die Haare und trägt Lippenstift auf. Sie hat mir beigebracht, das Haus nie ohne Lippenstift zu verlassen.

Ich fange ihren Blick im Spiegel auf. „Du wirst tatsächlich das erste Mal seit Jahren mit Mrs Rourke sprechen? Darüber?"

Sie wendet sich vom Spiegel ab. „Du wirst es verstehen, wenn du selbst Mutter bist. Und ich hoffe, du wirst eine Tochter haben, wie du eine bist." Sie sagt es, als wäre es ein Fluch.

„Ich auch."

„Dreist", schnaubt sie, bevor sie die Treppe hinuntermarschiert.

Ich folge ihr. „Und was genau willst du seiner Mutter sagen?"

„Die schreckliche Wahrheit."

„Ich komme mit dir."

„Wie du willst."

Ich habe das Bedürfnis, meine Haare und mein Make-up zu kontrollieren, aber es ist keine Zeit. Ich habe Mrs Rourke seit meiner Kindheit nicht mehr persönlich gesehen, und jetzt könnte sie sehr bald meine Schwiegermutter werden. Ich möchte einen guten Eindruck machen. Doch irgendwie fürchte ich, dass der Zug mit der Ankunft meiner Mutter abgefahren ist.

Meine Mutter klingelt nebenan und wartet mit erhobenem Kinn und rot angemalten Lippen, die zu einer geraden Linie aufeinandergepresst sind.

Mr Rourke öffnet die Tür. Plötzlich habe ich eine Vision von ihm und Mrs Rourke auf dem Sofa aus Dylans viel zu detaillierter Geschichte, die ich schnell in die dunklen Winkel meines Geistes verbanne. Stattdessen konzentriere ich mich auf die Tatsache, dass Dylan ihm sehr ähnlich sieht, mit dem Unterschied, dass sein Vater an den Schläfen grau ist, ein paar Falten im Gesicht hat und seine Augen auffällig aquamarinblau sind. Seine Haltung ist majestätisch, Schultern straff, Kopf hoch, stolz und würdevoll. Ich kann ihn mir jetzt als König vorstellen. Meine Erwartungen an ihn, basierend auf seinem Beruf, haben meine Sichtweise geprägt. Natürlich war ich noch ein Kind, als ich ihn das letzte Mal gesehen habe. Er war der Vater von nebenan, der in einem Büro gearbeitet hat. Kein großer Unterschied zu den Nachbarn aus der Arbeiterklasse.

Er runzelt die Stirn. „Guten Morgen. Ist alles in Ordnung?"

Meine Mutter schüttelt den Kopf. „Leider nicht. Ist Tara zu Hause?"

„Du willst mit Tara sprechen?", fragt er deutlich überrascht und tritt dann sofort zurück. „Komm rein, komm rein. Ich hole sie. Sie macht sich gerade oben fertig."

Er lädt uns ein, im Wohnzimmer Platz zu nehmen, doch meine Mutter weigert sich zu sitzen. Stattdessen bleibt sie im Flur stehen. Ich nehme den angebotenen Platz auf einem plüschigen dunkelblauen Sofa ein.

„Schön, Sie wiederzusehen, Ariana", sagt Mr Rourke. „Ich habe gehört, Sie sind wieder zu Hause."

„Danke, freut mich auch, Sie wiederzusehen. Und ja, ich bin wieder zu Hause."

Er macht eine Pause, als wollte er mich etwas fragen. Wahrscheinlich, was zur Hölle mit meiner Mutter los ist?

Doch dann scheint er es sich anders zu überlegen und geht nach oben.

Ein paar Minuten später höre ich sowohl Mr als auch Mrs Rourke, also schließe ich mich allen im kleinen Flur an.

„Stimmt was nicht mit Tony?", fragt Mrs Rourke meine Mutter sofort. Das ist mein Vater.

„Nein, ihm geht's gut", sagt meine Mutter.

Mrs Rourke dreht sich zu mir um. „Hallo Ariana. Schön, dich zu sehen." Dylan hat ihre durchdringenden blauen Augen geerbt. Sie ist ziemlich schön, mit schulterlangen dunkelbraunen Haaren, glatter heller Haut und diesen auffälligen Augen. Sie ist fit und strahlt eine Vitalität aus, die sie jünger erscheinen lässt, als sie ist. Hilft wahrscheinlich, dass sie sich lässig in einen weich aussehenden weißen Pullover mit V-Ausschnitt und schwarze Röhrenjeans kleidet. Ich hoffe, ich sehe auch noch so gut aus, nachdem ich Kinder bekommen habe. Und sie hat sechs!

Ich lächle. „Freut mich auch."

Ihre Stirn runzelt sich, als sie sich wieder meiner Mutter zuwendet, die vor Spannung praktisch vibriert. „Kann ich euch etwas zu trinken bringen?"

„Nein, danke", antwortet meine Mutter knapp. „Wir müssen reden."

„Okay, warum machen wir es uns nicht im Wohnzimmer bequem." Sie wirft Mr Rourke einen bedeutungsvollen Blick zu, und er folgt uns.

Meine Mutter lässt sich in der Mitte des Sofas nieder, und ich setze mich neben sie. Mr und Mrs Rourke sitzen auf dem Zweisitzer gegenüber.

„Es ist eine Weile her", sagt Mrs Rourke. „Wie geht's dir und deiner Familie?"

Völlige Untertreibung und sehr liebenswürdig von ihr zu versuchen, die Anspannung meiner Mutter zu ignorieren. Sie versucht, die Wogen zu glätten.

Meine Mutter beugt sich vor. „Weißt du, was unsere Kinder treiben? Dylan und Ariana wollen in Sünde leben."

Mrs Rourkes Augenbrauen schießen hoch. „Tut mir leid, aber ich verstehe nicht."

Meine Mutter wirft ihre Hände in die Luft. „Sie leben in Sünde! Bei ihm! Jetzt frage ich dich, wie soll sie so einen Ehemann finden? Er wird sie niemals heiraten. Warum sollte er, wenn er alles hat, was er von ihr will, wenn du weißt, was ich meine?"

Mrs Rourkes Augen weiten sich. „Das ist das erste Mal, dass ich davon höre. Ich wusste nicht einmal, dass sie miteinander ausgehen." Sie wendet sich Mr Rourke zu. „Wusstest du das?"

„Das ist neu für mich", sagt er.

„Wie kann das sein?", fragt Mrs Rourke. „Ariana, bist du nicht gerade um Weihnachten nach Hause gekommen? Das scheint mir schnell. Du bist doch erst seit drei Wochen wieder zu Hause?"

„Wir wollen nur testen, ob wir kompatibel sind, indem wir zusammenleben", sage ich. „Vielleicht funktioniert es nicht. Darum wollen wir lieber keine Zeit verschwenden und es früh herausfinden. Wir gehen da ganz praktisch vor."

Alle starren mich an, also fahre ich fort. „Dylan und ich haben eine Geschichte. Wir wissen schon ein bisschen voneinander."

„Ein bisschen?", sagen meine Mutter und Mrs Rourke gemeinsam.

„Es ist falsch", sagt meine Mutter zu Mrs Rourke. „Sie leben in Sünde, und daraus kann nichts Gutes werden."

Mrs Rourke studiert mich für einen Moment. „Bist du nicht seit Kurzem geschieden?"

„Vor sechs Monaten!", ruft meine Mutter aus. „Und davor getrennt. Sie ist bereit, eine Familie zu gründen. Du verstehst, warum ich so verärgert bin. Wie können wir jemals erwarten, ein Enkelkind zu bekommen, wenn sie nur herumspielen? Das ist falsch, falsch, falsch. Erst Brautwerbung, dann Ehe, dann Enkelkinder."

Sie beäugen mich beide, und ich wünschte plötzlich, Dylan wäre hier, um sich zu verteidigen. Das war seine Idee, unsere Kompatibilität durch Zusammenleben zu testen. Eine Samenspende hätte mir vollkommen gereicht. Doch nein, Dylan will davon nichts wissen. Er will was Reales. Er ist derjenige, der mich zu sich nach Hause eingeladen hat und ... meine Gedanken schwirren. Die letzte Nacht war wirklich sehr, sehr schön. Die herrliche Hitze und das Gewicht von ihm, seine großen Hände, die mich gehalten haben, seine blauen Augen, funkelnd, wenn er mich angelächelt hat. Er hat ein wirklich schönes Lächeln. Ich hatte es noch nicht oft gesehen. Ich habe ihn glücklich gemacht. Meine Brust dehnt sich vor Stolz aus. Ich mag es wirklich, dass ich ihn glücklich gemacht habe.

Mr Rourke meldet sich mit klarer Autorität in der Stimme zu Wort. „Sie sind erwachsen."

Mrs Rourke steht auf und setzt sich auf das Sofa neben meine Mutter. „Ich verstehe deine Sorge, Donna. Es ist zu schnell."

Meine Mutter nickt. „Es ist ein schlechter Anfang und zum Scheitern verurteilt. Daraus kann nichts Gutes werden, und meine Ariana will ein Baby. Das war der Grund für ihre Scheidung. Ihr idiotischer Ex wollte keine Kinder. Er hat ihre Jugend gestohlen, sag ich dir! Jetzt ist sie einunddreißig mit welkenden Eierstöcken und so verzweifelt, dass sie sich Ordner mit anonymen Männern ansieht! Glaubst du, ich möchte die Gene eines Psychopathen in meiner Familie haben?"

Mrs Rourke blinzelt kurz und sieht mich an.

Ich hebe meine Hände. „Ich habe über eine Samenbank nachgedacht." *Und den perfekten Spender ausgesucht.*

„Und jetzt denkst du über Dylan nach?", fragt Mrs Rourke und geht auf eine Wahrheit ein, über die ich nicht reden möchte.

„Ich habe die Samenbank-Überlegungen auf Eis gelegt, um zu sehen, wie es mit Dylan läuft", sage ich, was die Wahrheit ist.

Mrs Rourke wendet sich wieder meiner Mutter zu. „Ich bin immer noch ein bisschen geschockt. Dylan ist noch nie zuvor eine solche Bindung eingegangen."

„Welche Bindung?", erwidert meine Mutter. „Er bekommt die Milch kostenlos, und meine Tochter wird als die Kuh seiner Bequemlichkeit geopfert!"

„Ma, ich bin keine Kuh!"

„Ariana, das ist zwischen mir und Mrs Rourke." Sie wendet sich wieder ihrer neuen Verbündeten zu. „Ich möchte Enkelkinder, und ich bin mir sicher, dass du das auch willst."

Mrs Rourkes Blick wird weich. „Ja." Sie senkt ihre Stimme und beugt sich zu mir. „Die Männer in der Familie Rourke sind sehr potent. Ich bin ganz schnell schwanger geworden, und dann … sechs Jungs."

Mr Rourke steht auf und geht kopfschüttelnd aus dem Raum. Die Mütter bemerken nicht einmal seine Abwesenheit und sprechen in einem gedämpften Ton über Alter und Fruchtbarkeit. Warum warten junge Menschen heutzutage so lange?

Ich räuspere mich. „Gutes Gespräch. Ma, wir sollten gehen."

Sie ignoriert mich und sagt zu Mrs Rourke: „Wir müssen möglicherweise eingreifen, um unser gemeinsames Ziel zu erreichen."

Mrs Rourke drückt den Arm meiner Mutter. „Ich könnte dir nicht mehr zustimmen."

Ich starre sie an, wie sie nebeneinandersitzen, vereint durch den Wunsch nach Enkeln. Ist der Krieg vorbei? Alles, was dazu nötig war, war ein gemeinsames Ziel? Großartig!

Mrs Rourke beugt sich um meine Mutter herum, um mich anzusprechen. „Ariana, wir würden dich und Dylan gerne zum Abendessen zu uns einladen."

„Oh, danke –"

„Ich möchte, dass sie bei mir zu Abend essen", sagt meine Mutter.

Mrs Rourke nickt. „Samstagabend bei dir und Sonntag bei uns."

Meine Mutter sträubt sich. „Sonntag ist der bessere Abend für ein Familienessen. Jeder weiß das."

„Wie wäre es, wenn wir alle am Sonntag in ein Restaurant gehen?", schlägt Mrs Rourke vor.

Meine Mutter winkt ab. „Zu schwer, einen Tisch für so viele Leute zu bekommen."

„Nur wir sechs."

„Denkst du nicht, du solltest die ganze Familie einladen?", fragt meine Mutter. Dann senkt sie ihre Stimme, aber ich höre: „Zwecks Intervention."

Ich mische mich ein. „Warum kommt ihr nicht alle zum Sonntagsessen zu Dylan?"

Mrs Rourke lächelt mich ermutigend an. „Du willst *zu uns* sagen, oder?"

Wir probieren es aus. Ich setze ein Lächeln auf.

Meine Mutter entspannt sich und dreht sich zu mir um. „Das ist keine schlechte Idee. Was soll ich mitbringen? Ich könnte meinen Paprikasalat machen."

Mrs Rourke mischt sich ein. „Dylan mag diesen griechischen Salat, den ich mache, wirklich."

„Griechisch!", ruft meine Mutter aus. „Bah! Was weißt du als irisch-katholisches Mädchen über griechisches Essen? Nein, ich mache meinen –"

„Ich werde alles kochen!", platze ich heraus.

Beide Frauen starren mich an.

Meine Mutter bricht die Stille. „Hast du in Kalifornien kochen gelernt und es versäumt, deiner Mutter hier in New York zu helfen?"

„Ich wusste, dass deine Kochkünste besser sind als meine, also habe ich das einfach genossen", sage ich.

Meine Mutter wächst geradezu, glättet ihre Haare und lächelt selbstgefällig.

Ich stehe auf. „Okay, dann ist das geklärt."

Meine Mutter steht auch auf, und ich sacke vor Erleichterung fast zusammen. Dieses hochnotpeinliche Treffen ist endlich vorbei.

„Ich bringe Dessert mit", sagt meine Mutter.

„Ich mach das schon", widerspreche ich. „Bring einfach dein Lächeln mit."

„Was für ein süßes Mädchen", sagt Mrs Rourke und lächelt mich an.

„Ich weiß", sagt meine Mutter. „In dieser Hinsicht kommt sie nach ihrem Vater." Sie nickt. „Tara, danke, dass du mich in deinem Haus willkommen geheißen hast. Wir sehen uns morgen Abend für unser gemeinsames Ziel."

Oh. Ich hatte nicht *diesen* Sonntag gemeint. *Ach, was soll's. Lass es uns einfach hinter uns bringen.*

Mrs Rourke lächelt herzlich. „Ich freue mich drauf."

Meine Mutter geht zur Tür. Ich verabschiede mich schnell und folge ihr. Ich denke, es hätte schlimmer kommen können. Sie hätte mit Mrs Rourke streiten können, anstatt sich mit ihr zusammenzuraufen. Oder sie hätten nach dem Priester rufen können. Sie gehen in dieselbe Kirche.

Gerade, als ich denke, dass alles geklärt ist, sagt meine Mutter über die Schulter: „Ariana wird schon zu Sinnen kommen. Ich habe sie richtig erzogen."

Ich zucke zusammen. Nur eine kleine Andeutung darauf, dass sie ihren Sohn nicht richtig erzogen hat.

„Dasselbe gilt für Dylan", erwidert Mrs Rourke freundlich. „Das war nicht seine Idee. Er hat noch nie mit einer Frau zusammengelebt."

Meine Mutter versteift sich.

„Lass uns gehen, Ma", dränge ich mit leiser Stimme.

Sie ignoriert mich und wirbelt herum. „Dein Sohn hat die Jungfräulichkeit meiner Tochter gestohlen. In meinem Haus! Sag mir nicht, dass das *nicht* seine Idee war. Er hat einen Vorgeschmack auf die Milch bekommen, und jetzt will er den Rest kostenlos. Nicht, solange ich etwas zu sagen habe!"

Mrs Rourkes Augen weiten sich. „Wie bitte? Wann ist das passiert?"

„Siehst du", sagt meine Mutter selbstgefällig, „so sind Söhne. Sie halten dich im Dunkeln. Töchter erzählen dir alles. Sprich mit deinem Sohn, Tara. Du wirst sehen, was hier vor sich geht." Sie geht zur Tür hinaus und sieht erfreut aus, dass sie das letzte Wort bekommen hat.

Ich wage es nicht, zu Mrs Rourke zurückzublicken. Nichts kann mich so sehr in meine peinliche Jugend zurückversetzen wie meine Mutter.

„Bis dann, Ariana!", ruft Mrs Rourke. „Ich hoffe, dass alles klappt. Dylan ist ein guter Mann, auch wenn er manchmal ein bisschen schroff wirkt."

Ich drehe mich um. „Ich weiß. Danke."

Dann überrascht sie mich, eilt zu mir und umarmt mich.

Dann flüstert sie mir ins Ohr: „Ich denke nicht, dass es sündig ist. Ich denke, es ist ein Schritt in die richtige Richtung. Ich wollte, dass er sich mit einem netten Mädchen niederlässt. Aber sag deiner Mutter nicht, dass ich das gesagt habe."

Ich lache, und sie schmunzelt mich an, ihre Augen glitzern amüsiert.

Ich gehe zur Tür hinaus und fühle mich viel besser. Jetzt muss ich Dylan nur noch sagen, dass er sich auf die Invasion vorbereiten muss.

10

Dylan

Ich treffe Ariana auf dem Gehsteig vor meinem Haus und rechne damit, eine Autoladung Sachen hereinzuschleppen. Stattdessen springt sie aus dem Auto, öffnet den Kofferraum und holt einen kleinen roten Rollkoffer heraus. Als würde sie einen Wochenendtrip machen.

„Das ist es?", frage ich. „Du hast Kram für zwei Monate da drin?"

„Ich kann Wäsche waschen."

Seltsam. Meiner Erfahrung nach haben Frauen eine Menge Zeug, sogar auf einem Wochenendtrip. Eine meiner Ex hat immer mehrere Outfits und diverse Schuhe eingepackt, damit sie „Optionen" hatte. Dann fällt mir ein, dass Ariana vielleicht ihre Sachen mit ihrem alten Leben in Kalifornien zurückgelassen hat. Ich werde es nicht ansprechen, da ich weiß, dass ihre Scheidung ein schmerzhaftes Thema ist. Ich bin jedoch egoistisch froh darüber. Ich dachte, ich würde nie wieder die Chance bekommen, mit ihr zusammen zu sein.

Ich nehme ihren Koffer, ziehe meine Karte durch den Schlitz und öffne die Tür für sie. „Wir besorgen dir am Montag einen Schlüssel, sobald die Verwaltung aufmacht."

Sie nickt ernst. Hat sie Bedenken?

Ich warte, bis wir beide im Aufzug sind und ein paar

Leute im sechsten Stock ausgestiegen sind, dann frage ich: „Wie haben deine Eltern die Nachricht aufgenommen, dass du ausziehst?"

Sie verzieht das Gesicht und sagt ausdruckslos: „Sie könnten nicht glücklicher sein."

„Ist es, weil sie mir die frühere Indiskretion nicht vergeben haben?"

Sie presst eine Hand an ihre Stirn. „Meine Mutter sagt, wir leben in Sünde."

„Alte Schule, was?"

Sie lässt ihre Hand sinken. „Ja."

„Was ist denn schon dabei? Sie weiß, dass wir es schon getan haben, als du achtzehn warst. Wie ist das anders?"

„Ich tue erst gar nicht, als ob ich verstehe, wie ihr Verstand funktioniert. Ich weiß nur, dass sie sicher ist, dass wir das alles falsch machen, indem wir zusammenleben, und sie ist direkt nach nebenan marschiert, um es deiner Mutter zu sagen."

Meine Brauen schießen überrascht hoch. „Sie hat tatsächlich mit meiner Mutter gesprochen?"

„Ja! Unsere Unzucht hat sie schließlich irgendwie zusammengebracht, und jetzt haben sie ein gemeinsames Ziel."

Die Aufzugtüren öffnen sich, und ich winke ihr zu, mir zu meiner Tür zu folgen. „Und was ist das genau? Dass wir nicht zusammenleben? Ich meine, was können sie wirklich tun?"

Sie stößt mich mit einem Finger an. „Unterschätze meine Mutter auf eigene Gefahr."

Ich öffne ihr die Tür und stelle ihren Koffer in mein Schlafzimmer. Sie folgt nicht, also kehre ich zu ihr zurück und finde sie in der Küche, wo sie sich die Hände ringt. Ihre Miene ist starr, ihr ganzer Körper angespannt.

Ich ziehe ihre Hände auseinander und halte sie. „Entspann dich. Wir sind Erwachsene. Wir können tun, was wir wollen."

Ihr Gesichtsausdruck wird grimmig. „Unsere beiden Familien werden am Sonntagabend zum Abendessen hier sein. *Morgen* Abend."

Ich erstarre. „Warum?"

„Weil sie denken, dass wir zum Scheitern verurteilt sind, weil wir so schnell zusammengezogen sind, sie glauben, sie müssten die Situation ändern, wenn sie jemals Enkelkinder haben wollen."

„Meine Mutter hat das gesagt?"

„Eigentlich hat deine Mutter mir auf dem Weg nach draußen anvertraut, dass sie der Meinung ist, dass es ein Schritt in die richtige Richtung ist, dass wir zusammenleben. Das war nett von ihr. Sie sagte auch, dass ich süß sei."

Ich lege meine Arme lächelnd um ihre Taille. „Offensichtlich kennt sie dich nicht sehr gut."

Sie schmollt. „Ich bin süß."

Ich neige meinen Kopf und küsse sie, bis sie sich gegen mich entspannt und ihre Finger in mein Hemd krallt. Ich sauge an ihrer Unterlippe. Ihre Fülle verführt mich immer wieder. „Du schmeckst süß, aber tief im Inneren bist du eine kratzbürstige, blutrünstige Frau."

„Kratzbürstig", echot sie.

„Ja, beißen ohne warnendes Knurren."

Ihre braunen Augen blitzen, und sie zieht sich zurück. „Zuerst nennt mich meine Mutter eine Kuh, und jetzt vergleichst du mich mit einem Hund?"

„Komm schon, eine Kuh ist viel schlimmer. Inwieweit bist du mit einer Kuh vergleichbar?"

Sie gestikuliert wild. „Weil du die Kuh nicht kaufst, wenn du die Milch kostenlos bekommen kannst!" Bei meinem verwirrten Blick fährt sie fort. „Es geht um Sex. Warum würdest du mich jemals *heiraten*, wenn ich da bin, um dir Sex zu geben, wann immer du willst?"

Ich lache. „Oh, Milch gleich Sex?"

„Ja! So denkt sie! Gah! Ich ertrage das nicht. Ich schwöre, ich werde als Mutter so cool sein. Sie sagt, sie hoffe, dass ich eine Tochter wie mich haben werde, und ich hoffe das auch."

„Sie hat dich wirklich gestresst."

Sie wirft ihre Hände in die Luft. „Sie scheint diesen Effekt zu haben!"

Ich nehme ihre Hand und ziehe sie wieder an mich. „Für

mich hast du weder was von einer Kuh noch von einem Hund. Du bist eine Löwin, wild und stark."

„Oh." Sie entspannt sich und sieht zu mir auf. „Ich mag das irgendwie."

Ich wickle ihr Haar um meine Faust und ziehe, damit sie mir ihren Hals zuneigt. Ich halte lange genug inne, um zu sehen, wie sich der Puls beschleunigt, bevor ich sie küsse. Ich lockere meinen Griff, um ihr ins Ohr zu flüstern: „Ich liebe es, eine Löwin in meinem Bett zu haben."

Ihre Stimme ist atemlos. „Dylan."

Ich halte ihren Kopf und streichle ihre Wange mit meinem Daumen. „Ja?"

Sie benetzt sich die Lippen, ihr Blick ist erhitzt, ihre Haut gerötet. „Wir sollen unsere Kompatibilität zum Zusammenleben testen, nicht nur die Kompatibilität im Schlafzimmer."

„Was hältst du von der Küche?"

Ich hebe sie auf die Kücheninsel, schiebe ihre Beine auseinander, trete näher und grabe meine Hand in ihre Haare. Ihre Lippen öffnen sich, und der verräterische Pulspunkt an ihrem Hals schlägt schnell. Ich lege meinen Daumen darauf und schlinge meine Finger um ihren Nacken. Jetzt habe ich sie.

Ich küsse sie hart, und sie stöhnt tief in ihrer Kehle. Ich kann nicht genug bekommen, und mir ist klar, dass sie mich gut am Haken hat. Alles, was ich tun kann, ist, den Ritt zu genießen, solange er andauert.

Ariana

Dylan sagt, wir sollten es uns leicht machen und heute einfach Essen für unsere verrückte Familienintervention bestellen. Doch ich bin diejenige, die alle eingeladen hat, also habe ich das Gefühl, dass ich mich anstrengen muss. Wir sind die Gastgeber. Das Problem ist, ich kann nur eine gute Sauce und Ravioli machen. Es ist Sonntagmorgen, und wir sind gerade aus dem Lebensmittelgeschäft zurückgekommen. Ich lasse meine Handtasche im Wohnzimmer stehen, während er die Lebensmittel im Alleingang in die Küche trägt und sie auf die Theke stellt. Er ist so ein verantwortungsbewusster Muskelmann. Da ist was tief in mir drin, unter all meiner natürlichen Unabhängigkeit, das von der Art und Weise, wie er die Kontrolle übernimmt und Dinge erledigt, angezogen wird. Ein natürlicher Anführer. Ursprüngliche Triebe am Werk, weil es mir viel besser gefällt, als ich erwartet hätte.

„Also denkst du wirklich, drei Beutel gefrorene Ravioli sind besser als Essen zum Mitnehmen?", fragt er.

„Das ist alles, was ich kochen kann." Ich fange an, die Tüten auszuräumen, und packe zuerst das gefrorene Essen weg.

Er schüttelt lächelnd den Kopf. „Als du gesagt hast, dass du Ravioli machen könntest, dachte ich, du meinst selbstgemachte Ravioli."

„Ich koche sie. Sie sind gefroren, und dann lasse ich sie in das kochende Wasser fallen. Zwölf bis fünfzehn Minuten später sind sie gar." Ich schließe die Tür des Gefrierschranks und greife nach den Lebensmitteln, die in den Kühlschrank gehören.

„Okay, jetzt sei nicht beleidigt, aber ..." Er holt sein Handy heraus. „Ich bestelle Partysandwiches und ein paar kalte Salate. Du kannst meine Brüder nicht nur mit gefrorenen Ravioli füttern."

Ja, unsere Mütter haben alle eingeladen, sogar die ganze Familie meiner Schwester in New Jersey, doch sie hatte keine Zeit, da meine älteste Nichte irgendeine Basketballmeisterschaft hat. Erstaunlicherweise hat jeder einzelne von Dylans Brüdern zugesagt. Ich denke, sie wollen sich das Theater und die Peinlichkeit nicht entgehen lassen. Sean hat meine Mutter als Begleiterin auf Schulexkursionen in Aktion erlebt und weiß, wie sie tickt.

Ich stemme eine Hand in meine Hüfte. „Deine Brüder werden tiefgekühlte Ravioli verweigern?"

„Nein, sie werden sie runterschlingen und immer noch hungrig sein." Er spricht ins Handy, gibt die Bestellung auf, die später geliefert werden soll, und legt auf. „Ich bin immer noch nicht sicher, warum sie sie eingeladen haben. Sind unsere Eltern nicht ausreichend?"

Da ich in den Kühlschrank geräumt habe, was in den Kühlschrank gehört, setze ich mich auf einen Hocker an die Kücheninsel und sehe zu, wie er Lebensmittel in eine kleine Speisekammer räumt. „Oh, wusstest du das nicht? Meine Mutter sieht das als eine Art Intervention. Sie braucht die ganze Familie dafür."

Er zwinkert. „Mach dir keine Sorgen, ich kümmere mich um sie."

„Ha! Das denkst du, aber das wird nie funktionieren."

„Ich bin ein Meister im Umgang mit Frauen jeden Alters."

Ich öffne meinen Mund und schließe ihn wieder. Seine Art, mit mir umzugehen, macht mich atemlos. Ich kann nicht anders, als an gestern hier auf dieser Insel zu denken, wo ich meinen Verstand und jedwede Hemmung verloren habe, die ich jemals hatte. Himmel. Was dieser Mann mit mir anstellt.

Er hält meinen Nacken und küsst mich. „Kannst nichts dagegen sagen, was?"

„Du kannst mit meiner Mutter nicht so umgehen wie mit mir."

„Ich habe Manieren. Mehr ist nicht nötig, und sie frisst mir aus der Hand. Im Gegensatz zu dir, schmutziges Mädchen."

Ich bin heute zu sehr außer mir, um auch nur ansatzweise über seine Neckereien zu lächeln. Stattdessen stütze ich meine Ellbogen auf die Insel und lasse meinen Kopf in meine Hände sinken. Er streichelt meinen Rücken. „Ich kann nicht glauben, dass wir uns gegenüber unserer ganzen Familie rechtfertigen müssen. Ich meine, ja, es ist schnell, aber können sie uns nicht einfach allein sehen lassen, was passiert?" Ich kann die Beziehung nicht wirklich verteidigen, es sei denn, ich sage, dass Dylan mir ein Versprechen für eine Familie gegeben hat, und ich bin bereit, dem eine Chance zu geben, weil ich ihn mag. Sehr sogar. Er ist fantastisches Vatermaterial, hat großartige Gene (blaues Blut!), und er ist gut zu mir. Nicht nur im Bett. Nun, wir verbringen die meiste Zeit nackt, aber selbst dann kümmert er sich um mich, als wäre ich etwas Besonderes.

Ich richte mich plötzlich alarmiert auf. Verliebe ich mich schon in ihn?

Bevor ich in Panik geraten kann, dreht er mich zu sich und küsst mich.

Ich ziehe mich zurück. „Ich habe gerade eine kleine Krise. Kannst du mir eine Sekunde geben?"

„Klar."

Er beobachtet mich genau, und dann fühle ich mich dumm, hier mit meinen panischen Gedanken zu sitzen. Ich stehe auf. „Lass uns heute vor der Intervention ein bisschen Spaß haben."

„Genau mein Gedanke."

„Ich hole meine Handtasche."

Ich gehe ins Wohnzimmer und schreie überrascht, als er mich an der Taille packt und mich über seine Schulter wirft. Der Atem rauscht aus meinem Körper. Er streichelt meinen Hintern, und ein Hitzewall überschwemmt mich, und dann entspanne ich mich, weil ich weiß, dass er die Führung übernimmt und ich im Moment nichts tun oder denken muss.

„Sieh dir das an", lacht er, „du entspannst dich schon."

„Das tue ich." Es macht mir nichts aus, es zuzugeben, weil ich es mag, wenn er mich trägt. Ich mag es sogar, wenn er mich mit seinem Zupacken und den liebevollen Berührungen überrascht, weil es mich aus den Gedanken holt, die mich manchmal stressen.

Er trägt mich ins Schlafzimmer und setzt mich sanft in die Mitte seines großen Doppelbetts.

Ich öffne meine Arme. Er zieht seine Schuhe aus, kommt zu mir und greift nach meinen Schultern. Ich quietsche, als er mich auf meinen Bauch wirft und mich wieder überrascht. Er lässt seine Hände über meinen Rücken gleiten und drückt meinen Po mit beiden Händen, bevor er meine Beine spreizt und eine warme Hand zwischen sie schiebt. Ich schließe die Augen, der Ansturm der Lust macht mich sprachlos.

Er bewegt sich, um meine Haare zu heben und zärtlich meinen Nacken zu küssen. Ich seufze und schmelze in die Matratze. Seine großen Hände massieren mich dann vom Nacken bis zu den Zehen. Ich bin so dankbar, dass ich fast herausplatze: *Ich will deine Babys haben!* Aber es ist zu nah an unserer potenziellen Zukunft, also stöhne ich stattdessen in purer Glückseligkeit in das Kissen.

Als er die Massage beendet hat, bin ich so entspannt, dass ich davon betrunken bin. Er rollt mich herum und zieht mich in eine sitzende Position. Ich lächle nur, was – da bin ich mir sicher – ein albernes Lächeln ist. Er zieht mich ohne mein Zutun aus und küsst und berührt mich von meinem Nacken bis zu meinen Zehen. Es kitzelt nicht einmal an meinen Füßen. Überall, wo er mich berührt, hinterlässt er prickelnde Funken auf meiner Haut.

Er stützt sich über meinen Körper und hält mein Kinn mit einer großen Hand fest. „Weißt du, was ich an dir mag?"

„Was?"

„Deine völlige Hingabe. Du entspannst dich einfach und lässt los."

„Nur mit dir", sage ich leise.

„Warum ist das so?" Er schmiegt sich an meinen Hals, und ich neige meinen Kopf, um ihm besseren Zugang zu ermöglichen.

„Weil ... ich weiß nicht."

Er hebt den Kopf. „Sag es mir."

„Du bist stark, also mache ich mir keine Sorgen, dass du mich fallen lässt, und ich fühle mich bei dir sicher, also habe ich keine Angst davor, was du tun wirst." Er lächelt angesichts meiner Einschätzung. Er hat mir jetzt schon ein paarmal gesagt, dass ich bei ihm in Sicherheit bin, also weiß ich, dass es ihm wichtig ist. Eine Welle der Zuneigung durchströmt mich, weil er es geschafft hat, das Unmögliche zu tun und mir Intimität zu ermöglichen. „Ich weiß, was auch immer du tust, ich werde es lieben."

Er berührt meine Wange. „Du *bist* süß. Wie ist mir das nur entgangen?"

„Ich habe dir gesagt, dass ich süß bin. Jetzt zieh dich aus."

Seine Augen flackern vor Hitze. „Ich möchte, dass du auf allen Vieren auf mich wartest. Ich werde dich alles außer meinem Namen vergessen lassen."

Mein Atem geht schwerer, mein Puls rauscht durch meine Adern. „Das will ich."

Ein langsames sexy Lächeln breitet sich auf seinem Gesicht aus. „Ich weiß." Er löst sich von mir und steht neben dem Bett, um sich auszuziehen. Ich beobachte ihn, doch er nickt in Richtung Matratze.

Ich gehe in die verlangte Position.

„Schön", sagt er mit heiserer Stimme. „Spreiz deine Beine weiter. Ich möchte sehen, wie bereit du für mich bist. "

Ich höre das Rascheln der Kondomverpackung, während ich tue, was er verlangt. Er murmelt einen Fluch, und dann ist er plötzlich hinter mir und positioniert sich. Ich schiebe ihm meine Hüfte in stiller Einladung entgegen und werde schnell mit einem harten Stoß belohnt. Er küsst meine Schulter, bevor er wieder zustößt. Ich drücke mich gegen ihn und brauche mehr. Vergessen. Ich will das gnädige Vergessen des Vergnügens, das er mir bringt.

Seine Stimme ist heiser. „Dir gefällt, wenn ich dich hart ficke, nicht wahr, schmutziges Mädchen?" Er stößt wieder hart zu, und ich keuche ein Ja.

„Weißt du, was ich mag?", flüstert er mir ins Ohr, und seine Hand gleitet um mich herum.

„Mich?"

„Ja, Ariana, dich, wenn du unter mir zitterst und dich windest und die Kontrolle verlierst. Du willst, dass ich dich dahin bringe, um den Verstand bringe, bis du um mehr bettelst?" Er wiegt langsam sein Becken, was eine Welle der Lust über meinen Rücken laufen lässt, und dann berührt er mich mit seinen Fingern, wodurch mein ganzer Körper zuckt.

„Ja", flüstere ich. „Nimm mich."

Er drückt meinen Nacken, während er langsam in mich hineinpumpt. Ich senke meine Wange auf das Kissen, mein Atem zittert.

Er nimmt und nimmt, und ich gebe mit voller Hingabe und bebe unter ihm, während er hart und tief zustößt, seine Finger mich massieren und mich näher und näher an den Rand treiben. Der Raum wird dunkler, das Vergnügen so scharf, dass ich keuche und stöhne und schweißgebadet bin.

Seine Hand gräbt sich in meine Haare und zieht mich hoch, sodass mein Rücken seine Brust berührt, während er in mich stößt. Ich greife nach dem Kopfteil, um mich abzustützen. Seine Zähne sinken in meine Schulter. Härtere, schnellere, schwindelerregende Höhen. Ich schreie, als der Orgasmus in meinem Körper explodiert. Er flucht, als er hart weiter pumpt, seine Finger schließen sich um meine Nippel, und der Schock der Intensität lässt mich sofort noch einmal kommen. Er hält abrupt inne, dann gleiten seine Hände über meine Brüste, meinen Bauch hinunter und dann zwischen meine Beine. Ich schnappe nach Luft, immer noch empfindlich.

„Schh", sagt er in mein Ohr. „Ich bringe dich langsam zurück auf die Erde."

Ich wimmere, als er mich liebkost, weißglühende Stöße bei jeder sanften Berührung.

„Nochmal", knurrt er und macht dann weiter, bevor ich ein Wort herausbekommen kann.

Ich gehe unter, ertrinke vor Gefühl und komme dann hart. „Scheiße!" Ich winde mich und stoße gegen ihn, doch er hat mich fest im Griff, als die Lust meinen Körper flutet. Elektrische Stöße rasen durch jedes Nervenende und prickeln, während ich atemlos keuche. Er stößt und stößt und kommt schließlich mit einem letzten Stöhnen.

„Baby." Er streicht mir mein schweißnasses Haar aus dem Gesicht und dreht mich für seinen Kuss um. „Wunderschön." Schließlich lässt er mich los, und ich lasse mich auf die Matratze fallen.

Er klettert vom Bett und kehrt dann zu mir zurück. „Komm, lass uns duschen. Wir riechen nach Sex."

„Kann mich nicht bewegen."

„Das Wasser wird dich aufwecken."

„Wasser", stöhne ich.

Er versteht den Hinweis und kommt mit einem Glas Wasser für mich zurück. Ich setze mich auf und trinke es leer. „Danke." Ich stelle das Glas auf den Nachttisch. „Wir sollten uns wahrscheinlich unterhalten."

Er streichelt meine Schulter. „Worüber?"

„Ich weiß nicht. Mein Verstand scheint frittiert zu sein,

aber leben wir nicht deshalb zusammen? Beziehung, Kommunikation, Vertrauen."

„Du vertraust mir im Bett."

„Wahrscheinlich, ja."

Er packt mich an den Knöcheln und zieht mich flach auf den Rücken. Ich bringe nicht einmal einen Schrei heraus. „Spreiz deine Beine."

Das tue ich, obwohl ich noch so gereizt bin.

Er küsst mich zärtlich auf meinen immer noch pochenden Venushügel. „Dein Vertrauen verdient es, belohnt zu werden."

„Dylan, bitte", stöhne ich. Ich bin mir nicht sicher, ob ich ihn auffordere aufzuhören oder ihn um mehr bitte. Mein Körper und mein Verstand sind sich nicht einig.

Er grinst und klettert über mich. „Es macht mich süchtig, dich betteln zu hören."

Ich fahre mit den Fingern durch seine Haare, fühle mich wie betrunken, meine Muskeln entspannt, mein Körper summt. Es ist reine Euphorie, und ich möchte, dass sie nie endet. „Ich mag, wie du mich fühlen lässt, aber wir sollten uns besser kennenlernen. Was denkst du gerade?"

Er bewegt sich, um in der Nähe meines Ohrs zu sprechen. Die Worte laufen heiß über meine Haut. „Ich denke darüber nach, wie lange es dauert, bis ich dich wieder ficken kann."

Ich erschaure. „Das ist ehrlich."

„Siehst du, wie gut wir kommunizieren? Komm, lass uns duschen." Er steht auf.

Die Vernunft kehrt zurück, sobald er aufhört, mich zu berühren. Ich ziehe die Decke über mich. Ich beschwere mich nicht, doch wir sind aus einem bestimmten Grund hier, und es soll nicht nur Sex, Sex, Sex sein. „Ich brauche ein bisschen Zeit zum Nachdenken. Ich dusche nach dir."

Er setzt sich auf den Bettrand. „Worüber willst du nachdenken?"

„Über das, was wir hier machen."

„Wir finden heraus, wie es ist, zusammen zu leben."

Ich schüttle meinen Kopf. „Wir finden heraus, wie oft wir an einem Wochenende ficken können."

„Ich mag es, wenn du ficken sagst." Er streicht mit seinem Daumen über meine Unterlippe und drückt darauf. „Ich bin sicher, wir werden irgendwann langsamer machen, aber warum nicht der Lust nachgeben? Musst du irgendwohin?"

Ich setze mich auf. „Ich muss wissen, dass du mich als Person siehst, nicht nur als Körper." Er starrt auf meine Brüste, als die Decke herunterrutscht, und ich ziehe die Decke wieder bis zu meinen Schultern hoch und halte sie dort.

Er schmunzelt. „Aber eine Person ist ein Körper."

„Innen drin ist mehr."

Seine Augen leuchten. „Ich weiß."

Ich lasse die Decke fallen, rutsche um ihn herum und gehe ins Bad. „Ich kann nicht einmal mit dir reden."

„Wir reden doch gerade, oder nicht?"

Ich werfe meine Hände in die Höhe. Seine Schritte folgen mir, und mein Herz pocht, während ich mich für den Aufprall wappne.

11

Dylan

Ich hole sie auf dem Weg zum Bad ein, ihre vollen Brüste hüpfen. Ich liebe ihren Geist. Ich bin von Natur aus aggressiv im Bett, und das macht einigen Frauen Angst, oder sie werden nervös. Sie nicht. Sie stört sich nur daran, dass ich sie mehr ficken will, als mit ihr zu reden. Sieht sie nicht, wie sehr ich sie brauche? Es ist ein intensives Verlangen, das mich nicht loslässt.

Ich folge ihr ins Bad und bewundere ihren Po, während sie die Wassertemperatur einstellt. Ich tauche in ein Gespräch ein, nur, um es ihr recht zu machen, während wir darauf warten, uns an die ernsthafte Aufgabe zu machen, uns zu säubern und gleichzeitig schmutzig zu werden. „Wo stehst du, was die Toilettensituation angeht? Sind wir diskret und schließen die Tür, oder machen wir es einfach, selbst wenn der andere im Bad ist?"

Sie zieht die Brauen hoch und dreht sich um, um mich über ihre Schulter anzusehen. „Ich hätte gerne ein bisschen Diskretion."

„Ah. Körperfunktionen also hinter verschlossenen Türen. Gut zu wissen."

Sie schüttelt den Kopf. „Ich kann nicht fassen, dass wir *darüber* reden."

„Es geht darum, die Vorlieben des anderen kennenzulernen", sage ich, damit sie weiß, dass ich diese Kennenlernnummer durchziehe, die sie haben will.

Sie tritt in die Dusche, und ich folge ihr hinein. „Dylan!"

Ich schiebe sie ein Stück weiter, damit sie mehr von dem warmen Wasser abbekommt. „Was könnte für das Zusammenleben wichtiger sein, als Grenzen festzulegen?"

„Hallo? Grenzen? Du bist mit mir unter der Dusche."

„Ja. Wir müssen beide den Sexgeruch abwaschen, bevor die wilde Horde aufkreuzt."

„Kannst du nicht warten, bis ich fertig bin?"

Ich drehe sie so, dass ihr Rücken zu meiner Brust zeigt, und streiche ihre Brüste, kneife ihre Nippel. Sie stöhnt laut. „Das würde keinen Spaß machen, oder?"

Ich beiße in ihren Hals, und diesmal stöhnt sie leise. Ich schiebe meine Finger zwischen ihre Beine und finde sie heiß und nass vor. Von vorhin? Oder neu? Wen interessiert das? Sie schmilzt gegen mich, ihre Hand greift nach meinem Unterarm, um sie aufrecht zu halten, ihr Kopf neigt sich zurück an meine Schulter. Ich bewege mich, lege ihre Handflächen gegen die Wand und flüstere ihr ins Ohr: „Baby, ich denke, wir sind noch nicht fertig damit, uns schmutzig zu machen." Ich lege einen Arm um ihre Taille, um sie festzuhalten, während ich sie mit meiner anderen Hand liebkose. Ihre Knie geben nach, doch ich halte sie. „Bist du dabei?"

„Ja", seufzt sie leise.

Ihre träge Stimme macht mich noch härter. „Ich werde dich kommen lassen, bevor ich dich nehme", knurre ich in ihr Ohr.

Sie atmet zittrig aus.

Und ich mache das, was ich versprochen habe, denn das gehört auch zum Vertrauen.

Nicht lange, und sie fleht mich an, es ihr zu geben. Ich presse eine Hand zwischen ihre Schulterblätter, biege sie vor und stoße bis zum Anschlag in sie hinein. Sie schnappt nach Luft, als ich tief eindringe, und ich werde härter und kämpfe um meine Kontrolle. Noch nicht.

Ich massiere sie, pumpe langsam und tief in sie hinein, bis

sie wimmert und sich gegen mich drängt. Und dann spüre ich, wie sich ihre Muskeln anspannen und sie ihren Kopf in den Nacken sinken lässt, und ich lasse los und ramme in sie hinein, während sie mit einem scharfen Schrei kommt.

Ich ziehe mich in letzter Sekunde zurück. Kein Kondom. Ich habe es gerade noch rechtzeitig gemerkt. Ich weiß nicht, wie wichtig das für sie ist, aber für mich ist es das. Wenn ich ein Kind habe, dann wird es meinen Namen haben und in eine stabile Familie hineingeboren.

Ich wasche mich ab, und sie dreht sich langsam um und lehnt sich an die Wand. Ihre Brust hebt und senkt sich angestrengt. Ihre Haut ist gerötet, ihre Augen sind geschlossen, während sie zu Atem kommt. Ich will sie besitzen. Es brandet wie eine Welle durch mich hindurch. Ich ziehe sie an mich und küsse sie auf den Kopf.

Sie schmilzt gegen mich und schmiegt sich an meine Brust. „Ich bin jetzt so erschöpft. So entspannt."

„Das ist gut."

Ich nehme die Seife und wasche sie, spüle sie ab und wasche mich dann selbst, während sie fasziniert zuschaut. Ich trete zuerst aus der Dusche, trockne mich ab und wickle ein Handtuch um meine Taille. Dann nehme ich ein Handtuch aus dem Wäscheschrank, ziehe sie heraus, trockne sie ab und wickle sie ein.

Sie lächelt. „Ich fühle mich wie in einem Kokon."

„Nickerchen machen oder anziehen?" Ich bin bereit, ihr eine Pause zu gönnen, wenn ich muss, obwohl ich lieber den ganzen Tag mit ihr im Bett verbringen würde. Wir können schließlich nochmal duschen.

„Ein Nickerchen hört sich wunderbar an", sagt sie langsam.

Ich lächle vor mich hin. Ich habe hier gute Arbeit geleistet. Ich hebe sie hoch und wiege sie in meinen Armen. „Eine Löwin ruht immer vor dem großen Ereignis."

„Du meinst das Abendessen?"

„Du wirst schon sehen."

Sie versetzt mir einen Klaps auf den Arm. „Dylan! Du kannst nicht immer nur an Sex denken."

„Nur, wenn ich dich in meinem Bett habe."

Sie seufzt. „Wirst du mich für die nächsten zwei Monate im Bett festhalten?"

„Nein. Ein bisschen Abwechslung tut gut. Mücheninsel, Wand, Sofa. Was das angeht, bin ich sehr flexibel."

„Werden wir jemals über was anderes reden?"

„Sicher, worüber du willst."

Ich lege sie ins Bett, sie rollt sich auf die Seite und zieht seufzend die Beine an. Ich schmiege mich von hinten an sie und ziehe die Decke über uns.

„Ich möchte mit dir auf deinem Bike fahren", sagt sie.

Ich streiche ihre Haare zurück. „Werden wir."

Sie dreht sich um und sieht mich über ihre Schulter an. „Warum hast du mich Airy Fairy genannt?"

„Weil du so mädchenhaft warst in deinem rosa Tutu und wie eine Fee im Licht herumgewirbelt bist. Ich würde dich gerne wieder tanzen sehen. Es war so lange ein so großer Teil deines Lebens."

Sie dreht sich um und kuschelt sich an mich. „Ich bin zu eingerostet."

„Du musst nicht gut sein."

Sie lacht. „Na, dann könnte ich es versuchen."

Sie ist so lange still, dass ich meine Augen schließe. Ich schlafe fast, als ich ihre leise Frage höre.

„Hast du Gefühle für mich?"

„Ja." Ich warte einen Moment. „Und du für mich?"

Stille.

„Ariana?" Ich beuge mich vor und sehe, dass sie schläft.

Ich denke, das ist alles, was sie wissen musste. Kein Problem. Ich weiß, dass sie mich mag. Sie möchte, dass ich der Vater ihres Babys bin, und das ist das größte Kompliment, das ein Mann bekommen kann. Es sieht aus, als würde alles glatt laufen.

Es sieht nicht aus, als würde alles glatt laufen. Ich hätte wahrscheinlich sehen sollen, dass unsere Familien wie ein

Heuschreckenschwarm in meine Wohnung einfallen würden.

Mrs Bianchi hat eine Geschenktüte in der Hand, als sie mit Mr Bianchi eintritt. Meine Eltern sind vor wenigen Minuten angekommen.

„Hallo", sagt Ariana herzlich. „Herzlich willkommen. Ihr hättet uns nichts mitbringen müssen."

„Willkommen", sage auch ich.

Mrs Bianchi mustert mich, wirft einen kurzen Blick auf Ariana, die von all den Orgasmen, die ich ihr geschenkt habe, glüht, und überrascht uns alle, indem sie die Geschenktüte meiner Mutter in die Hand drückt. „Für dich, Tara."

„Oh, danke", sagt meine Mutter, und ihre Brauen schießen hoch. „Das ist eine Überraschung."

„Mach sie auf", drängt Mrs Bianchi. „Das ist etwas, das du schon lange haben wolltest." Sie wirft Mr Bianchi einen Blick zu. Er hustet und sieht meinen Vater an, der nur schweigend dasteht und auf die Geschenktüte starrt.

Es muss der fehlende Servierlöffel sein. Mrs Bianchi will die Fehde für mich und Ariana beenden. Doch ich glaube nicht, dass meine Mutter es zu schätzen wissen wird, wenn sie ihn so spät zurückbekommt.

Meine Mutter zieht das weiße Seidenpapier zurück und holt einen Servierlöffel hervor. Sie runzelt die Stirn. „Das ist nicht meiner."

Mrs Bianchi braust auf. „Natürlich nicht. Glaubst du, ich habe ihn gestohlen und jahrzehntelang in einer Schublade versteckt, um ihn dir dann als Geschenk zurückzugeben?"

„Ich weiß nicht, was ich denken soll", sagt meine Mutter ehrlich und lässt den Löffel zurück in die Tüte fallen.

Ariana sieht mich besorgt an. Ich zucke mit einer Schulter. Zumindest reden sie jetzt miteinander, anstatt auf der Straße Ankündigungen zu machen.

Mrs Bianchi deutet auf das Geschenk. „Es ist ein Servier-löffel mit einem gälischen Muster, wie du deinen beschrieben hast. Ich kann nicht sagen, dass ich das genaue Muster kenne, da ich den Löffel in meinem ganzen Leben noch nie gesehen habe."

„Du hast das Muster gelobt", sagt meine Mutter durch die Zähne.

„Wer möchte gern ein Glas Wein?", fragt Ariana fröhlich.

„Großartige Idee!", sage ich.

„Danke für das Friedensangebot", sagt mein Vater zu Mrs Bianchi. „Es ist lange überfällig, dass wir alte Zäune überwinden."

Ooh, er hat es doch tatsächlich geschafft, eine Spitze wegen ihres kaputten Zauns unterzubringen, dessentwegen ihr Köter jahrelang in unseren Hof geschissen hat.

Meine Mutter unterdrückt ein Lächeln.

Mr Bianchi nickt. „Wir sind wegen Dylan und Ariana hier. Der Rest ist Schnee von gestern." Scheint, als hätte er die Spitze nicht bemerkt. Oder vielleicht ist er einfach so nett, sie zu ignorieren.

Ich greife nach der Geschenktüte. „Ich nehme das, und wenn du mir deinen Mantel und deine Handtasche gibst, Mom?"

„Danke, Dylan", sagt meine Mutter freundlich.

„Ich hole den Wein!", sagt Ariana und macht sich auf den Weg in die Küche. Ich gehe in eins der Schlafzimmer, um die Geschenktüte unter ihrem Mantel aufs Bett zu legen.

Als ich ins Wohnzimmer zurückkomme, stehen sie alle unbeholfen da, und niemand sagt ein Wort. Ariana muss noch in der Küche sein und Wein einschenken.

„Ich gehe Ariana helfen", sage ich und fliehe.

„Sie bekommt Punkte für den Versuch, Frieden zu stiften", sagt Ariana leise, als ich neben sie trete.

„Sie sollte das Löffel-Ding einfach vergessen."

„Deine Mutter auch."

Ich lege meine Hand um ihre auf der Weinflasche und beuge mich zu einem Kuss vor. „Wir setzen ihre verrückte Fehde nicht fort. Du und ich haben uns auf wichtigere Dinge zu konzentrieren."

Sie lächelt mit weichem Blick. „Ja, das haben wir."

Sie gießt den Wein ein, und ich helfe ihr, die Gläser zu unseren Eltern zu tragen. Nachdem alle ein Glas Wein in der Hand haben, starren sie uns an, als würden wir etwas

Verrücktes direkt vor ihren Augen tun. Vielleicht suchen sie nach Anzeichen von Wahnsinn. Ariana hat gesagt, dass ihre Mutter den heutigen Abend als eine Art Intervention betrachtet. Wir sind nach einem Date zusammengezogen. Nicht so verrückt, wenn man jemanden sein ganzes Leben lang kennt. Außerdem sind wir beide alt genug, um zu wissen, was wir wollen. Ich will sie, und sie will mich. Ich kann sehen, dass ich ihr schon ans Herz wachse. Sie fühlt sich wohl bei mir und ist viel entspannter.

„Erinnerst du dich, worüber wir gesprochen haben?", fragt Mr Bianchi mich mit einem strengen Blick.

Ah, zum Teufel. Das Gespräch von Mann zu Mann. Müssen jetzt alle davon hören?

„Ja, Sir", sage ich.

Sowohl er als auch Mrs Bianchi lächeln über meine Manieren und tauschen einen erfreuten Blick aus. Ich habe das Gefühl, dass sie denken, dass das Gespräch einen großen Einfluss auf mich hatte oder so was in der Art. Ich kann das nicht sagen, aber gleichzeitig habe ich natürlich vor, Ariana richtig zu behandeln, also ist es am Ende vielleicht egal.

„Worüber habt ihr gesprochen?", fragt meine Mutter mich.

Es klingelt, und ich ergreife die Chance, dem Verhör zu entkommen. „Ich mache auf."

Ich drücke den Türöffner und kurze Zeit später kommen meine Brüder Sean und Connor in die Wohnung. Ich bleibe mit ihnen in der Küche. Jack, Brendan und Garrett tauchen kurze Zeit später auf. Ariana ist immer noch im Wohnzimmer, und ich weiß, dass ich wieder zu ihr gehen sollte, doch ich brauche eine Auszeit von den prüfenden elterlichen Blicken. Ich werde warten, bis sie der Wein alle ein bisschen lockerer gemacht hat.

„Wann ist die Hochzeit?", fragt Sean mit einem Grinsen.

„Ein Date, und sie ziehen zusammen", bemerkt Brendan und wackelt mit den Brauen. „Wir wissen, was das bedeutet."

„Halt die Klappe", sage ich und öffne die Schränke auf der Suche nach etwas, das wir knabbern können. Es gibt eine Schachtel Cracker. Wie alt sind die? Ich suche nach dem Ablaufdatum.

Das Essen, das ich bestellt habe, ist noch nicht hier, und Ariana hat beschlossen, auf die Ravioli zu verzichten, da sie dachte, dass es nicht zu den Partysandwiches passt, auch wenn ich ihr gesagt habe, dass meine Brüder alles essen. Ihre Mägen sind bodenlose Gruben. Doch da ist kein Gramm Fett an ihnen mit all der harten körperlichen Arbeit auf dem Bau und den Workouts, die sie zusätzlich machen, um fit zu bleiben. Als Kinder haben wir alle Sport gemacht, und es hat geholfen, die überschüssige Energie, die Kinder nun einmal haben, zu verbrennen.

Ich werfe die Cracker in den Müll. Sie sind vor sechs Monaten abgelaufen. Ich schätze, ich habe die Schränke schon eine Weile nicht mehr aufgeräumt.

Ich drehe mich zu ihnen um. „Wer will ein Bier?"

Zustimmendes Grunzen lässt mich einen Sixpack aus dem Kühlschrank holen und verteilen. Ich nehme mir ein Bier und lasse meinen Wein auf der Kücheninsel unberührt. Ich sollte wahrscheinlich bald wieder ins Wohnzimmer. Es ist einfach eine so unangenehme Situation.

„Er hat noch nie mit einer Frau zusammengewohnt", sagt Connor, während er mich studiert. „Vielleicht ist es ernst."

„Oder sie ist schwanger", sagt Brendan leise.

Ich schüttle meinen Kopf. „Kann ein Mann am Tag nach dem Einzug seiner Freundin nicht seine ganze Familie zum Abendessen einladen, ohne dass alle offen spekulieren?"

„Ja", sagt Garrett. „Vielleicht ist es Liebe."

Sie prusten vor Lachen.

„Vielleicht liebe ich sie wirklich", blaffe ich, und sie verstummen. „Wäre das so schlimm?" Ich weiß nicht, wie ich sonst die Intensität unserer Verbindung erklären soll. Es war so, als wir jünger waren, und es hat sich seitdem nur vervielfacht.

Seltsamerweise reißt niemand dumme Witze wegen meines seltenen Eingeständnisses von Gefühlen. Dann merke ich, dass sie über meine Schulter blicken. Ich drehe mich langsam um und sehe Ariana und Mrs Bianchi direkt hinter mir.

Arianas große braune Augen bohren sich in meine, und

die übrigen Menschen im Raum treten in den Hintergrund. Das Blut schießt durch meine Venen, jedes Nervenende in Alarmbereitschaft. Dieses hyper-lebendige Gefühl bekomme ich nur, wenn ich in ihre Augen blicke. Es muss mehr als Chemie sein. Meine Nackenhaare stellen sich auf.

Sie kommt zu mir, legt ihre Arme um meine Taille und schmiegt ihre Wange an meine Brust. Ich erwidere die Umarmung und genieße, wie perfekt sie zu mir passt.

„Ich bin so glücklich!", ruft Mrs Bianchi aus. „Liebe!"

Ariana tritt zurück, und Mrs Bianchi kommt zu mir, um mich zu umarmen. „Dylan, das sind die besten Nachrichten, die du mir heute geben konntest!"

Hitze kriecht meinen Hals empor. Das fühlt sich allmählich wie eine öffentliche Liebeserklärung an. Sollte das nicht besser ein privates Gespräch zwischen mir und Ariana sein? Ich meine, ich habe gesagt, dass ich vielleicht in sie verliebt bin. Braucht das nicht Zeit? Vielleicht bin ich erst auf halbem Weg dorthin.

Mrs Bianchi eilt zum Wohnzimmer. „Kommt alle her! Dylan hat die besten Nachrichten!"

Ich überlege, ob ich die Flucht ergreifen soll. Meine Brüder kichern hinter ihren Bierflaschen und genießen jeden Moment meiner Verlegenheit.

Muss es wirklich eine Familienansage sein, dass ich vielleicht in sie verliebt bin? Hat Mrs Bianchi nicht bemerkt, dass Ariana nicht darauf geantwortet hat?

„Ma, bitte", sagt Ariana, nimmt meine Hand und drückt sie. „Das ist ihm peinlich. Lass uns einfach über was anderes reden."

„Was ist peinlich an der Liebe?", fragt Mrs Bianchi ehrlich verwirrt.

Ich kann nicht anders, als zu bemerken, dass Ariana nicht im Geringsten verlegen aussieht. Ist das so, weil sie nicht so denkt oder weil sie es gewohnt ist, dass ihre Mutter so etwas tut?

„Was ist das mit der Liebe?", fragt meine Mutter mit einem strahlenden Lächeln im Gesicht. Sie sagt seit Jahren, dass ich jemanden finden solle, der etwas Besonderes ist.

Mein Vater und Mr Bianchi kommen ebenfalls in die Küche. „Was ist die große Neuigkeit?", fragt Mr Bianchi mit einem Lächeln.

Mrs Bianchi zeigt auf mich. „Sag es ihnen, Dylan. Sag ihnen, was du deinen Brüdern gesagt hast. So schön, wie sie miteinander reden."

Ich wende mich Ariana zu. Sie steht an meiner Seite und hilft nicht im Geringsten. Sie lächelt mich nur entschuldigend an. Offensichtlich wird sie mir nicht helfen. *Herzlichen Dank, Babe.*

Ich wende mich wieder Mrs Bianchi zu, die mir ein ermutigendes Lächeln schenkt.

Okay, lass uns das im Keim ersticken. Ich muss Mrs Bianchi von Anfang an richtig behandeln – höflich, doch sie braucht ihre Grenzen. Sonst walzt sie mich nieder.

Ich räuspere mich. „Es ist keine große Sache."

„Keine große Sache", schnaubt Mrs Bianchi. „Er ist bescheiden. Du wirst sehen, Tara, es ist genau so, wie du gesagt hast."

„Vielleicht setzt du ihn unter Druck", sagt meine Mutter leise.

„Ein richtiger Mann sagt, was er denkt", sagt Sean und imitiert den autoritären Ton unseres Vaters.

Ich kann es mir kaum verkneifen, ihn zu schlagen. Dad redet immer viel darüber, was einen Mann zu einem Mann macht. Das war einer seiner Lieblingsvorträge. Der Rest hatte mit der Art und Weise zu tun, wie man sich verhält – Ehre und Integrität und so weiter – und mit einer Menge irritierender Etikette, die alles abdeckt, vom Essen bis zum Autofahren. Es war die Art, wie er erzogen wurde, und etwas, das er für wichtig genug hielt, um es an uns weiterzugeben. Meine Brüder und ich dachten, es sei eine enorme Zeit- und Energieverschwendung, doch einiges davon ist trotzdem hängengeblieben. Manieren, ja, die habe ich, was wahrscheinlich auch der Grund ist, weshalb ich die Folter meiner Vielleicht-Liebeserklärung vor viel zu vielen Menschen ertrage. Ich werde Mrs. Bianchi oder Ariana nicht blamieren. Ich bin mir nur nicht sicher, ob ich die Worte ein zweites Mal herausbringen kann.

Ich begegne Mr Bianchis Blick. Er zuckt mit den Schultern. Keine Hilfe aus dieser Ecke. Schließlich denke ich an etwas, das ich sagen kann, ohne an den Worten zu ersticken. Mr Bianchi hat es mir in unserem Gespräch von Mann-zu-Mann gesagt.

„Ariana ist etwas Besonderes", sage ich. „Nicht jemand, den ich jemals leichtfertig behandeln würde."

„Okay!", sagt Ariana. „Weiter zum nächsten Teil des Abends. Lasst uns übers Geschäft reden." Sie dreht sich zu meinen Brüdern um. „Leute, es gibt eine Menge Recherche, die wir erledigen müssen, um interessante Immobilien ausfindig zu machen."

Doch Mrs Bianchi ist noch nicht fertig. „Dylan, ist es dir peinlich, nach all den Jahren endlich verliebt zu sein? Deine Mutter sagt, es sei das erste Mal für dich."

Bitte lass mich sterben. Auf der Stelle. Meine Brüder grinsen wie Honigkuchenpferde. Jemand hüstelt „Jungfrau" vor sich hin, wahrscheinlich Brendan. Das ist nicht das erste Mal, dass ich verliebt bin. Ich erzähle meiner Mutter nicht alles. Okay, es war noch nie so intensiv, aber ...

Mrs Bianchi fährt fort. „Oh Honey, sei nicht verlegen. Das wollen wir für euch. Jetzt, da wir wissen, dass ihr verliebt seid, ist es wahrscheinlicher, dass du sie heiratest. Habt ihr schon darüber gesprochen?"

„In zwei Monaten." Die Worte sind draußen, bevor ich darüber nachdenken kann. Das war unser Deal.

Ariana wirft mir einen flehenden Blick zu. Scheiße. Ich bin hier weit weg aus meinem Element. Ich werfe ihr einen Blick zu, der sagt, *Rette die Situation!*

„Oh, du meine Güte!", ruft Mrs Bianchi aus. „Wir müssen sofort mit der Planung der Hochzeit beginnen."

Ariana hebt die Hände. „Genau genommen nehmen wir es einen Tag nach dem anderen. Lasst uns nichts überstürzen."

„Aber er hat gerade gesagt –", sagt Mrs Bianchi.

Ariana drückt meine Schulter. „Er hat das erste herausgeplatzt, was ihm in den Sinn gekommen ist, weil du ihn unter Druck gesetzt hast, aber ich bin nicht bereit, so bald zu heiraten, weshalb wir zusammengezogen sind."

Stille. Eine sehr angespannte Stille.

Mrs Bianchi runzelt die Stirn und dreht sich zu Mr Bianchi um. Meine Eltern sehen unbehaglich aus. Einer meiner Brüder hustet.

Schließlich klingelt es an der Tür, und ich eile zur Gegensprechanlage und drücke auf den Summer. Es ist der Essenslieferant. „Komme gleich runter." Ich gehe zur Tür hinaus und murmle: „Essen ist da."

„Ich helfe dir!", ruft Ariana und stößt mit mir zusammen, als wir beide gleichzeitig versuchen, aus der Tür zu treten. Ich lasse ihr den Vortritt und folge ihr schnell.

Wir schaffen es in Rekordzeit zum Fahrstuhl. Ich drücke mehrmals auf den Knopf. Wir sehen uns an und prusten vor Lachen.

„Es tut mir so leid!", sagt sie, als sie wieder zu Atem kommt. „Du bist keine Mutter ohne Filter gewohnt. Ich schwöre, sie meint es gut."

„Ich hätte es wissen müssen, als sie mich als Gentleman angekündigt hat, als ich dich besucht habe."

„Es war schlimmer, als ich ein Kind war. Ich war so schüchtern, und sie hat immer versucht, mich auf die peinlichste Weise darüber hinwegzubringen."

Die Aufzugtüren öffnen sich, und wir treten ein. Ich drücke den Knopf. In dem Moment, in dem sich die Türen hinter uns schließen, entspanne ich mich. Ich schaue zu ihr hinüber und kann nicht anders, als sie zu berühren und eine Haarsträhne hinter ihr Ohr zu streichen. „Ich wusste nicht, dass du als Kind so schüchtern warst. Du bist immer durch die Nachbarschaft getanzt."

„Ich war in einer Traumwelt, wenn ich getanzt habe." Sie streicht mit ihren Händen über meine Brust. „Meine Schüchternheit ist der einzige Grund, warum ich keine Tirade auf dich losgelassen habe, als du gefragt hast, wo mein Tutu ist. Ich habe mich mit einem tödlichen Blick zufriedengegeben. "

Ich lache. „Auch gut. Ich hätte es wahrscheinlich komisch

gefunden, von einem süßen Mädchen wie dir ausgeschimpft zu werden. Jetzt, da wir erwachsen sind, liebe ich es, *ficken* aus diesem süßen Mund zu hören. Ich liebe es, dass du Krallen hast."

„Du bist schon ein bisschen verdreht."

Ich nehme ihr Gesicht in meine Hände und küsse sie. „Ich mag, was ich mag."

Ihre Hände gleiten über meine Schultern, ein leises Lächeln auf ihrem Gesicht. Sie berührt mich gern. „Deine Brüder müssen dich ziemlich böse aufgezogen haben meinetwegen."

„Ja, das tun sie nun mal. Ich würde das auch tun, wenn es eine Intervention bei einem von ihnen gäbe."

Sie beißt sich auf die Unterlippe. „Hast du gemeint, was du gesagt hast, oder war das nur, um sie zum Schweigen zu bringen?"

Ich hebe ihr Kinn an. „Was denkst du?"

„Ich frage dich."

Die Türen öffnen sich, und ein junges Paar steigt ein und spricht über einen Poetry Slam, zu dem sie gehen.

Ariana zieht sich zurück und starrt geradeaus.

Ich lehne mich an ihr Ohr. „Vielleicht habe ich es so gemeint."

Sie lächelt, ein kleines, geheimes Lächeln, das zu einem strahlenden Lächeln wird. „Ich auch."

Eine Welle der Wärme rauscht durch mich hindurch, und ich möchte sie plötzlich in meine Arme nehmen, doch es ist nicht die richtige Zeit oder der richtige Ort. Ich muss warten. Die Türen öffnen sich, und wir holen das Essen vom Lieferboten und bringen es zurück zum Fahrstuhl. Sie haben die Sandwiches für uns zurechtgeschnitten, doch es ist immer noch eine Menge zu tragen. Ich drücke den Knopf mit dem Ellbogen, und wir fahren in den achten Stock, wo unsere versammelte Familie auf uns wartet.

Sie sieht mich von der Seite an. „Wie schlimm wäre es, wenn wir den Nothalteknopf drücken und hier unser eigenes kleines Picknick-Abendessen machen würden?"

„Ziemlich. Besser wäre es, den Nothalteknopf zu drücken,

das Abendessen zu vergessen, und ich nehme dich an der Wand."

Ihre Wangen werden rot. „Du bringst mich dazu, unartige Dinge tun zu wollen."

„Freut mich, dass ich helfen kann." Ich stelle die Tüten mit dem Essen ab. „Jetzt küss mich, als ob du es so meinst."

Sie stellt ihre Tüte ab, legt ihre Arme um meinen Hals und küsst mich leidenschaftlich. Ich drücke sie gegen die Wand, übernehme den Kuss, und die Lust übermannt mich fast.

Sie bricht den Kuss ab. „Ich kann nicht glauben, dass du der gleiche Mann bist, den ich vor all den Jahren erwürgen wollte."

„Ich kann nicht glauben, wie glücklich ich bin, dass du mich vor all den Jahren ausgewählt hast. Und jetzt hast du mich wieder ausgewählt, diesmal als Vater für dein Baby. Vielleicht hast du immer gewusst, dass ich in jeder Hinsicht der Mann für dich bin."

„Vielleicht", sagt sie, doch ihre Augen sagen ja.

Mein Herz schwillt in meiner Brust an. Etwas Tiefes fließt zwischen uns, als wir einander in die Augen sehen.

Die Aufzugtüren öffnen sich, sie greift nach ihrer Tüte und atmet aus. „Bereite dich auf die zweite Runde vor", sagt sie auf dem Weg nach draußen über die Schulter. „Und nicht die schmutzige Art."

Ich lache, hebe meine Tüten auf und folge ihr. „Dachte ich mir. Zumindest werden meine Brüder den Mund zu voll haben, um Scheiße zu labern."

Sie antwortet leise. „Es ist nett von dir, dass du das nicht über meine Mutter sagst."

„Ich habe großen Respekt vor der Frau, die dich großgezogen hat."

Sie lässt ihre Tüte fallen und wirft sich in meine Arme. Ich stolpere zurück und muss meine Tüten ebenfalls fallen lassen, um zu verhindern, dass wir beide umfallen. Sie küsst mich, und ich weiche an die Wand zurück, lehne mich dagegen und ziehe sie an mich. Sie will mich, sie liebt mich vielleicht, ich bin ein glücklicher Mann. Ich grabe meine Hand in ihre Haare und streichle mit der anderen ihren Po, während sich das Feuer zwischen uns entzündet.

Eine Stimme hallt durch den Flur. „Hey, ihr habt hungrige Gäste!"

Ariana lässt mich mit geröteten Wangen los.

Sean kommt zu uns, schnappt sich zwei Tüten und blickt finster drein. „Macht das, nachdem wir gegangen sind."

Arianas Finger wandern zu ihren Lippen, und sie sieht mich mit lodernden Augen an. „Ich bin süchtig nach deinen Küssen."

Sean stöhnt und geht wieder in die Wohnung.

Ich grinse und hebe die andere Tüte auf. „Ich bin süchtig nach dir."

Immer mehr meiner Brüder strecken den Kopf heraus, um zu sehen, wo das Essen bleibt. Ich nehme Arianas Hand, und wir kehren zu unserer Familie zurück, eine tiefe Verbindung zwischen uns.

Gerade ist alles perfekt. Ich sage mir, ich soll es genießen, doch perfekt macht mich nervös. Nichts in meinem Leben war jemals lange perfekt.

12

Ariana

Es ist einen Monat her, seit ich bei Dylan eingezogen bin. Zwischen uns läuft es beängstigend gut. Ich warte immer noch auf irgendeine schlechte Nachricht. Es hat sich alles gefügt. Er steht früh auf, um im Fitnessstudio unten zu trainieren, dann duscht er und macht sich auf den Weg zur Arbeit. Er verlangt sehr wenig von mir. Er scheint einfach glücklich zu sein, dass ich hier bin. Und die Wahrheit? Ich bin glücklich, hier zu sein. Ich hätte nie gedacht, dass eine Beziehung so einfach sein könnte, und ich hätte definitiv nicht gedacht, dass ich so bald bereit für eine neue sein würde. Mein Ex war sehr eigen, und selbst die einfachsten Entscheidungen haben viel Hin und Her und Kompromisse erfordert. Ich dachte, so sei die Ehe nun einmal – hart, aber die Mühe wert. Nicht, dass Dylan und ich verheiratet wären, aber bisher war es reine Glückseligkeit.

Ich verbringe meine Tage damit, mir den Allerwertesten aufzureißen, um Rourke Management zu helfen. Meistens arbeite ich von zu Hause aus mit gelegentlichen Ausflügen in sein Büro, um mich mit ihm und seinen Brüdern zu treffen. Ich habe nach potentiellen Immobilien und Finanzierungsquellen gesucht, um in die neue Seite seines Geschäfts einzusteigen. Ich habe mich sogar mit meinem ehemaligen

Schwiegervater in Verbindung gesetzt, um ihm ein paar Fragen zum Thema Marktanalyse zu stellen. Für mich ist das nicht leicht, wenn man bedenkt, dass die Eltern meines Ex über Kierstens Schwangerschaft Bescheid wussten. Sie habe sich mir gegenüber jedoch mitfühlend gezeigt. Wie auch immer, ich habe für die Sache mein Unbehagen überwunden. Sobald die Finanzierung unter Dach und Fach ist, müssen wir mehr Personal einstellen. Ich weiß, dass Dylan keinen großen Kredit aufnehmen will, doch das würde den Ball ins Rollen bringen. Er sagt immer wieder, dass er sich etwas einfallen lassen wird, doch ich fürchte, das bedeutet, dass er die Krone und das Zepter-Set verkaufen wird, die sein Erbe sind. Das kann ich nicht zulassen. Das sind unbezahlbare Familienerbstücke.

Mein Magen knurrt. Es ist fast Abendessenzeit, doch ich werde auf ihn warten. Normalerweise kommt er kurz nach fünf nach Hause, duscht, und dann bestellen wir entweder was vom Lieferservice oder kochen zusammen. Manchmal kommen wir erst spät zum Abendessen, weil wir so hungrig aufeinander sind. Das ist das *einzige* Mal, dass er etwas von mir verlangt, und das auf köstlichste Art und Weise. Ich weiß nicht, woher er die Energie nimmt, aber ich beschwere mich nicht. Nichts ist besser als der volle erotische Fokus eines Mannes, der alles verlangt. Wenn er mit mir fertig ist, bin ich erschöpft und zufriedener als je zuvor in meinem Leben. Und dann hält er mich im Arm. Er streichelt meine Haare, streichelt meinen Hals, und bei jeder Berührung spüre ich seine Zuneigung.

Ich bin in ihn verliebt.

Ich wollte nicht, dass es so ist. Ich war nicht bereit für diese Wahrheit. Doch es ist einfach so, und ich habe keine Lust mehr, so zu tun, als würden wir nur *testen*, ob wir zusammen funktionieren. Ich will eine Zukunft mit ihm. Es war von Anfang an klar, dass er bereit für eine Familie ist, und jetzt kann ich mir das mit niemand anderem als ihm vorstellen.

Ich werde es ihm heute Abend sagen. Beim Abendessen.

Oder vielleicht nach dem Sex, wenn er liebevoll und die Welt ein wunderschöner Ort ist.

In dem Moment, in dem er die Wohnung betritt, treffe ich ihn in der Küche und umarme ihn. Er gibt mir einen kurzen Kuss, bevor er sich zurückzieht. „Baby, lass mich erst duschen. Ich bin staubig und schmutzig. "

„Ich komme mit."

Er kneift mein Kinn. „Ich bin zu schmutzig für dich."

„Ich mag dich schmutzig."

Sein Lächeln lässt sein Gesicht leuchten, dann überrascht er mich, senkt seinen Kopf und beißt in meine Unterlippe. „Ich werde dich später betteln lassen. Jetzt dusche ich alleine."

Ich schmolle. „Ich bettle nicht."

Seine blauen Augen leuchten, seine Stimme ist heiser. „Das wirst du."

Ich lächle über seinen Übermut. „Ich freue mich darauf. Soll ich uns was zu essen bestellen?"

„Gern. Bestell, wonach dir ist." Er geht ins Bad.

So entspannt läuft das zwischen uns. Ich bestelle Thai, gehe ins Schlafzimmer und lausche der Dusche. Er hat sein Handy, seinen Geldbeutel und seine Schlüssel auf den Nachttisch gelegt. Seine schmutzigen Klamotten sind im Wäschekorb, die Jeans hängt halb heraus. Ich stecke die Jeans in den Korb und setze mich aufs Bett, um zu warten. Sein Handy klingelt, und ich beuge mich vor, um zu sehen, wer es ist. Seine Mutter. Soll ich rangehen? Wenn sie mit mir sprechen möchte, würde sie mich anrufen. Ich glaube nicht, dass sie meine Nummer hat.

Ich drücke den Knopf, um zu antworten. „Hallo, Ariana hier. Dylan ist unter der Dusche."

Ihre Stimme ist leise und eindringlich. „Hör gut zu, ich habe nur eine Minute Zeit. Daniel und ich fliegen mit Krone und Zepter nach Villroy. Anscheinend hat mein Mann das geplant, seit Dylan davon gesprochen hat, sie zu verkaufen. Ich habe es gerade herausgefunden. Er ist entschlossen zu bekommen, was Dylan verdient. Lass mich wissen, ob Dylan nach Villroy fliegen kann, und ich werde versuchen, einen

Showdown zu verhindern. Bitte ihn, seinen Brüdern zu sagen, wo wir sind. Oh, und Daniel will nicht, dass er weiß, dass er das Set genommen hat. Bis dann."

„Bis dann", sage ich zur toten Leitung.

Ich reibe meine Stirn. Seltsam. Was hat Mr Rourke mit dem Set in Villroy vor? Es zurückgeben? Einen Platz für seinen Sohn verlangen? Wäre Dylan tatsächlich ein Prinz? Würde er das überhaupt wollen? Mein Kopf schwirrt von den möglichen Konsequenzen.

Ein paar Minuten später kommt Dylan aus dem Bad mit einem weißen Handtuch um die Taille. Ich bin einen Moment geblendet von seinem unglaublichen Körperbau. Seine Schultern sind muskulös, und er hat ein Tribal-Tattoo, das sich um seinen linken Bizeps schlingt und ihn noch tougher aussehen lässt. Seine Brust ist breit und ebenfalls gut definiert. Mein Blick folgt den Haaren, die unter das Handtuch zu seinem dicken Schwanz führen. Ich lecke meine Lippen.

Seine tiefe Stimme ist leise und heiser. „Ich liebe es, wenn du mich so ansiehst, Baby."

Ich zucke zusammen. Seine Schönheit hat mich abgelenkt.

„Komm her", befiehlt er in einem Ton, der mich sofort aufspringen lässt. „Ich gebe dir, was du brauchst."

Ich erinnere mich und setze mich wieder. „Deine Mutter hat angerufen. Ich bin an dein Handy gegangen, da ich daneben gesessen habe, und sie sagt, sie und dein Vater fliegen nach Villroy."

Seine Brauen schießen hoch. „Was? Warum? Für wie lange?"

„Sie sind gerade auf dem Weg. Ich weiß nicht wie lange. Sie sagte, er wolle holen, was du verdienst, und sie sagt, du sollst auch kommen. Sie wird versuchen, ihn aufzuhalten."

Er greift nach seinem Handy, wählt und lauscht. Dann versucht er eine andere Nummer und tippt schließlich schnell eine Nachricht. „Voicemail", murmelt er, bevor er sich auf die Matratze neben mich fallen lässt. „Warum haben sie es mir nicht vorher gesagt?"

„Deine Mutter hat gerade herausgefunden, dass er gehen würde, und hat sich entschlossen, mit ihm zu fliegen."

Er schüttelt den Kopf. „Er ist nicht mehr dort gewesen, seit er vor mehr als dreißig Jahren ins Exil geschickt worden ist. Haben sie ihn eingeladen?"

„Ich weiß es nicht. Vielleicht ist das eine gute Sache. Vielleicht bekommt er endlich das, was er verdient, und gibt es dir."

„Oder sie werden sagen, dass er bereits das bekommen hat, was er verdient. Hat er die Krone und das Zepter mitgenommen?"

Ich zögere. Sein Vater wollte nicht, dass Dylan weiß, dass er sie mitgenommen hat, doch seine Mutter will, dass er nach Villroy kommt, also ...

„Er hat sie mitgenommen", sagt Dylan. „Ich sehe es dir an. Scheiße. Was zum Teufel hat er vor? Ich habe ihm gesagt, ich würde sie nicht verkaufen, es sei denn, er ist damit einverstanden. Er hat gesagt, er müsse darüber nachdenken. Was will er tun? Es an seine Familie zurückverkaufen?"

Ich zucke mit den Schultern. „Ich habe dir alles gesagt, was ich weiß. Oh, und du sollst deinen Brüdern sagen, was sie vorhaben."

Er drückt meinen Arm. „Danke. Verdammt. Ich will nicht, dass er mehr leidet, weißt du? Schon ein Besuch in Villroy wird viele schmerzhafte Erinnerungen wecken, und ich habe das Gefühl, dass er auf eine Konfrontation aus ist."

„Ich denke, er will das Set nicht verkaufen. Das bedeutet, dass du einen Kredit brauchst."

„Wenn ich überhaupt einen bekommen kann."

„Ich werde uns auf den nächsten Flug buchen, und dann werden wir gemeinsam beim Abendessen einen Plan für die Finanzierung ausarbeiten."

Er zieht mich in seinen Schoß. „Du bist genau das, wonach ich gesucht habe. Eine Partnerin, die die Last erleichtert."

Mein Herz schwillt an, und ich schmiege mich an seine nackte Brust und inhaliere ihn. „Ich liebe dich."

Er hebt mein Kinn an, und seine Augen brennen sich in meine. „Sag das nochmal."

Mein Hals schnürt sich zu, die Emotionen überwältigen mich. „Ich liebe dich."

Er drückt mich gegen sich. „Ich liebe dich auch. Liebe meines Lebens."

Meine Augen brennen. „Ich glaube, ich muss weinen."

Er hält mein Gesicht. „Du kannst, wenn du willst, aber ich will dich lieber zum Stöhnen bringen." Sein Mund sinkt auf meinen, und ich verliere mich in den Gefühlen, als seine Hände über mich streifen.

In diesem Moment klingelt es an der Tür. Ich breche den Kuss ab. „Das Abendessen."

„Nimm Geld aus meinem Geldbeutel, um zu bezahlen."

Ich stehe auf und salutiere. „Ja, Sir!"

Er grinst. „Ich mag den Sir. Ich würde das Essen ja holen, aber ich bin nicht angezogen. "

Ich streichle seine unrasierte Wange und gebe ihm einen schnellen Kuss. „Bleib so. Ich mag die Aussicht."

Dylan

Sie liebt mich. Das Seltsame ist, ich war überhaupt nicht überrascht. Ich habe diese Liebe in ihren Augen gespürt, in ihrer Stimme, in ihrer Berührung. Es war eher eine Erleichterung, sie es laut sagen zu hören, denn das bedeutet, dass sie bereit ist, sich voll und ganz an mich zu binden, Körper, Herz und Seele. Ihr Körper hat mir in dem Moment, in dem ich sie berührt habe, gehört. Herz und Seele haben mich schüchtern angesehen. Bis jetzt.

Der einzige Flug, den wir kurzfristig bekommen konnten, ist morgen Abend, also habe ich sie natürlich bei der ersten Gelegenheit aus- und ins Bett gezogen. Was soll ich sagen, ich begehre sie.

Ich gebe ihr einen Klaps auf den Po, als sie aus dem Bett steigt. Sie quietscht, was mich zum Lachen bringt. Ich überrasche sie oft und gerne. Ich habe das Gefühl, dass ihr Ex vorhersehbarer war und sie wahrscheinlich nicht so oft berührt hat wie ich. Ich bin ein sehr körperlicher Typ, und sie hat einen Körper, der geschätzt werden will.

Sie dreht sich um und starrt mich an, und mein Lächeln

wird breiter. Vor mir steht der kleine Hitzkopf, nur ist sie jetzt eine erwachsene Frau, die mich in jeder Hinsicht befriedigt.

Sie stößt mich mit einem Finger an. „Lach nicht, wenn ich quietsche."

Ich halte ihren Finger fest. „Kann nicht anders. Du klingst wie eine kleine Maus."

„Ich bin einfach nicht gewohnt, dass jemand so handgreiflich ist."

Ich halte sie am Handgelenk und streiche mit meinem Daumen über die empfindliche Unterseite. „Aber es gefällt dir."

„Ja", gibt sie zu. „Ich mag nur nicht, wenn du lachst."

Ich unterdrücke ein Lächeln. „Ich werde mich bemühen, es nicht zu tun. Wie fühlst du dich?" Diesmal habe ich sie hart rangenommen. Ihr heiseres Stöhnen hat mich immer weiter angetrieben.

Sie lächelt mich an, und ihre Augen leuchten, dann löst sie sich von mir und macht eine Art Pirouette. „So fühle ich mich."

Stolz durchströmt mich. Ich habe darauf gewartet, dass sie wieder tanzt. „Bravo!"

Sie tanzt weiter in voller Ballerina-Form. Ihr Körper ist anmutig, während sich ihre Arme heben und ihr Rücken biegt. Sie macht einen fliegenden Sprung, bevor sie federnden Schrittes im Bad verschwindet.

Ich verschränke meine Finger hinter meinem Kopf und lehne mich zufrieden zurück. Ihr Tanzen bedeutet, dass sie wieder ganz ist und ihre Freude zurückerobert hat. Unsere Töchter werden tanzen. Verdammt, vielleicht auch unsere Söhne. Warum nicht? Ein richtiger Mann entschuldigt sich nicht dafür, dass er das Richtige für sich getan hat. Noch mehr Weisheit von meinem Vater. Oh Fuck. Dad ist in Villroy, und ich sollte es meinen Brüdern erzählen. Doch niemand kann mir zum Vorwurf machen, dass ich abgelenkt bin, wenn ich eine sexy Frau in meinem Bett habe, die mich verdammt liebt.

Ich wünschte, mein Vater würde mich das machen lassen. Er fordert eine weitere harte Ablehnung nur heraus. Wenn er einen Deal aushandeln will – Bargeld für Krone und Zepter –, werden sie es wahrscheinlich ablehnen. Man kreuzt nicht im königlichen Palast auf, um ein Geschenk zurückzugeben und den Gegenwert in Cash zu verlangen. Seine natürliche Autorität könnte als Forderung ausgelegt werden. Dann würde die Situation eskalieren.

Er denkt nicht klar, was diese Sache angeht. Seine eigene Erziehung als Erbe des Königreichs bedeutet, dass er meinen Verlust stärker spürt. Ich möchte nur, dass Rourke Management zu einem Imperium heranwächst. Wenn er es falsch angeht, werfen sie ihn raus, und dann bricht die Hölle los. Er mag es das erste Mal akzeptiert haben, weil er meine Mutter sehr liebt, doch er wird nicht akzeptieren, abgewiesen zu werden, wenn er es für mich tut. Er hat zu große Schuldgefühle angesichts dessen, was er glaubt, mir vorenthalten zu haben.

Ich nehme mein Handy und schicke meinen Brüdern eine Gruppennachricht. *Dad ist mit Krone und Zepter nach Villroy geflogen, um für uns irgendeine Entschädigung zu bekommen. Ich fliege morgen Abend, um Exil 2.0 zu verhindern, wenn Mom ihn lange genug zurückhalten kann.*

Die Antworten kommen in den nächsten Minuten, und alle laufen auf *WTF* hinaus.

Connor: *Wie ist er damit durch die Sicherheit gekommen? Das muss Aufmerksamkeit erregen.*

Gute Frage. Es ist schwer zu erklären, warum er etwas mit sich herumschleppt, das wie ein wertvolles Museumsstück aussieht. Es ist noch gefährlicher, es aus den Händen zu geben, während die Sicherheit die seltsamen Teile untersucht. Er konnte es nicht riskieren, es ins Gepäck zu stecken. Es sei denn, er ist privat geflogen. Das kann er sich nicht leisten, was bedeutet, dass der königliche Jet ihn abgeholt haben müsste. Mein Cousin Adrian hatte angeboten, uns zur Hochzeit mit dem Jet fliegen zu lassen, doch wir haben aus Stolz abgelehnt.

Sie müssen ihn erwarten. Ich werde Adrian eine SMS schicken. Es ist zwei Uhr nachts in Villroy, aber Adrian ist sicher wach, da er in seinem Casino die Nachtschicht arbeitet. *Mein Vater ist auf dem Weg nach Villroy. Was ist los?*

Keine Antwort. Wahrscheinlich beschäftigt mit Casino-Angelegenheiten.

Sieht mein Vater nicht, dass ich alles habe? Ich bin in einer liebevollen Familie aufgewachsen, besitze mein eigenes Geschäft und habe die Liebe meines Lebens gefunden. Alles hier in Brooklyn. Hier gehöre ich hin. Ich brauche diesen Hochadelsmist nicht. Ich bin noch nie glücklicher gewesen.

In dem Moment, in dem Ariana zurück ins Bett kommt, ziehe ich sie an mich an meine Seite.

Sie legt einen Arm und ein Bein über mich. „Ich kann nicht glauben, dass ich morgen mit meinem Prinzen in einen echten Palast gehe."

Ich schmunzle. „Deinem halb bürgerlichen Prinzen, aber ja."

Sie sieht mich unter ihren Wimpern hervor fast schüchtern an. „Ich wäre wie eine halbe Prinzessin, wenn ich dich heiraten würde."

Ich küsse sie. „Du wirst mich heiraten, und ich werde dich wie eine vollwertige Prinzessin behandeln."

Sie blinzelt ein paarmal und rollt sich dann auf die Seite von mir weg. Ich höre ein Schniefen.

Ich schmiege mich von hinten an sie, lege einen Arm um ihre Taille und blicke über ihre Schulter. „Weinst du?"

„Ja, du Idiot, hör auf, so ein romantischer Traum zu sein."

Ich kann mein Lächeln nicht unterdrücken. „Das hat mir bis heute noch nie jemand vorgeworfen."

Sie schnieft wieder und drückt sich an mich. Mein Körper reagiert wie auf eine Einladung. Ich glaube nicht, dass ich jemals aufhören werde, sie zu wollen. Es ist verrückt, wie ich mich nach ihr sehne.

Ich warte, bis es so aussieht, als hätte sie das Schniefen überwunden, dann küsse ich ihren Hals.

Sie seufzt und neigt ihren Kopf, um mir einen besseren Zugang zu gewähren. Ich nehme das Angebot an, und ihre Haut erwärmt sich unter mir.

Sie hakt ihr Bein wieder über meines und öffnet sich mir. Verdammt, ich liebe diese Frau.

❦

Ich kann nicht fassen, dass ich tatsächlich wieder auf Villroy bin. Ich hätte nicht gedacht, dass ich diesen Ort je wiedersehen würde. Ariana war die ganze Reise außer sich – der Privatjet, die Yacht zur Insel und jetzt der Palasthof. Mein Cousin Adrian hat sich bei mir gemeldet und sich um unsere Anreise gekümmert. Wir haben unsere Buchung für den Linienflug zugunsten des Privatjets gecancelt. Wir sind zwar immer noch abends geflogen, doch es war ein direkter Flug und viel komfortabler. Sowohl Ariana als auch ich haben im Jet geschlafen. Jetzt ist es Morgen auf Villroy, und wir gehen durch den Palasthof zu den großen hölzernen Doppeltüren des Eingangs.

Mein Vater hatte einen ganzen Tag hier, um Chaos anzurichten. Ich habe noch nichts von ihm gehört und nur eine kurze Nachricht von meiner Mutter erhalten, in der sie sagte, sie sei froh, dass wir kommen würden. Sind sie zu sehr mit dem beschäftigt, was sie im Palast tun? Was *tun* sie im Palast? Ich kann mir vorstellen, dass mein Vater eine autoritäre Rede hält, während meine Mutter ihn drängt, auf mich zu warten und mir die Möglichkeit zu geben, für mich selbst zu sprechen. Ich möchte nur nicht, dass er unter der möglichen harten Reaktion der königlichen Familie leidet.

„Du bist wirklich ein Prinz", sagt Ariana zum millionsten Mal. „Schau dir diesen Palast an. Kannst du dir vorstellen, hier zu leben?"

Ich sehe mich um. Der Palast sieht genauso aus, wie man sich einen Palast vorstellt – ein Sandsteinbau mit diversen Türmen und Türmchen. Nicht gerade das überfüllte Reihenhaus in Brooklyn, in dem ich aufgewachsen bin, obwohl wir in einer schönen Gegend gelebt haben.

„Nein", antworte ich auf ihre Frage.

„Es ist so schön hier", seufzt sie. „Oh. Stell dich an den Eingang, damit ich ein Foto von dir machen kann."

„Nein."

Ich gehe weiter durch den Innenhof des Palastes, meine Reisetasche über der Schulter. Meine einzige Sorge ist mein Vater.

Ariana legt einen Arm um meine Schultern und hält mich auf. Dann macht sie ein Selfie von uns mit dem Palast im Hintergrund.

„Mach das nicht noch einmal", knurre ich. „Ich will nicht, dass die Leute von meiner Verbindung nach Villroy erfahren."

„Warum? Ist doch cool."

„Weil meine Familie ins Exil geschickt wurde." Ich hebe ihren Rollenkoffer auf, der umgekippt ist, als sie das Selfie gemacht hat, und gehe weiter, während sie Bilder vom Palast macht. „Ich möchte nicht, dass mein Vater von einem weiteren Skandal geplagt wird."

Sie holt mich ein. „Aber sie haben dich eingeladen herzukommen. Du gehörst dazu, Baby!"

Ich bleibe stehen und kneife die Augen zusammen. „Dir gefällt das alles ein bisschen zu sehr."

„Ich bin sicher, deinem Vater geht's gut. Was sollen sie tun, ihn einsperren, weil er verlangt, was ihm zusteht?"

Unbehagen breitet sich in mir aus. Daran hatte ich nicht gedacht. Villroy ist ein Königreich, was bedeutet, dass Gabriel und Anna das Gesetz sind. Sie haben das letzte Wort und können tun, was sie für richtig halten, vor allem, wenn es um eine Bedrohung für ihre Macht geht.

Ich gehe zu den großen Doppeltüren, wo zwei Palastwächter stehen. „Ich bin Dylan Rourke und das ist meine Verlobte, Ariana Bianchi." Ich höre ein Quietschen hinter mir. Wir haben bereits über das Heiraten gesprochen, also sollte sie nicht vor Überraschung quietschen. „Mein Cousin Gabriel erwartet mich." Ich ziehe meinen Pass heraus, um ihnen meine Identität zu bestätigen, doch sie winken mich bereits durch.

Wir treten in die große Eingangshalle, und Ariana schnappt hörbar nach Luft. „Oh mein Gott, es ist atemberaubend!"

Das habe ich auch gedacht, als ich es das erste Mal gesehen habe. Die zweistöckige Halle aus weißem Marmor mit vergoldeten Spiegeln und Seidentapeten mit goldenen Blättern soll beeindrucken. Doch wir sind hier, um uns um eine wichtige Angelegenheit zu kümmern – meinen Vater vor dem Kerker zu bewahren.

Ein Diener in einem dunklen Anzug nähert sich. „Ich bin Nolan, der Butler hier im Amalienpalast. Willkommen, Sir, Madam. William wird Ihr Gepäck nehmen. Ihr Zimmer ist bereit. "

Ein anderer Mann in den Fünfzigern mit einem ordentlichen Scheitel kommt auf uns zu.

„Danke, Nolan", sagt Ariana. „Was für ein wunderschöner Palast das hier ist."

„Danke, Ma'am."

„Ich muss meinen Vater sehen", sage ich. „Können Sie mich zu ihm bringen? Er ist Daniel Rourke, der ehemalige Kronprinz."

„Ja, natürlich wissen wir, wer er ist. Mein Vater hat ihm gedient."

„Mein Vater auch", sagt William stolz. „Ich kannte Daniel, als wir beide Jungen waren. Er war so pflichtbewusst, immer ein Ausbund des Anstands und der Würde." Er hustet und sein Blick wandert zur Seite. „Bis er auf einen anderen Weg gelockt wurde." Er meint meine Mutter.

Ich beiße die Zähne zusammen. „Er ist nicht gelockt worden. Er hat eine Wahl getroffen. Sagen Sie mir jetzt bitte, wo er ist."

„Sir, da möchten Sie nicht hin", sagt Nolan. „Darf ich vorschlagen, dass Sie sich später zum Mittagessen treffen?"

„Ich versichere Ihnen, dass ich sehr wohl dort hinwill", sage ich durch meine Zähne. „Jetzt sofort."

Nolan und William tauschen besorgte Blicke aus.

„Haben sie ihn eingesperrt?", frage ich. „Sagen Sie es mir, bevor ich den Palast zerlege."

„Dylan, beruhige dich", sagt Ariana und drückt meinen Arm. „Ich habe vorhin Spaß gemacht, als ich vom Kerker gesprochen habe. Es ist nicht so, als hätten sie hier einen."

William räuspert sich. „Doch, Ma'am, wir haben einen."

„Bringen Sie mich jetzt zu meinem Vater!", poltere ich.

„Ja!", mischt Ariana sich ein. „Wir sind nicht den ganzen weiten Weg gekommen, um uns von ihm fernhalten zu lassen."

Ich werfe ihr einen kurzen anerkennenden Blick zu, dann starre ich die beiden Diener an. Nolan spitzt die Lippen. William tritt einen Schritt zurück und murmelt: „Ich werde mich um Ihr Gepäck kümmern."

„Wie Sie wünschen, Sir", sagt Nolan. „Doch ich habe sie gewarnt."

13

Dylan

Ich schlucke schwer. „Bringen Sie mich einfach zu ihm."

Ariana sieht mich besorgt an, als wir Nolan einen langen Flur entlang und mehrere Treppen hinauf folgen. Noch ein paar Biegungen und Abzweigungen, und wir kommen zu einer geschlossenen Tür. Zumindest ist es nicht der Kerker. Der wäre unter dem Palast, nicht oben.

Er klopft an. Ein ohrenbetäubend hoher Schrei dringt in den Flur, als würde jemand ermordet.

Nolan zuckt zusammen und dreht sich zu uns um. „Ich glaube nicht, dass er mich gehört hat, Sir." Er öffnet die Tür und tritt zurück.

Ich starre einen Moment geschockt und versuche mir darüber klarzuwerden, was genau hier vor sich geht. Mein Vater liegt flach auf dem Rücken auf dem Boden, sein Haar zerzaust. Irgendetwas in Jeans rollt von ihm herunter. Ein Kleinkind mit wilden dunklen Locken springt auf die Füße. Es ist barfuß, trägt einen Jeansoverall und ein gelbes gepunktetes T-Shirt.

Das Mädchen hebt ein kleines Plastikschwert vom Boden auf und schwenkt es durch die Luft. „Opa ist tot!"

Opa? Mein Vater spielt einen kurzen Todeskampf und bleibt still liegen.

Ich sehe mich im Chaos des Zimmers um. Es ist ein Kinderzimmer mit gelb-weiß gestreiften Wänden, einem kleinen Tisch mit umgestürzten Kinderstühlen und Spielzeug, Klamotten und Stofftieren am Boden.

„Dad?" Er trägt einen lila Umhang.

Mein Vater schlägt die Augen auf und setzt sich abrupt auf. „Dylan! Du bist hier!"

„Was machst du da?"

Er dreht sich zu dem kleinen Mädchen um. „Mit diesem kleinen Energiebündel spielen. Mila, das ist dein Onkel Dylan."

Mila steckt ihren Daumen in den Mund und starrt mich mit großen braunen Augen an, das Schwert immer noch in ihrer kleinen Hand.

„Hey, kleine Lady, cooles Schwert", sage ich.

Sie versteckt es hinter ihrem Rücken, als wollte ich es ihr abnehmen, und lutscht weiter an ihrem Daumen.

Ariana geht vor ihr in die Hocke. „Hallo Mila. Ich bin Ariana."

Mila zieht ihren Daumen aus dem Mund. „Hallo."

„Hi", sagt Ariana.

„Hi!", wiederholt Mila mit einem Lächeln.

Ich biete meinem Vater eine Hand an, um ihm vom Boden aufzuhelfen, doch er lehnt ab und steht alleine auf. Er richtet nicht einmal seine unordentlichen Haare, dabei ist er immer sehr stolz auf sein gepflegtes Aussehen. Ich wehre mich gegen den Impuls, seine Haare glattzustreichen.

„Was ist los?", frage ich.

Mein Vater strahlt. „Sie hat beschlossen, dass ich ihr Opa bin."

Mila lässt ihr Schwert fallen, stürzt sich auf sein Bein und umarmt es. Er zerzaust ihre Haare und lächelte sie an. „Sie hat mich gesehen, und da mein Bruder nicht mehr da ist, bin ich ihr Ehrengroßvater. Kinder brauchen einen starken männlichen Einfluss in ihrem Leben."

Ich nehme an, ihr Vater, der König, könnte ein Einfluss sein, und all ihre königlichen Onkels ebenfalls, aber ich konzentriere mich auf das Wichtigere: Was zum Teufel hat er vor? „Können wir im Flur reden?"

Mein Vater macht einen Schritt in Richtung Flur und schleift Mila an seinem Bein mit sich.

„Allein", sage ich.

„Sie hängt an mir", sagt er, schält sie von seinem Bein und setzt sie auf seine Schultern. Sie legt ihre Arme um seinen Kopf, und er verschiebt ihre Hände so, dass er sehen kann.

Ich wende mich Ariana zu. „Kannst du mit ihr spielen?"

Sie nickt. „Mila, ich denke, dein Hund und dein Bär wollen eine Teeparty haben. Weißt du, wo ich Teetassen finde?"

Mein Vater setzt Mila ab und zeigt auf einen Haufen Spielzeug in der Ecke.

Ariana geht hinüber und hält einen puppengroßen Schuh hoch. „Ist das eine Teetasse?"

Mila kichert und schüttelt den Kopf.

Ariana hält einen hölzernen Hubschrauber hoch. „Ist das eine Teetasse?"

„Nein!", lacht Mila und rennt zu Ariana, um eine Teetasse aus dem Haufen zu ziehen.

„Ich sollte mich beeilen, bevor sie bemerkt, dass ich weg bin", flüstert mein Vater und eilt zur Tür hinaus.

Ich folge ihm und ziehe die Tür leise hinter uns zu. Er bedeutet mir zu folgen, und wir gehen nach unten durch eine raumhohe Doppeltür in ein großes Zimmer. Er nimmt auf einem beigefarbenen Sofa Platz, und ich setze mich zu ihm.

„Das ist die Suite von Mila und ihren Eltern", sagt er. „Sie schläft in einem Kinderbett bei ihnen im Schlafzimmer." Er deutet auf eine Tür am anderen Ende des Raumes.

Ich sehe mich um. Die Suite des Königs und der Königin ist nicht so förmlich, wie ich es mir vorgestellt habe. Wir sitzen im Wohnzimmer gegenüber einem Kamin, über dem ein Fernseher montiert ist. Es gibt einen runden Mahagonitisch mit gepolsterten Stühlen auf der anderen Seite des Zimmers, vor einem großen Fenster mit Blick auf das Meer. „Wo sind Gabriel und Anna?"

„Bei der Eröffnungszeremonie für eine Erweiterung der

Klinik. Jetzt, da es dem Königreich finanziell besser geht, bauen sie die Infrastruktur aus."

Ich stütze meine Ellbogen auf meine Knie. „Okay, was ist deine Rolle bei all dem?"

„Ich genieße es, Großvater zu sein."

Ich richte mich auf und ringe um Geduld. „Warum hast du heimlich geplant, mit Krone und Zepter hierher zu fliegen?"

„Ah. Also hat deine Mutter dir von diesem Teil erzählt."

„Sie hat es Ariana erzählt, die es mir erzählt hat. Kannst du mir bitte sagen, was hier vor sich geht?"

„Ich habe sie zurückgebracht", sagt er. „Sie gehören hierher."

„Und hast du etwas dafür verlangt?"

„Nun, deine Mutter hat ihr Bestes getan, mich dazu zu bringen, auf dich zu warten, aber ich habe Jahre darauf gewartet zu fordern, was mir rechtmäßig gehört."

Ich unterdrücke ein Stöhnen. „Du konntest nicht noch einen Tag warten?"

„Dies war meine Pflicht gegenüber meinen Söhnen und nicht deine Verantwortung."

Warum habe ich jemals gedacht, ich könnte ihn beeinflussen? Warum meine Mutter? Er ist schon immer stur und zielstrebig gewesen. Auf der anderen Seite scheint es ihm nicht schlecht zu gehen. Ist es möglich, dass seine Forderungen erfüllt wurden?

„Was genau hast du verlangt?"

„Ich habe Gabriel und Anna gebeten, einen Beitrag zum Start von Rourke Management zu leisten, als Entschädigung für das, was unserer Familie verweigert worden ist."

Ich lehne mich auf dem Sofa zurück und schließe für einen Moment die Augen. Ich möchte wirklich keine Almosen von meinen Verwandten. Auf der anderen Seite wurde meinem Vater sein Recht verweigert. „Was haben sie gesagt?"

„Ich werde dir erst sagen, was ich gesagt habe. Ich habe ihnen mit all der gerechten Empörung, die seit Jahren in meiner Brust brennt, gesagt, dass ich der Krone meine Kindheit geopfert habe. Meine Eltern haben mich sehr streng erzogen, um meine Pflicht zu erfüllen, und als ich dann die eine Frau heiraten wollte, die ich liebte, haben sie mich abgeschnitten. Ohne Unterstützung ins Exil gejagt. Sie haben alles beschlagnahmt, was mir gehörte, einiges davon von erheblichem Wert. Ich bin nur mit den Kleidern, die ich am Leib trug, gegangen." Er macht eine Pause und scheint für einen Moment in Erinnerungen versunken zu sein, bevor er sich wieder auf mich konzentriert. „Gabriel hat gesagt, dass das eine Farce sei und er meine Position verstehe, doch es sei ihre Pflicht, ihre Gewinne zurück in das Königreich zu leiten. Sie kommen hier gerade wieder auf die Beine."

Er atmet scharf aus und fährt fort. „Die Verpflichtung gegenüber dem Königreich wurde von Geburt an in mich eingebläut, daher war es wahrscheinlich die einzige Antwort, auf die hin ich nicht explodieren konnte." Er lächelt ein wenig und scheint stolz zu sein, dass er sich ein bisschen moderner ausgedrückt hat. Gut, dass er es geschafft hat, sich zurückzuhalten. „Trotzdem war ich nicht bereit aufzugeben. Ich habe ihnen von euren Plänen erzählt, Wohnquartiere zu bauen und der Gemeinde mit Parks und Spielplätzen als Teil der Entwicklung etwas zurückzugeben. Anna hat angeboten, über ihre gemeinnützige Stiftung für die Parks und Spielplätze zu spenden. Ich habe natürlich ja gesagt, weil es eine Hilfe ist, aber glücklich war ich trotzdem nicht. Mir ist mein Platz im Königreich verweigert worden!"

Er wirft mir einen Seitenblick zu. „Dann bin ich explodiert und habe die beiden angebrüllt. Anna sagte daraufhin, dass sie vielleicht helfen könne. Ich wusste nicht, was sie vorhatte. Gabriel auch nicht. Dann hat sie Mila zu mir gebracht und mich als ihren Großvater vorgestellt." Tränen steigen in seine Augen. „Verstehst du, das Mädchen hat auf keiner Seite einen Großvater. Nur mich. Anna hatte nur ihren Pflegevater, der auch schon verstorben ist. Anna sagt, Milas Großvater zu sein, gebe mir einen neuen Platz im Königreich und die Chance, ihre Kindheit zu erleben. Sie versuchen, sie so normal wie möglich zu erziehen, obwohl sie eines Tages den Thron von Villroy besteigen wird. Ihre Ausbildung fängt erst mit sechzehn an. Die Zeiten für Villroy haben sich zum Besseren gewandt."

Ich lasse das für einen Moment auf mich wirken. „Heißt das, du bleibst hier?"

„Nein. Ich habe mir in Brooklyn ein gutes Leben aufgebaut, doch ich werde ein häufiger Besucher sein. Ich habe immer noch vor, Makler zu werden."

„Also hast du eine Enkelin gewonnen."

Er lächelt und wedelt mit der Seite seines Samtumhangs. „Ja. Ich genieße das. Ich habe auch mit dir und deinen Brüdern gespielt, aber damals habe ich auch hart gearbeitet, und es gab immer jemanden, dessen Windel gewechselt oder der gefüttert oder beruhigt werden musste. Und ich musste sicher sein, dass sich deine Mutter nicht übernimmt. Sie war ja mit einem nach dem anderen schwanger und hat sich um euch Jungs gekümmert."

„Ich habe mir Sorgen gemacht. Ich habe von keinem von euch gehört."

Er stößt mit seiner Schulter gegen meine. „Mach dir keine Sorgen um mich. Ich lande immer auf den Füßen. Ich wollte nicht, dass ich von etwas so Wichtigem durch mein Handy abgelenkt werde, darum habe ich es ausgeschaltet. Deine Mutter war zu beschäftigt damit, mich zurückzuhalten, um Zeit mit ihrem Handy zu verbringen. Sie hat gesagt, sie habe dir eine SMS geschickt, und bestätigt, dass du hierher unterwegs seist. Nachdem ich mir eine Beziehung zu Mila aufgebaut habe, ist deine Mutter für einen Tag mit meiner Schwägerin, Königinmutter Alexandra, ins Spa verschwunden. Sie verstehen sich blendend."

„Also musste ich wohl überhaupt nicht hierher fliegen."

„Nein. Das war die Sorge deiner Mutter um mich, die dich hierher gebracht hat – gut gemeint, aber fehlgeleitet." Er drückt meine Schulter. „Ich bin froh, dass du hier bist. Wir werden heute Abend alle gemeinsam zu Abend essen. Es ist gut für Cousins, eine Beziehung zu haben. Wir sind schließlich eine Familie."

Ich kratze meinen Stoppelbart. Ich sage nicht, dass ich mich nicht für ihn freue, doch ich habe bereits eine Familie.

Und jetzt, da er die Krone und das Zepter zurückgegeben hat, habe ich kein Vermögen, auf das ich zurückgreifen könnte, um Rourke Management voranzubringen. Ich hasse den Gedanken, mit Schulden anzufangen, aber entweder das, oder ich bleibe beim Bauen.

Ich muss mit Ariana sprechen.

Ariana

„Mila ist so bezaubernd", sage ich zu Dylan.

Er liegt angezogen mit einem Arm über den Augen auf dem Bett. „Ich weiß. Sie hat das Herz meines Vaters gestohlen."

Ich trage meinen Lippenstift vor dem Kosmetikspiegel auf. „Also, wie lautet der Plan? Jetzt, da du weißt, dass es deinem Vater gut geht, fliegen wir morgen zurück?"

„Sean übernimmt ein paar Tage für mich. Ich wusste nicht, wie lange ich hier gebraucht werde. Wir können bis zum Wochenende bleiben, wenn du magst."

„Oh, ich mag. Hoch mit dir. Wir haben ein Abendessen im Speisesaal. Ich denke, es wird schick mit dem König und der Königin. Wie sehe ich aus?"

Er nimmt seinen Arm von seinen Augen und starrt mich mit offener Bewunderung an. „Umwerfend. Ich wusste nicht, dass du ein Kleid mitgebracht hast."

Ich trage mein kleines Schwarzes. „Natürlich. Wenn man in einen königlichen Palast eingeladen wird, muss man etwas Schönes für diesen Anlass mitbringen."

Er rollt sich aus dem Bett und geht auf mich zu. „Wann müssen wir unten sein?"

Ich mache einen Schritt zurück, doch er ist schneller. Sein Arm schlingt sich um meine Taille, und er zieht mich bündig an sich. „Nicht lange genug dafür." Meine Stimme klingt atemlos. Es ist schwer, der Hitze seines harten Körpers zu widerstehen, wenn er sich gegen meinen presst. „Du musst dir auch was Schönes anziehen."

Seine Hand gleitet zum Saum meines Kleides, schiebt ihn

hoch und streichelt gleichzeitig mein Bein. „Das ist so schön. Hemd und Hose. Keine Krawatte. Ich hasse diese Dinger."

Ich schiebe seine Hand nach unten, wo sie jetzt auf meiner Hüfte ruht, und seine Finger spielen mit der Seite meines Höschens. „Ich kann nicht zum Abendessen auftauchen und aussehen, als hätten wir gerade Sex gehabt."

Er streicht über mein Schlüsselbein und wandert tiefer, um meine Brust zu streicheln. Meine Nippel erigieren sich sofort. „Ariana, du weißt, wir müssen das Babymachen üben."

Ich stöhne, als seine Daumen über meine Brustwarzen streichen. „Wir müssen das nicht mehr üben."

Seine Augen leuchten. „Lass mich einfach was an dir ausprobieren."

Mein Atem stockt. Er benutzt dieselben Worte wie beim ersten Mal, als wir miteinander geschlafen haben, als er mich umgehauen und für alle anderen Männer ruiniert hat.

Er grinst diabolisch, packt mich an der Taille und hebt mich direkt vom Boden hoch. Ich schreie überrascht auf, obwohl sein Blick mich hätte warnen sollen. Er trägt mich zum Bett, setzt mich auf die Seite und versetzt mir einen kleinen Stoß. Ich lande auf dem Rücken auf der weichen Matratze. Dann schiebt er mein Kleid bis zu meiner Taille hoch und zieht mich an der Hüfte an den Rand der Matratze. Einen Moment später fällt mein Höschen.

„Spreiz deine Beine für mich, Baby", sagt er und kniet dazwischen nieder.

Ich lächle. Er manövriert meinen Körper, befiehlt, verlangt. Doch es gibt immer diesen Moment – einen bestimmten Ton, der mir sagt, dass er mich bittet, ihm auf halbem Weg entgegenzukommen.

Ich spreize meine Beine, und er belohnt mich mit einem gegrunzten Lob, bevor sein hungriger Mund mich verzehrt.

„Sehe ich so aus, als hättest du mich gerade auf jede erdenkliche Art gefickt?", frage ich ihn.

Er grinst.

Ich blicke in den Spiegel und richte mich wieder her, Make-up, Haare und alles, doch ich komme nicht über die Röte meiner Wangen und meine geschwollenen Lippen hinweg. Wer hätte gedacht, dass multiple Orgasmen besser sind als Make-up? Trotzdem ist es zu offensichtlich. Ich bin einfach zu rosig, sogar mein Hals und meine Brust.

Ich schließe die Augen und denke kühlende Gedanken. Seine Arme legen sich von hinten um mich. „Mach dir keine Sorgen. Niemand kann die Bissspuren sehen."

„Du hilfst mir nicht gerade beim Abkühlen. Ich glaube, ich gehe einen Moment nach draußen."

Er schmiegt sich an meinen Hals. „An ein paar Stellen ist deine Haut von meinem Bart gereizt. Wahrscheinlich am schlimmsten an der Seite."

Ich renne zum Spiegel und pudere nochmal darüber. „Das ist das letzte Mal, dass ich mich von dir vor einem großen Ereignis nackt machen lasse."

„Bist du dir sicher?" Er flüstert mir ins Ohr, tritt hinter mich und streichelt meine Brüste, bis meine Brustwarzen wieder hart sind und schmerzen. Ich sollte ihn wegstoßen, doch mein Körper wird weich und schmiegt sich an ihn.

„Dylan, bitte."

Er lässt mich mit einem Klaps auf meinen Po los. Diesmal quietsche ich nicht.

Ich starre auf meine erigierten Nippel. „Ich brauche einen Schal."

Ich nehme einen schwarzen gehäkelten Schal aus meinem Koffer und drapiere ihn über mich, um alle Bartbrände, Bissspuren und erigierten Brustwarzen zu bedecken. Ich stoße einen Finger in seine Brust. „Nicht anfassen."

Er lächelt mich langsam an, sein Haar ist zerzaust, sein dunkler Stoppelbart gibt ihm eine gefährliche Note. Er ist so ein wunderschöner Mann. „Kann nicht anders, wenn du so sexy aussiehst."

Meine Wimpern flattern nach unten. „Danke."

Er nimmt meine Hand und führt mich aus dem Raum.

„Wenn wir wieder zu Hause sind, besorge ich dir einen Ring, damit es offiziell wird."

Ich halte im Flur an, neige meinen Kopf und starre ihn an. „Machst du mir gerade einen Heiratsantrag?"

„Nein. Das ist nur, damit du weißt, was Sache ist. Ich werde den Ring besorgen, wenn wir wieder zu Hause sind."

„Also erzählst du mir nur, was passieren wird."

„Ja. Ich halte dich auf dem Laufenden."

„Wow."

„Ja." Er drückt meine Hand. Scheinbar entgeht ihm mein Sarkasmus vollkommen.

„Manchmal bist du nicht sehr romantisch."

Seine Brauen schießen hoch. „Was meinst du? Habe ich bei unserem ersten Date zugestimmt oder nicht, dass ich cool damit bin, unter bestimmten Bedingungen der Vater deines Babys zu werden?"

„Das hast du", nicke ich.

„Habe ich langsam mit dir getanzt?"

„Ja."

„Habe ich auf deine Bitte hin Intimitäten mit dir ausgetauscht?"

Ich kichere. „Ja, aber dann hast du mich nackt gemacht."

„Du hast mich gebeten, dir zu helfen." Seine Stimme erhebt sich zu einem Falsett. „Bitte, Dylan, mach's mir. Es ist so lange her. Ich brauche dich!"

„Schh." Ich lege meine Hand auf seinen Mund.

Er schiebt meine Hand weg, zieht mich an sich und küsst mich atemlos.

Lange Momente später nimmt er mein Gesicht in seine großen Hände, seine Augen sind auf meine gerichtet. „Ich liebe dich. Heirate mich. Sei mein und nur mein, bis dass der Tod uns scheidet."

Mein Herz donnert in meiner Brust. Ich bin einen Moment lang sprachlos. Es ist das Romantischste, was ich je gehört habe, und das von dem Mann, der mich vor wenigen Augenblicken beiläufig darüber informiert hat, dass ich ihn heiraten werde.

„Ja!", kreische ich. „Ja, das werde ich. Für mein Leben gerne."

Er lächelt gegen meinen Mund, bevor er mich küsst. „Du bekommst den Ring, wenn wir nach Hause kommen. Wie ich dir schon gesagt habe."

Ich lache. Seine Absicht war da, die Emotionen waren da, und er hat die Worte gefunden, die ich hören musste. „Oh, Dylan. Ich fange an zu sehen, dass du alles mitbringst. Ich fange an, dich zu verstehen."

„Ich bin gar nicht *so* kompliziert." Er nimmt meine Hand, und wir gehen den Flur entlang. „Was für einen Ring willst du?"

„Ich will nicht, dass du viel ausgibst. Mein Ex hat ein Vermögen ausgegeben …" Ich verstumme. Ich habe diesen Verlobungsring immer noch. Zehn Karat und mindestens eine Million Dollar wert.

„Ja, wir haben alle von deinem reichen Ehemann gehört."

„Seine Familie war reich. Sie haben uns das Haus geschenkt, damit er mehr für meinen Ring ausgeben konnte. Es war so eine Statussache." Ich bleibe stehen. „Dylan, ich habe den Ring noch. Ich kann ihn verkaufen und in Immobilien für Rourke Management investieren. Damit fängst du an." Ich hüpfe aufgeregt auf und ab. „Ich hatte vor, das Geld für die Samenbank zu verwenden und eine Wohnung zu kaufen, aber jetzt bist du mein Sperma, und du hast eine Wohnung."

„Ich bin dein Sperma", wiederholt er und scheint die fabelhafte Idee gar nicht zu hören.

„Du bist meine Liebe, der Vater meines Babys, mein Mann, mein Partner, mein Freund, mein Alles!" Ich schlinge meine Arme um seinen Hals und küsse ihn.

Er hebt den Kopf. „Bist du sicher, dass du dein Geld für mich verwenden willst?"

„Für uns."

Er umarmt mich. „Danke, Ariana. Du bist alles, was ich jemals wollte. Du bist mein." Er streicht meine Haare über meine Schulter, und seine Finger gleiten über meine Haut. „Weißt du, was ich meine, wenn ich sage, dass du mein bist?"

„Ja. Wir sind einander ergeben. Treu."

„Ja, und du bist meine Verantwortung. Ich werde auf dich aufpassen, dich beschützen, dich lieben. Alles, was du willst, werde ich geben, denn alles, was ich will, ist, dass du glücklich bist."

Tränen laufen über meine Wangen, und er wischt sie mit den Daumen weg. „Du bist wirklich ein Prinz. Und ich bin die glücklichste Frau der Welt."

Er küsst mich zärtlich. „Was hältst du davon, das Abendessen zu überspringen? Ich weiß, dass da ein Geschenk für dich in unserem Zimmer wartet." Seine Augen funkeln verschmitzt, und ich weiß genau, was er will.

Ich lächle. „Ist das Geschenk fünfzehn Zentimeter lang?"

Er schmunzelt. „Ich würde sagen, gute zwanzig."

Ich schüttle lachend den Kopf. „Abendessen."

14

Ariana

Als wir im Speisesaal ankommen, sitzt die königliche Familie bereits mit Getränken am Tisch. „Tut mir leid, dass wir spät dran sind", sage ich und mache einen Knicks. Ich habe gehört, dass man das tut, wenn man König und Königin gegenüber steht. Ich weiß, wie sie aussehen. Ich war einer dieser Fans, die ihre Hochzeit im Fernsehen angesehen haben, doch es ist vollkommen anders, sie persönlich zu treffen.

Am Ende eines langen, glänzenden Tisches begegne ich dem Blick von König Gabriel. Er ist glatt rasiert, sein dichtes dunkelbraunes Haar ist ordentlich geschnitten, und er trägt ein anthrazitfarbenes Jackett über einem weißen Hemd, das am Kragen offen ist. Seine scharfen Wangenknochen, die gerade Nase und der kantige Kiefer ähneln Dylans Zügen so sehr, als wären sie aus derselben Gussform. Ihre Verwandtschaft ist offensichtlich.

„Ihr seid nicht zu spät", versichert mir König Gabriel. „Wir haben Mila gefüttert, bevor sie zu sehr von unseren Gästen abgelenkt wird. Bisher hatten wir nur Drinks."

„Drinks!", ruft Mila von ihrem Hochstuhl neben König Gabriel aus. Sie schlägt ihren Plastikbecher auf das Tablett, bevor sie einen Schluck daraus trinkt.

„Bitte nicht so doll", sagt Gabriel streng.

Sie lächelt ihrem Vater zu, und Wasser tropft von den Seiten ihres Mundes. Er nimmt eine Stoffserviette und tupft sie trocken.

„So schön, dich wiederzusehen, Dylan", sagt Königin Anna. „Und schön, auch dich kennenzulernen." Sie lächelt mich von ihrem Platz aus neben Gabriel an. Ihr dunkelbraunes Haar ist lang und lockig und umrahmt ein herzförmiges Gesicht mit funkelnden braunen Augen und perfekter Haut. Ich kann sehen, woher ihre Tochter ihren Teint hat.

„Freut mich auch sehr. Ich bin Ariana."

„Meine Verlobte", sagt Dylan, legt eine Hand auf meinen Rücken und führt mich direkt zum Kopf des Tisches.

Ich kann mein Lächeln nicht unterdrücken. „Ja. Es ist einfach passiert. Er hat mir einen Antrag gemacht."

Gabriel und Anna gratulieren uns. Gabriel schüttelt Dylans Hand und klopft ihm auf den Rücken. Anna umarmt mich sogar. Die Königin von Villroy umarmt mich! Und wir haben uns gerade erst kennengelernt!

„Setz dich und erzähl mir, wie er dir den Antrag gemacht hat", sagt Anna und lädt mich ein, mich neben sie zu setzen. „Ist er auf ein Knie gegangen?"

„Es war auf dem Flur auf dem Weg hierher", sage ich begeistert. „Kein gebeugtes Knie, aber das ist okay."

„Oh", sagt sie und sieht Dylan an, der auf meiner anderen Seite sitzt.

„Es war so romantisch", versichere ich ihr. „Er sagt, alles, was ihn interessiert, ist mein Glück."

Dylan nimmt meine Hand und drückt sie. Ich sehe ihn mit einem Lächeln an, bevor ich mich wieder Anna zuwende.

„Ooh, lass mich den Ring sehen!", ruft sie und deutet auf meine Hand.

„Noch kein Ring", sagt Dylan. „Ich besorge einen, wenn wir wieder zu Hause sind."

„Klingt, als war das sehr spontan", sagt Gabriel. „Glückwunsch. Und zur Feier des Tages: Champagner." Er winkt einem wartenden Diener zu, der nickt und den Raum verlässt.

„Hier kommt das Kitzelmonster!", dröhnt eine Stimme.

Wir alle drehen uns um und sehen Mr Rourke mit seinen Händen über dem Kopf wackeln. Er sieht alles andere als furchteinflößend und ehrlich gesagt eher zum Lachen aus, als er große Monsterschritte in den Raum macht.

Mila stößt einen Freudenschrei aus. „Opa!" Sie hebt die Arme und hüpft auf ihrem Sitz herum.

Mrs Rourke folgt ihm mit normalen Schritten. „Hallo, alle miteinander!" Sie beugt sich vor, um Dylans Wange zu küssen, dann wendet sie sich mir zu und küsst auch meine Wange. „Freut mich, euch beide hier zu sehen."

„Freut mich auch, Sie zu sehen, Mrs Rourke", sage ich.

„Bitte nenn mich Tara."

„Okay, Tara", sage ich und probiere es aus.

Sie lächelt. „Mein Mann heißt Daniel, aber er ist ein bisschen förmlicher. Warte, bis er es selbst vorschlägt."

Mila quietscht, als sie von ihrem Vater von ihrem Hochstuhl befreit und in Mr Rourkes Arme gehoben wird. Sie klatscht mit beiden Händen auf seine Wangen und starrt ihm in die Augen.

„Boo", sagt er.

„Boo!", kreischt sie in sein Gesicht.

„Mila! Zimmerlautstärke!", mahnt Anna.

„Boo", flüstert Mila. „Boo, Boo, Boo. Gut, Mami?"

„Gut", sagt Anna. „Wir wollen nicht, dass Opa von deinem Geschrei schwerhörig wird."

Mila blickt Mr Rourke ins Ohr. Er lacht.

Ein paar Minuten später sitzen alle, und Mila macht es sich auf Mr Rourkes Schoß bequem.

Der Diener kommt mit einem Tablett voller Champagnergläser zurück.

„Oh, ich liebe Champagner", sagt Tara. „Was ist der Anlass?"

„Ariana und ich sind verlobt", sagt Dylan. „Ich habe nicht —"

„Ahh!", ruft Tara und wirft ihre Arme von der anderen Seite des Tisches auf uns zu. „Wann ist das denn passiert? Ich freue mich für euch!"

Ich gehe um den Tisch herum, um sie zu umarmen, da

ihre Arme immer noch ausgestreckt sind. Mr Rourke tätschelt meinen Arm und gratuliert uns auch.

„Weiß es deine Mutter schon?", fragt sie mich.

„Es ist buchstäblich gerade passiert, bevor wir zum Essen gekommen sind. Im Flur auf dem Weg hierher. Ich werde sie nach dem Abendessen informieren. Zuerst hat er mir nur gesagt, dass wir heiraten werden." Ich werfe Dylan einen Seitenblick zu. „Dann hat er es mit einem echten Antrag romantisch gemacht."

Dylan lächelt nur, als er zu uns um den Tisch herum kommt.

Mr Rourke grinst. „Ich habe Tara bei unserem ersten Date gesagt, dass ich sie heiraten werde."

„Das hat er!", nickt Tara. „Ich habe ihn für verrückt gehalten! Er sollte eine Prinzessin heiraten, die er nie persönlich getroffen hatte. Es war alles arrangiert."

„Ich wusste, dass du für mich bestimmt warst, als ich dich gesehen habe", sagt Mr Rourke zärtlich. „Sie war mein."

„Mein!", ruft Mila.

Tara strahlt. „Ich wusste, dass er der Mann war, auf den ich immer gehofft hatte, aber ich wollte nicht zwischen ihn und sein Schicksal geraten. Dann hat er mir gesagt, ich sei sein Schicksal." Tränen steigen in ihre Augen, als sie ihn für einen langen Moment ansieht, bevor sie sich wieder zu uns umdreht. „Es ist alles gut ausgegangen. Ich bin so froh, dass ich ein bisschen Zeit mit Prinzessin Alexandra verbringen durfte. Sie musste stattdessen Daniels Bruder heiraten und hat mir gesagt, wie glücklich sie miteinander waren."

„Meine Eltern standen sich sehr nahe", sagt Gabriel.

„Ein Toast auf die wahre Liebe!", ruft Anna und hebt ihr Champagnerglas.

Dylan und ich gehen zurück zu unseren Plätzen, um auch unsere Gläser zu heben. Sobald alle ihre Gläser in der Hand halten, sagt Mr Rourke: „Auf die wahre Liebe und auf die Familie."

Alle prosten den anderen zu und trinken. Mila hält ihren Becher hoch, und wir alle stoßen mit ihr an, bevor sie auch an ihrem Getränk nippt.

Das Abendessen ist köstlich, und ich verbringe den größten Teil damit, mit Anna zu plaudern. Sie ist Amerikanerin und will Mila ihre Heimat zeigen, sobald sie alt genug ist, um sie zu verstehen. Ich erzähle ihr alles über die Gegend von San Francisco, in der sie noch nie war, und Dinge, die man mit Kindern in New York unternehmen kann. Der Bronx Zoo ist ein Muss. Als zum Dessert ein Schokoladenkuchen serviert wird, fühle ich mich, als wären Anna und ich alte Freundinnen, und ich spreche mit ihr über meine Zukunftspläne mit Dylan und wie froh ich bin, dass mein alter Verlobungsring dazu beitragen kann, unsere Zukunft zu beginnen.

„Das ist wie schönes Karma", sagt sie. „Was einst eine traurige Erinnerung an ein Ende war, wird zu einem freudigen Neuanfang."

„Genau!"

„Anna", sagt Gabriel und neigt seinen Kopf zu Mila, die eine Haarsträhne um ihren Finger zwirbelt und sich an Mr Rourkes Schulter lehnt.

Anna nickt und dreht sich zu mir um. „Haarezwirbeln bedeutet, dass es Zeit fürs Bett ist. Ich werde Mila baden und ins Bett bringen. Es war so schön, mit dir zu reden. Bitte bleib in Kontakt."

„Das werde ich. Oh! Ihr müsst zu unserer Hochzeit kommen! Wäre es nicht schön für die Villroy Rourkes, die amerikanischen Rourkes in Brooklyn zu besuchen?"

„Das würde mir gefallen!" Sie dreht sich zu Gabriel um, der lächelt und nickt. Sie wendet sich wieder mir zu. „Wir werden da sein."

Ich sehe Dylan an und werde mir ein wenig verspätet bewusst, dass ich ihn vielleicht hätte fragen sollten, da er erst kürzlich wieder mit dieser Seite seiner Familie in Kontakt getreten ist.

„Geht klar", sagt er. „Erwarte nur keinen großen Ballsaal. Alles ganz entspannt."

„Nein, keine Palasthochzeit", sage ich mit einem Lachen.

„Ihr könnt hier heiraten, wenn ihr das möchtet", sagt Anna. „Wir haben eine Kapelle."

Wie eine echte Prinzessin! Ich drehe mich zu Dylan um, um zu sehen, was er von der Idee hält.

Er beugt sich vor. „Du möchtest gern wie eine Prinzessin heiraten, oder?"

Ich nicke begeistert. Es ist fast zu viel, als dass ich darauf zu hoffen wage. Ich, meinen Prinzen in der Palastkapelle zu heiraten? Ich habe davon geträumt, als ich Gabriels und Annas Hochzeit im Fernsehen angesehen habe. Die Kapelle ist spektakulär mit einem langen Läufer aus rotem Samt, der goldenen Orgel, Marmorstatuen und handgeschnitzten Kirchenbänken. Meine Mutter wäre außer sich.

„Danke", sagt Dylan. „Das würden wir gerne."

Ich quietsche und werfe meine Arme um ihn. Dann umarme ich Anna. „Ich bin so aufgeregt!"

Sie lacht. „Ich auch! Wir werden eine offizielle Ankündigung machen, dass Prinz Dylan hier in der Kapelle seiner Familie heiraten wird. Das Medieninteresse dürfte für alle gut sein. Wir werden jede Menge Aufmerksamkeit für Villroy und unsere Geschäftsaktivitäten bekommen, und ihr bekommt damit gute Presse für euer Unternehmen. Ich glaube nicht, dass es einen Grund gibt, die Welt nicht wissen zu lassen, dass ihr zur Familie gehört, nachdem sich alle versöhnt haben, oder?"

„Einverstanden", sage ich. „Jeder sollte die königlichen Rourkes aus Brooklyn kennen."

„Dad?", fragt Dylan. „Bist du damit einverstanden?"

Er lächelt. „Absolut."

Anna steht auf, geht zu ihrer Tochter und hebt sie hoch. Mila fängt sofort an, Annas Haare zu zwirbeln. „Und ich liebe die Idee, die du hattest, im Rahmen der Projektentwicklung Parks und Spielplätze zu bauen. Vielleicht wird Mila eines Tages dort spielen."

„Das wäre wunderbar!", antworte ich begeistert.

Dylan nickt knapp.

Gabriel und Anna verabschieden sich.

Mr Rourke sieht Dylan an. „Es ist kein Almosen, eine wohltätige Spende für einen guten Zweck anzunehmen. Und unterschätze nicht die Attraktivität eines Königshauses, insbesondere in den USA. Die Leute lieben es, dass eine Amerikanerin Königin ist." Er legt einen Arm um seine Frau. „Es gab eine Zeit, in der ich mir gewünscht habe, es wäre deine Mutter, die die geliebte amerikanische Königin ist, doch das Schicksal hat es anders gewollt."

Tara lächelt. „Daniel, wenn ich Königin wäre, wärst du an dein Königreich gebunden. Stattdessen durftest du eine echte Beziehung mit unseren Kindern haben. Und wir hatten viel Spaß."

Er küsst sie. „Den hatten wir. Haben wir immer noch."

Dylan und ich sehen uns amüsiert an. Wir wissen, welche Art Spaß sie gerne direkt im Wohnzimmer haben.

„Ich glaube, wir ziehen uns auch zurück", sagt Tara. „Wie lange bleibt ihr noch hier?"

„Wir sind bis Sonntag da", sage ich.

„Vielleicht fliegen wir mit euch zurück", sagt sie. „Wenn ich ihn von seiner Enkelin abziehen kann. Ein neues Enkelkind würde ihm einen Anreiz geben, in Brooklyn zu bleiben." Sie zwinkert uns zu.

„Das ist der Plan", sagt Dylan.

Ich danke ihm stillschweigend, dass er nicht darüber redet, wie wir auf diesen Plan gekommen sind. Ich, die ich ihn im Babyfieber um sein Sperma gebeten habe. Ich schaudere bei der Erinnerung. Er ist so viel mehr als ein Samenspender.

In dem Moment, in dem seine Eltern gehen, sage ich zu Dylan: „Lass uns die Kapelle ansehen."

„Gerne. Ich kenne den Weg. Ich war zu Adrians Hochzeit da." Er nimmt meine Hand, und wir gehen hinaus.

„Bist du mit allem einverstanden?", frage ich. „Die öffentliche, königliche Verbindung, dass wir hier heiraten, Villroys Spende für die Spielplätze?"

„Weißt du, ich denke, ich bin es. Dad scheint seinen Frieden mit alldem gemacht zu haben, und das gibt mir auch Ruhe. Er ist derjenige, der am meisten unter dem Exil gelitten hat, und es scheint, dass er jetzt wieder in den Schoß der Familie zurückgekehrt ist."

„Erstaunlich, welche Wunden ein Kleinkind heilen kann."

„Er muss bereit gewesen sein, diese Wunden heilen zu lassen."

„Ja. Für uns und für die Firma ist das der perfekte Weg in die Zukunft."

„Und alles deinetwegen."

Ich drücke eine Hand auf meine Brust. „Meinetwegen? Ich habe nicht alle zusammengebracht."

„Ohne dich gäbe es keine Hochzeit in der Palastkapelle. Ohne dich gäbe es kein Geld von einem obszön teuren Verlobungsring. Ohne dich gäbe es keine Liebe, die alle daran erinnert, warum wir uns und unsere Familie schätzen."

Ich werfe mich in seine Arme und verteile Küsse auf seinem ganzen Gesicht. „Ich liebe dich, ich liebe dich, ich liebe dich. Mein süßer romantischer Prinz."

Er packt meinen Po. „Du hast sexy vergessen."

Ich sehe ihn wissend an. „So hat alles angefangen."

Er packt mich, hebt mich vom Boden hoch und dreht mich herum. Ich schreie und lache dann, schwindlig vor purer Freude.

Als wir zur Kapelle kommen, ist sie verschlossen. Dylan findet schnell ein unverschlossenes Fenster auf der Rückseite und klettert hinein, dann öffnet er die Tür von innen.

Ich nehme mir einen Moment Zeit, die Kapelle zu bewundern, und gehe langsam den roten Läufer im Mittelgang hinunter. Er schließt sich mir in der Mitte an und legt seinen Arm um meine Taille, seine andere Hand hält meine. Wir tanzen, ein langsames Wiegen von Wärme und Liebe, eines von vielen weiteren, die noch kommen werden. Er ist mein Tanzpartner, mein Lebenspartner, mein Liebhaber, mein Prinz.

Seine Stimme ist ein dunkles Grollen in meinem Ohr. „Würde mich ein Blitz treffen, wenn ich dich hier nehmen würde?"

„Ja!" Mein Prinz kann nur an eines denken.

Er küsst mich. „War das ein Ja dazu, dich hier zu nehmen?" Seine Augen funkeln im trüben Licht, ein Lächeln umspielt seine Lippen.

Ich schüttle den Kopf und quietsche dann, als er mich

hochhebt und mich den Gang hinunter trägt. „Was ist mit unserem Tanz?"

„Du kannst nicht von mir erwarten, dass ich dich so lange im Arm halte, ohne, dass du das Biest aufweckst. Hör zu, ich habe Pläne für dich, sobald du nackt bist. Mach dir keine Sorgen, alles völlig normal."

„Ich kann nicht glauben, dass du dich an so viel von dem erinnerst, was du mir gesagt hast, als wir uns das erste Mal ... Genau das hast du damals auch gesagt. Mach dir keine Sorgen, es ist völlig normal."

„Natürlich erinnere ich mich. Das ist monatelang wie ein Pornofilm in meinem Kopfkino gelaufen."

„Ich bin mir nicht sicher, wie ich es finde, in deinem Porno mitzuspielen."

„Baby, du gehörst dorthin. Ehrenplatz." Und dann erzählt er mir ausführlich, was er mit mir vorhat.

Ich vergrabe mein Gesicht in seinem Nacken und winde mich fast vor dem Feuer roher Lust, das durch mich strömt.

„Oh, bist du jetzt schüchtern?", fragt er. „Ich werde dich heiß genug machen, damit du alle deine Hemmungen fallenlässt. Das tue ich immer."

Ich beiße ihm in den Hals, und er stöhnt.

In dem Moment, in dem wir die Kapelle verlassen, nimmt er meine Hand, und wir rennen zurück zum Palast.

In unserem Zimmer klatschen wir gegeneinander.

„Ich liebe dich", sage ich und ziehe sein Hemd aus.

„Ich verehre dich", sagt er und reißt mein Kleid herunter.

„Du liebst mich", sage ich zu ihm, als er mich über seine Schulter wirft.

„Und du flehst mich an." Er streichelt meinen Po, als er mich zum Bett trägt. „Baby, ich liebe es, wenn du das tust."

Und Momente später tue ich es. Und ich liebe es auch.

EPILOG

Zwei Monate später …

Dylan

Ich mag den Luxus, mit dem Privatjet zu fliegen. Es sind nur ich, Ariana, mein Trauzeuge, ihre Trauzeugin und unsere Eltern. Nach unserer Hochzeit auf Villroy fliegen Ariana und ich mit dem Jet in unsere Flitterwochen nach Italien. Alle anderen müssen mit einem Linienflug nach Hause fliegen. Hat ein paar nette Vorteile, zur königlichen Familie zu gehören. Sean ist mein Trauzeuge, da wir uns am nächsten stehen. Ich habe meinen Brüdern gesagt, sie sollten einander in der Reihenfolge ihres Alters als Trauzeuge auswählen, damit niemand außen vor bleibt. Wenn Sean heiratet, nimmt er Jack und so weiter. Selbst wenn sie nicht dem Alter nach heiraten, können sie immer noch den Trauzeugen dem Alter nach auswählen. Beast (Garrett) ist mit dreiundzwanzig zu jung, um eine Familie zu gründen. Vielleicht werde ich eines Tages sein Trauzeuge sein und den Kreis schließen.

Wir sind vor ein paar Minuten gelandet und fahren gleich zur Yacht, um zur Insel überzusetzen. Arianas Mutter hat ununterbrochen Fotos gemacht, sogar von den warmen Schokoladenkeksen, die sie uns im Jet serviert haben. Sie hat alles auf Social Media geteilt und unseren neuen Rourke Management-Account getaggt, den Ariana eingerichtet hat. Ich bin mir sicher, dass wir mit dem Account und der Presse, die über unser „Märchen aus dem wahren Leben" berichtet, keine Probleme haben werden, Mundpropaganda für Rourke Management in Gang zu bekommen.

Sobald wir auf dem Rollfeld aussteigen und auf unser Gepäck warten, höre ich Sean an seinem Handy. „Ich habe dir gesagt, dass ich mit der Renovierung noch nicht fertig bin. Es ist bewohnbar. Du kannst nicht –" Er blickt finster drein. „Ich weiß, dass ich dort wohne. Ich bin derjenige, der die Hütte renoviert. So kann es niemand kaufen." Pause. „Ich verstehe, aber … nein. Winnie, du hörst nicht zu."

Es geht noch eine Weile so weiter, und er wird immer lauter, bevor er auf das Display starrt. „Sie hat aufgelegt."

„Schmeißt sie dich raus?", frage ich. Seit Monaten renoviert er die Wohnung seiner Ex im Austausch gegen mietfreies Wohnen. Er kann nur an den Wochenenden daran arbeiten, da er während der Woche an seinem bezahlten Arbeitsplatz beschäftigt ist.

Er deutet auf sein Handy. „Sie will, dass ich mich beeile und fertig werde, damit sie verkaufen kann. Also, ja, im Grunde schmeißt sie mich raus. Ich kann aber auch nicht schneller machen."

„Sie kann es schnell bekommen, oder sie kann es richtig bekommen", sage ich genau wie unser Onkel Pat immer zu den Kunden gesagt hat.

„Genau!" Er fährt sich mit der Hand durch die Haare. „Nur weil ihr Verlobter sie unter Druck setzt. Ihn interessiert nur das Geld."

„Du musst sie loslassen", sage ich. „In ihrem Haus zu bleiben ist nicht gesund für dich." Ich habe bereits versucht, mit ihm darüber zu reden. Winnie lebt mit ihrem Wall Street-Typen in der Stadt, doch sie besitzt immer noch ihr Haus in Brooklyn, in dem Sean wohnt. Sie hat es von ihrer Großmutter geerbt.

Sean runzelt die Stirn. „Ich habe sie losgelassen. Ich will

den Job beenden und suche mir eine neue Bleibe. Doch im Moment ist nichts Gutes auf dem Markt."

„Weil du in einer Gegend leben willst, die du dir nicht leisten kannst."

Seine Augen verengen sich. „Hast du keine Braut, um die du dich kümmern solltest?"

Ich klopfe auf seine Schulter und sehe, dass Ariana mit ihrer Mutter spricht. Mrs Bianchi besteht darauf, dass ich sie Ma nenne, doch ich kann mich nicht dazu bringen, es zu tun. Ariana lächelt mich an, und ihre Mutter dreht sich um und sieht mich streng an.

Ich seufze. Ariana hat gestanden. Ich habe ihr gesagt, sie soll bis nach der Hochzeit warten.

Ich gehe zu ihr, lege einen Arm um ihre Schultern und ziehe sie an mich. Ich werde den Kopf dafür hinhalten. Es ist nicht Arianas Schuld, dass sie den Verstand verliert, wenn ich sie berühre. Das liegt an meinem Sexappeal. Obwohl sie mir diesmal im Grunde die Kleider vom Leib gerissen und mich besprungen hat. Das passiert, wenn man ein ehemaliges braves Mädchen zu ihrem ersten Projekt fährt – eine alte Schule, die wir in ein cooles Bürogebäude umwandeln werden – und sie in das Büro des Schulleiters schickt. Sie wollte ein böses Mädchen sein.

„Es ist wahr", sage ich. „Sie ist schwanger. Ich weiß, es ist vor der Hochzeit –"

„Schwanger!", ruft Mrs Bianchi und wirft ihre Hände in die Luft. „Ah! Tara! Komm her für diese wundervollen Neuigkeiten!"

Ich sehe Ariana an, die den Kopf schüttelt. „Dylan, wir haben doch gesagt, dass wir es noch niemandem erzählen."

„Was hast du ihr dann erzählt? Sie hat mich so böse angesehen, darum dachte ich, sie wäre wütend. Ich wollte den Kopf für dich hinhalten."

Sie lehnt sich an meine Seite. „Ich habe ihr gesagt, dass du mit der rosa Boutonnière, von der sie will, dass du sie ansteckst, damit du zu meinem Brautstrauß passt, nicht einverstanden bist."

„Oops."

„Großes Oops."

„Kannst du sie davon überzeugen, es erst nach der Hochzeit öffentlich bekannt zu geben?"

Sie tätschelt meine Brust. „Das darfst du machen. Du bist derjenige, der geschwatzt hat."

Ich grinse sie an. „Du bist diejenige, die ein sehr böses Mädchen war."

Sie packt mein Hemd am Kragen und zieht mich zu einem Kuss herunter. „Das war es wert."

Unsere Eltern kommen einen Moment später mit einer Flut von Glückwünschen, Küssen und Umarmungen zu uns. Ah, Familie. Ich kann mir keine bessere vorstellen. Offensichtlich passen Bianchis und Rourkes doch.

Ariana

Ich bin eine echte Prinzessin, die in einem fließenden weißen Kleid den Mittelgang entlang auf einen Prinzen zuschwebt. Sag mir nicht, dass er wegen seines bürgerlichen Blutes nur ein halber Prinz ist. Auf keinen Fall. Mein Mann ist ganz Prinz, und er gehört mir, ganz mir.

Ich sollte nervöser sein. Es ist eine große Sache, dass der erste Rourke aus der Linie seines Vaters in der Familienkapelle heiratet. Hier drinnen sind Fernsehkameras und draußen eine Menge Reporter. Wir waren uns einig, dass es sowohl für die Familien als auch für ihre Unternehmen gut ist, unsere Hochzeit öffentlich zu machen. Ich interessiere mich nur dafür, den Mann zu heiraten, der immer für mich bestimmt war.

Mein Vater begleitet mich zu meinem Prinzen und gratuliert uns beiden, dann küsst er mich auf die Wange, bevor er sich zu meiner Mutter setzt. Ich blicke in ihre Richtung und sehe sie Händchen halten. Meine Mutter und Dylans Mutter tauschen ein weinerliches Lächeln aus. Zwischen ihnen ist alles wieder gut. Das war auch dringend notwendig, denn ich wollte nicht über Enkelkinderprivilegien mit zwei willensstarken Frauen verhandeln.

Dylan hält meine Hand, und seine blauen Augen lodern auf. „Du siehst wunderschön aus."

Emotionen schnüren mir den Hals zu. „Du auch", schniefe ich und Tränen fließen.

Er lächelt. Ich will ihn umarmen, doch er wendet sich dem Pfarrer zu.

Als nächstes weiß ich, dass ich Prinzessin Ariana Rourke bin. Oh ja, sie haben mir den Titel geschenkt. Ich bin eine amerikanische Prinzessin, und mein Mann gibt mir jeden Tag das Gefühl, eine zu sein.

Er küsst mich, beugt mich über seinen Arm und zieht mich dann wieder hoch. Er macht das für unser Publikum. Wenn es nur wir wären, hätte er mich leidenschaftlich geküsst, und seine Hände wären überall.

In dem Moment, in dem wir nach draußen treten, blenden mich die Blitzlichter. „Wie fühlt es sich an, eine Prinzessin zu sein?", fragt ein Reporter.

„Es fühlt sich an, als hätte ich gerade in eine wundervolle Familie eingeheiratet", sage ich.

„In Zukunft mehr", sagt Dylan.

„Sie meinen Ihre Brüder?", fragt ein anderer Reporter.

Dylan und ich tauschen Blicke aus, weil wir beide wissen, was er meint. Unsere wachsende Familie.

„Unter anderem", sagt er und führt mich zur wartenden Pferdekutsche für die kurze Fahrt zum Ballsaal des Palastes.

Die Presse ist begeistert von seinen Brüdern. Wer weiß, vielleicht wird einer von ihnen eines Tages auch hier heiraten.

Für mich ist es ein wahrgewordener Traum. Für beide von uns.

Verpassen Sie nicht das nächste Buch *Abtrünniger Gentleman* der Reihe, in dem Sean eine unerwartete Mitbewohnerin bekommt!

Josie

Ich bin eine Schauspielerin zwischen zwei Gigs, die auf dem Sofa in der alten Bude ihrer Cousine pennt. Ich werde nicht für immer hier sein. Ich habe gerade einen Pilotfilm gedreht, und wenn die Show ankommt, gehe ich für meinen Traumjob nach L.A. Nur hätte ich nie erwartet, dass mein neuer Mitbewohner der mürrischste Mann der Welt sein würde. Sein sexy raues Aussehen macht das fast wett. Aber nur fast.

Sean

Das Letzte, was ich brauche, ist eine Frau, die in das Haus einzieht, das ich nebenbei renoviere. Erstens lebe ich hier. Zweitens reiße ich mir den Arsch auf, weil ich versuche, das alles mit meinem normalen Job unter einen Hut zu bringen. Ich habe keine Zeit für ihre irritierende gute Laune oder ihren ablenkend süßen kleinen Körper. Ich habe zu arbeiten.

Und dann beschließt Josie, mir beim Renovieren zu „helfen", was den wenig erfreulichen Nebeneffekt hat, dass es mir nur mehr Arbeit macht. Ich verliere meinen verdammten Verstand. Aber irgendwie kann ich nicht aufhören, sie anzusehen.

WEITERE BÜCHER VON KYLIE GILMORE

Die Happy End Buchclub Reihe << Die Campbell Familie und ein Liebesromanbuchclub prallen aufeinander!

Hollywood Inkognito (Buch 1)

Ärger im Anzug (Buch 2)

Gewagtes Spiel (Buch 3)

Förmliche Vereinbarung (Buch 4)

Wenn der Bad Boy keiner ist (Buch 5)

Ein Störenfried zum Verlieben (Buch 6)

Schicksalsbegegnungen (Buch 7)

Eine Romantische Chance (Buch 8)

Ein sündhafter Flirt (Buch 9)

Ein unbequemer Plan (Buch 10)

Eine Happy End Hochzeit (Buch 11)

Die Clover Park Reihe << Brüder, für die die Familie an erster Stelle steht!

Das Gegenteil von wild (Buch 1)

Daisy schafft alles (Buch 2)

In den Falschen verguckt (Buch 3)

Ein Weihnachtsmann zum Küssen (Buch 4)

Vermieter küsst man nicht (Buch 5)

Nicht mein Romeo (Buch 6)

Bring mich auf Touren (Buch 7)

Clover Park Braut (Buch 7.5)

Gewagte Verlobung (Buch 8)

Retter in der Not (Buch 9)

Eine verführerische Freundschaft (Buch 10)

Ein Geschenk zum Valentinstag (Buch 11)

Raus aus der Tretmühle (Buch 12)

Die Rourkes Reihe << Prinzen, bei denen man ins Schwärmen gerät, und ebenso fantastische Prinzessinnen

Königlicher Fang (Buch 1)

Königlicher Hottie (Buch 2)

Königlicher Darling (Buch 3)

Königlicher Charmeur (Buch 4)

Königlicher Playboy (Buch 5)

Königlicher Spieler (Buch 6)

Abtrünniger Prinz (Buch 7)

Abtrünniger Gentleman (Buch 8)

Abtrünniger Schlitzohr (Buch 9)

Abtrünniger Engel (Buch 10)

Abtrünniger Fratz (Buch 11)

Abtrünniger Beschützer (Buch 12)

ÜBER DIE AUTORIN

Kylie Gilmore ist die USA Today Bestsellerautorin der Rourkes Reihe, der Happy End Buchclub Reihe, der Clover Park Reihe und der Clover Park STUDS Reihe. Sie schreibt unterhaltsame Romanzen, die die LeserInnen zum Lachen und zum Weinen bringen und zu einem Glas Eiswasser greifen lassen.

Kylie lebt mit ihrer Familie, zwei Katzen und einem verrückten Hund in New York. Wenn sie nicht gerade schreibt, Kinder bändigt oder bei Autorenkonferenzen pflichtbewusst Notizen macht, findet man sie beim Stretching – bis ganz nach oben ins oberste Regal, um dort ihren geheimen Schokoladenvorrat zu erreichen.

Melden Sie sich für Kylies Newsletter an, damit Sie keine ihrer Neuerscheinungen verpassen. https://www.kyliegilmore.com/DEnewsletter

Mehr finden Sie auf Kylies Website https://www.kyliegilmore.com

* 9 7 8 1 6 4 6 5 8 0 0 9 5 *